MARIBEL M

AUTORA DE *SANGR*

SANGRE ENTRE LA HIERBA

MAEVA

© Mardom Writers, S.L., 2019
© MAEVA EDICIONES, 2019
Benito Castro, 6
28028 MADRID
emaeva@maeva.es
www.maeva.es

MAEVA defiende el *copyright*©.

El *copyright* alimenta la creatividad, estimula la diversidad, promueve el diálogo y ayuda a desarrollar la inspiración y el talento de los autores, ilustradores y traductores. Gracias por comprar una edición legal de este libro y por apoyar las leyes del *copyright* y no reproducir total ni parcialmente esta obra por cualquier medio o procedimiento, ya sea electrónico o mecánico, tratamiento informático, alquiler o cualquier otra forma de cesión de la obra sin la autorización previa y por escrito de los titulares del *copyright*. Diríjase a CEDRO (Centro Español de Derechos Reprográficos) a través de la web www.conlicencia.com o por teléfono en el 91 702 19 70 / 93 272 04 47, si necesita fotocopiar o escanear algún fragmento de esta obra. De esta manera se apoya a los autores, ilustradores y traductores, y permite que **MAEVA** continúe publicando libros para todos los lectores.

ISBN: 978-84-17108-95-3
Depósito legal: M-508-2019

Diseño e imagen de cubierta: Opalworks
Fotografía de la autora: © M<small>AJOR</small> B<small>LACK</small>
Preimpresión: Gráficas 4, S.A.
Impresión y encuadernación: Huertas, S.A.
Impreso en España / Printed in Spain

Si tienes un club de lectura o quieres organizar uno, en nuestra web encontrarás guías de lectura de algunos de nuestros libros.
www.maeva.es/guias-lectura

Este libro se ha elaborado con papel procedente de bosques gestionados de forma sostenible y de fuentes controladas, certificado por el sello de FSC (Forest Stewardship Council), una prestigiosa asociación internacional sin ánimo de lucro, avalada por WWF/ADENA, GREENPEACE y otros grupos conservacionistas.
Código de licencia: FSC-C007782.
www.fsc.org

MAEVA desea contribuir al esfuerzo colectivo y permanente de proteger y preservar el medio ambiente y nuestros bosques con el compromiso de producir nuestros libros con materiales responsables.

*Para ti, Principito,
mi porción de caos.*

No ha sucedido nada sino la soledad, acaso demasiado cotidiana como para relatarla.
—Emily Dickinson

A veces un grito no es un sonido sacado de quicio; ni es levantar la voz con descompostura y vanidad. A veces un grito es abrir el cajón, sacar una verdad hecha pedazos y ponerla encima de la mesa.
—Belén Gopegui

Supongo que, para ciertos hombres, las mujeres son como la ropa. La más nueva es siempre mejor.
—Ken Liu

La lujuria en acción es el abandono del alma en un desierto de vergüenza; la lujuria, hasta que es satisfecha, es perjura, asesina, sanguinaria, vergonzosa, salvaje, excesiva, grosera, cruel e indigna de confianza.

Apenas se ha gustado de ella se la desprecia, se la persigue, contra toda razón; y no bien saciada, contra toda razón, se la odia, como un incentivo colocado expresamente para hacer locos a los que en ella se dejan coger.

Es una locura cuando se la persigue, y una locura cuando se la posee; excesiva al haberse tenido, al tenerse y en vías de tener; felicidad en la prueba y verdadero dolor probada; en principio, una alegría propuesta; después, un sueño.

Todo el mundo lo sabe perfectamente; y, sin embargo, nadie sabe evitar el cielo que conduce a los hombres a este infierno.

—William Shakespeare

El cementerio se fue poblando de voces, algunas estruendosas, llenas de algarabía. Parecía la celebración de una boda. Al acercarse al lugar del enterramiento dejaron de hablar, como si una voz más alta se hubiera impuesto a la suya y les hubiera mandado callar. Algo les tocó en la nuca, en el corazón, en los labios. El silencio se impuso al sonido del tráfico que llegaba desde más allá de los muros. Se abalanzó sobre los presentes como un ser vivo, con piel, corazón, alma. Su aliento frío, duro, del color de la plata sucia, rozó con indiferencia las tumbas que fueron un día de mármol blanco, de carne rosada. Pese al sol radiante, no tenía sombra.

El féretro se bamboleaba debido a la diferente estatura de los porteadores. Acometió el final del trayecto con lentitud. El sol lamió el crucifijo de la tapa. Uno de los asistentes se cubrió los ojos con una mano, deslumbrado por el reflejo.

No se oía una voz, ni siquiera un murmullo entre los niños. El olor de la tierra sobre el ataúd impregnó a los presentes.

Pablo estaba pálido y se enjugaba las lágrimas con un pañuelo. Me alegró verle tan triste, me sorprendí ante ese gesto de humanidad. Me había equivocado al juzgarle: el Loco tenía corazón. Si era capaz de llorar por un perro, sin duda algún día nos liberaría. Me imaginé que esas lágrimas eran por nosotras, por todas las niñas a quienes mantenía esclavizadas.

1

En el lugar en que le conocí, ahora existe una tienda de licores. Recuerdo que había un camino en la parte trasera donde una rueda se balanceaba. El chirriar de la cadena solía tapar alguna canción de borrachos.

Nuestros juegos secretos comenzaron allí. Yo tenía trece años y él veintiocho, sin lugar a dudas una mala mano. Cuando supe que estaba embarazada, desapareció.

Ojeo el descampado. Hace años que cortaron el árbol de sombra triste. Al final tuvo suerte, ese árbol nunca quiso estar allí; parecía un emigrante melancólico trasplantado de un bonito jardín familiar, de esos con banderines de colores, pompas de jabón, música de radio y lolitas tomando el sol en un césped perfecto rodeado por una valla blanca.

Y es que la felicidad suele ser blanca.

Me siento en su tocón. Escucho el viento que sopla por el hueco. Permanezco atenta. Se escapa un silbido, imagino que busca unos labios sin dueño. Nuestras almas románticas, la del árbol y la mía, perviven y resisten. Con las uñas corto un pequeño brote que comienza a salir de un lateral.

No te engañes, ¿no ves que de nuestra infancia ya no queda nada?, me digo. Aunque sea primavera, nosotros solo somos recuerdo y viento...

Voy hasta el lugar desde donde parten los autobuses hacia el pueblo minero de La Rinconada. Pero no puedo reprimirme y antes me desvío a la derecha.

Nuestro barrio era un paraíso de pequeñas casas construidas en ladrillo y adobe con bonitas molduras que hacían juego con las cenefas y con la chapa acanalada del tejado. Los campesinos pintaban primero los marcos; la pintura era costosa, a menudo se terminaba y le pedían al vecino algún resto sin que les importara que fuese de otro tono. Fue así como los colores hicieron del barrio un lugar diferente, un país de las maravillas.

Veo que las hojas se acumulan en el desagüe de la calle principal.

Me dirijo a la tapia del disco-pub, a esa pared testigo de mi primer beso. El corazón invisible sigue allí. Con los dedos recorro su silueta desgastada. ¿Desde cuándo estas paredes sujetan recuerdos?, me pregunto. Yo los creía olvidados. Las casas no me engañan; bajo su superficie, enterrados por cemento y grafitis, perduran antiguos dolores.

El tiempo es un círculo de mierda: tengo cuarenta y cinco años y el corazón de tiza vuelve a palpitar.

Los vendedores de maíz tostado se amontonan alrededor del pequeño autobús que nos conducirá al escenario de mis terrores nocturnos; mientras se dispersan, trato de acomodarme con dificultad. Me rodean jaulas de gallinas y paquetes voluminosos. Una mujer con un precioso gorro y un vestido multicolor me mira con recelo desde la calle empedrada. Tiene un puesto de artesanía, ropa de alpaca y una llama para quien quiera hacerse una foto. Son las once de la mañana. Me voy de Juliaca. No la reconozco como mía. Parece un centro comercial donde se vende de todo, en especial en el gran mercado Tupac Amaru, que a estas horas está abarrotado.

Estoy a 3.850 metros de altitud. No consigo entrar en calor. Echo de menos Puno y su clima suavizado por el lago Titicaca.

Veo a unas chicas con sus libros sobre el pecho, me recuerdan a mis alumnas.

El autobús avanza por las carreteras mojadas, me gusta el chisporroteo suave contra los neumáticos. Entre las calles los pantalones bailan al viento, las cuerdas combadas resisten y me hipnotizan con su adiós.

Los paisajes del altiplano andino y las montañas circundantes me asombran. Veo grupos de alpacas, llamas y vicuñas.

Los cóndores nos sobrevuelan a menudo.

Dejamos atrás el firme para recorrer una carretera sin asfaltar llena de baches y riachuelos que la cruzan. El autobús va rápido, y las vibraciones son tan fuertes que los viajeros saltan en sus asientos y los paquetes, colocados en los portaequipajes superiores, caen con frecuencia al suelo. En poco tiempo, el interior del autobús se llena de polvo y la temperatura baja. Brilla el sol, pero conforme ascendemos el aire se enfría y enrarece. Intento leer, sin éxito.

Hacemos una breve parada en el pueblo de Putina para almorzar un plato hecho de camote relleno; a mi niña le encantaba esa verdura. Luego volvemos a partir. El autobús se tambalea en la pista polvorienta y, borracho, trepa por el borde de la montaña.

A mitad de trayecto, la altura comienza a hacer estragos. Mi corazón se acelera y me cuesta respirar. Me empieza a doler la cabeza, y se agudiza cuando, a una hora de camino de La Rinconada, aparecen los desechos mineros, los destrozos de la montaña en montículos de todos los tamaños que el aire lleva y trae por este paisaje lunar.

El polvo suelto se cuela en el minibús de pasajeros y, aunque parece herméticamente cerrado, al poco rato la nube de polvo viaja dentro. La respiración se vuelve más difícil, entrecortada; siento que no entra aire.

Intento distraerme, pero no hay nada que reconforte la vista y alivie el malestar provocado por la altura. La montaña aparece desnuda y mutilada. El agua de los riachuelos es de color café; hay pequeñas lagunas con la misma consistencia. En ese mundo arrasado veo montañas de basura: botes de plástico, sillas rotas, pilas, pañales desechables, colchones, bolsas, mierda..., todo ello rebozado en lodo. Como si toda la basura que puede producir la humanidad hubiera venido a parar aquí.

Las gráciles alpacas y llamas se recortan sobre esos montículos de basura, lodos y excrementos en busca de alimento. Ahora sus codiciadas pieles me asquean.

Comienzan a aparecer cientos de casas de calamina apelotonadas unas con otras, mal trazadas, pequeñísimas. Las planchas de zinc parecen levantadas al azar, como si el viento hubiera arrastrado unos dados grises, y estos, a su capricho, se hubieran detenido en cualquier lugar. Y entre los pasillos por los que caminan los pobladores, más basura.

En algunas viviendas aún se ven las gotas de agua que se escurren del hielo derretido. De las diminutas casas sobresale un candado grande, grotesco, que sella cada puerta.

Hacia las tres de la tarde nos adentramos en el altiplano. A lo lejos descubro el nevado de Ananea, cuya cima es una flecha de luz en el horizonte. Pero la vista espectacular del manto blanco sobre la montaña no es suficiente para borrar la impresión nauseabunda del paisaje que la precede.

A mi alrededor grandes huecos, como si la Tierra fuera un enorme gruyer. De estas fosas se extrae el oro. Veo máquinas inmensas, excavadoras y perforadoras. A mi derecha observo un lago contaminado. Algunos pasajeros me comentan que en un tiempo sus aguas estaban limpias y llenas de peces, que el mercurio y el antimonio necesarios para la extracción del oro las volvieron insalubres.

Continuamos subiendo, y justo bajo el glaciar de Ananea está La Rinconada: el pueblo más alto del mundo.

Un letrero pequeño que apenas se alcanza a leer da la bienvenida. El pueblo, con sus cables enmarañados, sus pasillos laberínticos llenos de lodo y basura, parece una maqueta colgada de las rocas salientes del glaciar.

El autobús llega a la explanada principal. La Rinconada es un lugar irreal.

La dificultad para respirar, debida a la altura y al frío punzante, se agudiza. También lo otro, el miedo. El miedo de que no esté aquí.

Mi hija se soltó de mi mano y se deshizo sin esperanza, sin futuro. Aquella niña, que lo que mejor sabía hacer era vivir, que amaba la vida por encima de todo, que reía, que era feliz, hace tiempo que no está. El terror la rondaba y yo no lo sabía; ni siquiera lo sospechaba, ni lo imaginaba. Ella, que respiraba vida, que repartía vida, desapareció. No estaba muerta. No estaba viva. Simplemente, no estaba. Y así sigue siendo dieciséis años después.

En este lugar termina mi búsqueda.

2

—¿De verdad quieres ir a Suiza una semana? —le preguntó Thomas a su hija mientras paseaban por el muelle del río Ródano.

Tanika le miró con esos ojos negros que dominaban la mitad de su rostro.

—Claro. Así conoceré al bebé de Laura —respondió sonriendo.

—Tengo que decirte que eres una belleza muy simpática.

—¿Cómo es que tu amiga Laura ha podido tener un bebé sin novio?

Thomas carraspeó antes de responder.

—Llevaba tiempo queriendo ser mamá, y como no conocía ningún novio fue a una clínica donde le pusieron un bebé en la tripa.

—Pero tú podrías haber sido su novio...

—Cuando Laura se quedó embarazada, apenas nos conocíamos.

—Ya. Pero ¿te gustaría?

—Prefiero tenerte a ti.

Cruzaron la carretera y se dirigieron sin rumbo fijo hacia los grandes árboles del parque.

—Eres un buen papá, y serías un buen novio.

Thomas sonrió.

—Tu padre, antes de morir, dejó escrito en sus últimas voluntades que yo me hiciese cargo de ti. Solo lo vi un par de veces en Benarés. Me hizo un gran favor.

—¿Por qué crees que lo hizo?

—No tenías familia. Tu madre acababa de morir, y él temía por su vida. El pueblo al que perteneces, y sobre todo la casta de la que provienes, los intocables, no te hubieran permitido estudiar y crecer como una niña feliz.

—Éramos muy pobres.

—Sí.

—Recuerdo que vivíamos en una tienda hecha con plásticos.

Permanecieron un rato en silencio. Tanika le dio la mano cuando llegaron al lago.

—¿Te dio miedo?

Thomas no tuvo que preguntar a qué se refería.

—Sí, mucho. Nunca pensé en ser padre.

—Pero ¿querías?

Thomas fue sincero.

—Hasta que no te conocí, no. Porque da la casualidad de que usted es una señorita muy pero que muy lista para tener solo siete años, y guapa, e inteligente. Con unos ojos inmensos y una sonrisa que brilla más que la Tête d'Or.

A lo lejos escapaban los últimos rayos de sol sobre los tejados de Lyon.

—Lupe me ha dicho que no quieres ir a baile indio, que prefieres el ballet.

—Creo que este año prefiero explorar mundos desconocidos.

—Además de intrépida, aventurera. Qué suerte la mía —dijo Thomas antes de correr hasta el puesto de helados.

—Llevas dos días con esa coleta —dijo Thomas de manera despreocupada.

—Es que no sé si te has enterado, pero he tenido un hijo —respondió Laura, molesta por lo que consideró una intromisión en su vida.

—Ya, pero ¿qué tiene que ver?

—No tienes ni idea. Si pierdo quince minutos en peinarme, es un tiempo que no puedo dedicar a descansar, tumbarme en el sofá, dormir, ducharme, comer... Y podría seguir hasta la eternidad. Tengo multitud de cosas mejores que hacer que peinarme. Daría lo que fuera por poder dormir cinco horas seguidas. ¿Es mucho pedir?

—Nadie dijo que fuera fácil ser madre —apuntó Thomas.

—*Touché* —dijo, agotada—. Esto es una pesadilla. El niño no duerme, apenas come... Dios mío, no puedo más.

Thomas terminó de preparar el sándwich para Tanika.

—Tanika, deja el ordenador y toma la merienda.

Laura se preguntó cómo se podía haber acostumbrado tan pronto a ser padre. Agradecía que hubiera aceptado su invitación a pasar una semana en su casa, pero un nuevo sentimiento parecido a la envidia la reconcomía desde su llegada.

—¿Cuál es tu secreto?

—¿Perdona? —preguntó Thomas antes de morder su sándwich y ofrecerle otro a ella con un gesto. Laura negó con la cabeza.

—Que cuál es tu secreto. Porque tienes una vida tan perfecta, una ropa tan perfecta... Eres guapo, te mantienes en forma... ¡Seguro que tu cocina brilla como en los anuncios de la tele! —dijo antes de echarse a llorar.

Thomas la abrazó sorprendido.

—Eh, ¿qué pasa?

—Nada. Estoy triste. Me siento culpable porque estoy deseando volver a trabajar. Ahora mismo me encantaría estar en la sala de autopsias abriendo un cráneo con mi sierra eléctrica.

—Tranquila, Freddy Krueger. No veo nada malo en ello. Eres una forense magnífica.

—Me miro al espejo y me digo eso mismo, pero ya no me vale. Los días pasan sin que nada interrumpa su marcha. Después del lunes vino el martes, y luego el miércoles... Antes de que llegara el jueves dejé de mirar el calendario. Es desolador comprobar que no hay nada emocionante en mi futuro inmediato. He descubierto que el tiempo parece escurrirse de una manera más rápida si le doy la espalda y lo ignoro. Mi vida se ha convertido en una larga espera.

—Yo... no sé qué decirte.

—La maternidad no es como la esperaba. Soy una mala madre —dijo mientras se sonaba de manera aparatosa.

—Y una mierda.

Laura le miró sorprendida.

—¿Perdón?

—Que una mierda. ¿Dónde está escrito qué es ser una buena madre?

—En infinidad de libros. Si quieres te enseño todos los libros y revistas que lo explican. Los tengo desparramados por el baño, el salón, la cocina... Si vieras qué fotos de madres divinas, sonrientes, perfectamente peinadas. Todas parecen adorar ese estado.

—¿Y cuándo los lees? ¿No acabas de decirme que tu coleta es la bandera de tu lucha como madre agotada?

—Antes de que me convirtiera en una esclava-mala-madre leía.

—Muy bien, a ver esa teoría. Soy todo oídos.

—Tienes que querer a tus hijos por encima de todas las cosas, tener la casa limpia, trabajar, sin que eso implique desatender las tareas domésticas, ser sexualmente activa, cocinar unas comidas deliciosas... ¡Ah! Y saber coser, algo de jardinería, cómo quitar las peores manchas de la ropa, planchar...

—¿En serio? —la interrumpió—. ¿Tú crees que eso es ser una buena madre?

Laura asintió como una niña pequeña mientras volvía a llorar. Thomas sujetó sus brazos y le habló:

—Yo diría que una buena madre es alguien que quiere, cuida y protege a su hijo, pero que sobre todo se quiere, cuida y protege a sí misma.

—Me siento fatal. Me duelen las tetas, me pesan, parezco una vaca lechera. No hago más que beber agua y aun así no meo, estoy hinchada, mi tripa parece... —Dejó de hablar, se tapó la cara con las manos tratando de ocultar su vergüenza—... Parece una colchoneta elástica, perfecta para saltar sobre ella.

—Venga, Laura, déjalo ya. Mario pesó casi cuatro kilos, ¿dónde querías que se metiera? Ya pasará. Date tiempo. Mira, vamos a hacer una cosa: sácate la leche, ponla en un biberón y cuando se despierte nuestro llorón preferido, entre Tanika,

Lupe y yo se lo damos. Y no te preocupes —dijo levantando una mano, interrumpiéndola—: ante cualquier problema te llamamos.

Eran más de las diez de la noche cuando apareció. Iba vestida con su sempiterno chándal, pero esta vez llevaba el pelo suelto, brillante. Todavía no había perdido los kilos del embarazo, pero no lo necesitaba. Estaba guapa, pensó Thomas.
—¿Mario? —preguntó despreocupada.
—Con Lupe y Tanika. Hace una noche preciosa de verano y han aprovechado para ir a pasear. No ha habido ningún problema. ¿Y tú?
—Genial —dijo mientras alzaba los brazos para estirarse—. Qué bien que Lupe haya venido contigo.
—Me pareció lo mejor. Desde que vivo en Lyon ha sido mi asistenta, y con Tanika la necesito todavía más. No tiene familia en Europa, es mayor, así que he pensado en mudarme a una casa más grande y que se instale con nosotros. ¿Qué te parece?
—Me parece que tienes mucha suerte con las mujeres que te rodean.
Thomas asintió.
—Ella está feliz y yo estoy feliz. Es la mejor solución. No puedo seguir alargando la jornada reducida por paternidad. Además, tengo que volver a viajar.
—Me la podrías prestar...
—Tendrás que mudarte a Lyon. Anda, cena algo. Ven, vamos fuera.
Encima de la mesa del jardín había una fuente con una tapa. Laura la levantó y acercó la nariz.
—¡Qué bien huele!
—Pollo a la barbacoa. George me enseñó la receta.
—Pues me la tienes que dar —dijo ella, chupándose los dedos.
—Pones en una fuente el pollo con el zumo de medio limón, sal, pimienta, orégano, albahaca, tomillo, romero y aceite de oliva, lo dejas macerar un par de horas y luego a la barbacoa.

—Tu amigo George es un gran cocinero.

—No te creas. Durante los años que trabajamos juntos en Washington solo cocinó pollo y hamburguesas. Es un pequeño desastre en la cocina. Tengo que llamarle. Llevo tiempo sin saber de él.

—Cuando lo hagas, le felicitas por la receta.

La noche era transparente y cálida. El rocío brillaba sobre la hierba con destellos de pequeños cristales, los abedules que rodeaban la fuente de la plaza de la iglesia permanecían inmóviles, como guardianes de épocas mitológicas.

—Siempre que miro las estrellas busco el planeta B-612 —murmuró Laura—. Como dijo el Principito: «Me pregunto si las estrellas se iluminan con el fin de que algún día cada uno pueda encontrar la suya».

—¿Y has tenido suerte?

Laura sonrió, relajada.

—A veces.

—¿Por qué le pusiste Mario a tu hijo?

—Era mi novio, y muy buena persona. Siempre pensé que si alguna vez tenía un hijo sería con él.

—¿Te dejó?

—Esa no es la palabra exacta. No quise ver el final. Yo tenía una versión de la vida: la mecedora en el porche, el perro, una bonita boda, el niño... Una versión típica de manual que no iba con la suya. Él quería ser cooperante, dedicarse a los demás.

—Entiendo. El muy cerdo prefería acabar con el hambre en el mundo a estar contigo. No hay color.

3

Paso junto a buscadores de oro. Son rudos, de manos callosas, curtidos por la montaña, alcoholizados. No tienen dientes, o si los tienen están enmarcados en oro. Solo encuentro en la avaricia o la desesperación la razón que explique cómo puede alguien vivir en este lugar. Campesinos analfabetos, sin futuro, que se instalaron con la ilusión de enriquecerse. Ocuparon un pedazo de montaña, y allí construyeron su casa con láminas de zinc, ladrillos y totora.

Sacan el mineral de profundos túneles en las proximidades de su hogar, y luego lo procesan para extraer el oro. La mayoría de ellos no cuentan con los permisos necesarios ni pagan impuestos, venden el codiciado metal a comerciantes informales que, a su vez, lo revenden en los mercados de Juliaca. Yo sé bastante de ello; no en vano mis padres y varios de mis tíos se instalaron en Juliaca aprovechando el comercio del oro.

Dante bajó al infierno guiado por Virgilio. Mientras recorro el pueblo de pasillos estrechos saturados de basura, salpicados de excrementos humanos y animales, anhelo una voz que me ayude a entender cómo es posible vivir así. Pero no hay Virgilio, solamente el poder narcótico de la hoja de coca, sin la que hubiera sido imposible sobrellevar la altura, el mareo y las inmensas ganas de vomitar.

La gente, demasiada para el tamaño de las callejuelas, brinca sobre los obstáculos que encuentra a su paso sin perturbarse por la inmundicia, sin que le afecte ese olor penetrante a orines, a pudrición.

Me veo trasladada a uno de los cuatro círculos del bajo infierno descritos por el poeta italiano. En el octavo círculo, Dante encuentra a los adoradores de oro, uno de los pecados más graves. Ahora entiendo por qué están en el penúltimo de los nueve círculos que componen el infierno.

La calle central está plagada de clubes nocturnos, karaokes, cantinas de mala muerte y chicherías, donde se prostituyen las chicas. Las miro con temor, sus caras se superponen a la de mi niña. Me tapo la nariz y la boca con la bufanda. No hay cloacas ni recogida de desperdicios. La calle es un gran lodazal.

Camino por la calle Tres de Mayo, la arteria principal. Intento arrimarme a las paredes, el lugar más elevado de la calle, y no caer en el cenagal pestilente. Sorteo pequeñas tiendas, prostibares, cada uno con su propia banda sonora, y establecimientos de compra de oro. Sus letreros dorados con luces de neón destacan grotescamente en el ambiente gris.

Encuentro la oficina del regidor. Está congelada. Solo hay un escritorio y una silla vacía. Hay un hombre sentado con un gorro de lana azul con una franja amarilla. No le veo la cara.

—Perdone... Busco a José.

—A su servicio. —Se quita el gorro con gesto teatral—. ¿Qué desea?

Lleva el cabello corto, limpio, recortado en los costados hasta la parte de atrás, la nuca afeitada bajo la línea natural del cabello.

—Me llamo Rosa María Orellana Lora. Hace dos días, alguien me contactó por internet al reconocer unas fotos de mi hija Ángela María. Aseguró que la había visto en La Rinconada, en la cervecería Banco de Oro.

—Tome asiento, por favor.

No me doy cuenta, hasta que no se la entrego, de que estoy retorciendo la copia impresa del correo electrónico a causa de los nervios.

—Perdone —me excuso mientras trato de plancharlo con las palmas de las manos.

—No se preocupe —contesta el hombre, leyendo con interés.

La barba, aseada y arreglada, le llega hasta la nuez. El bigote, bien recortado, no sobresale de las comisuras de los labios. Me da la sensación de que pretende dar una imagen de autoridad. Tiene cara de niño.

—Esa persona que contactó con usted, ¿le dio sus datos?
—No.
—¿Podría ver una foto de su hija?

Le muestro una fotografía, la última, tomada poco antes de que desapareciera.

—¿Hablamos de una menor?

Niego con la cabeza.

—En esa foto tenía quince años. En febrero cumplió treinta y uno.

Reparo en el desconcierto que aflora en su rostro.

—Perdone, pero ¿no tiene una foto más actual?

Vuelvo a negar con la cabeza.

—Mi hija se empeñó en trabajar durante las vacaciones de verano. Había visto un anuncio en la estación de autobuses de Puno en el que se solicitaba una chica interna para cuidar niños. No hubo manera de que cambiara de opinión.

—Entiendo. —Asiente con pesar—. Su hija era bien linda.

—Mi hija es bien linda. Hasta que no me entreguen su cadáver, ella sigue presente y viva.

El regidor vuelve a mirar la foto.

—Espere aquí.

Se levanta con rapidez, las patas de la silla producen el chirrido de unas uñas arañando una pizarra. Lleva un abrigo rojo; en el centro de la espalda, un parche con las palabras «bombero voluntario». Encima del parche, así como en las mangas, unas bandas de cinta reflectante amarilla se iluminan cuando traspasa la puerta en penumbra.

4

El teléfono sonó a primera hora de la tarde. Esa hora en que no se teme su llamada, como si los accidentes, las desgracias, no pudieran suceder en verano después de comer, mientras uno se toma el café o ve la televisión. La alerta del cerebro queda apagada y no vuelve a conectarse hasta que anochece, en una tonta idea de que las malas noticias se toman un descanso.

—Hola, Thomas. Soy Catherine.

Por un momento, Thomas dudó. Su interlocutora aprovechó la pausa para añadir:

—La mujer de George.

La alarma se conectó de manera automática, y Thomas tuvo la certeza de que había sucedido algo.

—¿Qué ha pasado?

—Han secuestrado a George.

A Thomas le pareció que a la frase le faltaba dramatismo. Había sonado demasiado fría como para resultar creíble.

—Hace casi dos meses que se marchó de casa —prosiguió ella—. Se fue con una mujer, por una mujer o tras una mujer.

Era curioso cómo las preposiciones podían cambiar una vida.

—El caso es que no he sabido de él hasta hoy por la mañana.

Thomas abandonó la tarea de apilar leña y se encaminó al interior de la casa, que estaba en silencio. La jauría se había ido al río.

—He recibido una llamada en la que una voz desconocida aseguraba que lo tenían retenido. Que no lo soltarían hasta que no les entregara a una tal Dolores Menchero Santina.

Thomas entró en el salón y apuntó en una hoja.

—¿Quién es?

—No tengo ni idea —contestó la mujer con rapidez.

—¿Es la primera vez que oyes ese nombre?
—Sí.
La línea se quedó en silencio.
—Pensé que tú sabrías algo —dijo ella.
—No.
—Sois amigos.

Su tono era de despecho, como si quisiera comenzar una discusión. Thomas no la dejó proseguir.

—Ni siquiera sabía que se había marchado de casa. Pensé que era feliz esperando la barbacoa de los domingos, tu tarta de manzana, la visita de las chicas en vacaciones... No sé, ese tipo de cosas. Pensé que no tener noticias eran buenas noticias.

—Pintas nuestra vida demasiado anodina.
—No era mi intención.
—¿Así es como la veías?

No, así es como la veía George, pensó Thomas.

Estuvo a punto de añadir una disculpa, alguna excusa —que él no sabía nada de la vida en pareja, que eran imaginaciones suyas...—, pero optó por callar.

Ambos permanecieron un rato en silencio.

—¿Estará con esa tal Dolores? —preguntó Thomas, en un intento de retomar el hilo de la llamada.

—Eso creo.
—¿Qué más te ha dicho?
—Que tengo un plazo de una semana para encontrarla. Hoy es martes. El próximo martes me dirán dónde tengo que entregarla. Si no lo hago, le matarán.
—¿Ha pedido dinero?
—No. Solo la chica.

La preocupación de Thomas crecía por momentos.

—¿Has llamado a la Policía?
—No, no me he atrevido.
—¿Recuerdas algo más?
—Lo que te he contado: que lo tenía retenido y que lo soltaría cuando tuviera a esa mujer.
—¿Ha hablado alguna vez en plural?

—No te entiendo.
—¿Te ha dado la impresión de que actuaba en solitario?
—No. En algunos momentos ha dicho: queremos a la chica.
—¿Tenía acento?
—Sí, latino.
—¿Existe la posibilidad de que sea un secuestro al azar? ¿Uno de esos secuestros exprés? ¿Has intentado ponerte en contacto con George?

Thomas oyó un suspiro.

—No. Pero las niñas hablaron con él, creo que hace un mes. Las llamó a la universidad.
—¿Y qué les dijo?
—Que se tomaba unas vacaciones porque una amiga suya estaba en apuros y él la estaba ayudando, y que no se preocupasen.
—Pero ¿por qué tienes la certeza de que está retenido contra su voluntad?
—Por esto. Mira tu pantalla.

Thomas recibió una fotografía en su móvil. En ella se veía a George, visiblemente más delgado, sujetando un periódico. Amplió la imagen con las yemas de los dedos: su amigo mostraba la portada de un diario llamado *La República*. Según la fecha, era del día anterior.

—Es un periódico de Perú —dijo Catherine al otro lado de la línea.

¿Perú? ¿Qué diablos hacía George allí?, se preguntó Thomas extrañado. Le pareció surrealista.

Movió la imagen con los dedos, buscando detalles que llamaran su atención. Observó la cara de su amigo con temor; estaba mojado o sudado, le pareció que era un sitio caluroso. Con alivio, no apreció señales de violencia.

—Lo primero que quiero que hagas es que denuncies el secuestro en Washington. Después, llama a los superiores de George en la DEA. Toda ayuda es necesaria.

Thomas oyó los sollozos de la mujer.

—Mantén la calma, y escucha con atención: ten desocupados los teléfonos a los que puedan llamar los secuestradores. Prepárate para recibir otra llamada, es muy probable que suceda. No les lleves la contraria, pero tampoco cedas a sus peticiones. Demuestra una actitud cooperativa.

—De acuerdo. —Catherine permaneció unos segundos en silencio—. ¿Me puedes decir una sola razón —dijo de repente, endureciendo la voz— que explique por qué se ha tenido que marchar? Es que no logro entender que haya destrozado una familia por ir tras una puta... Y ahora puede que no solo pierda la cabeza, sino también la vida. Parece el resumen de una de esas películas tantas veces repetidas, una de esas de cincuentones barrigudos con vidas patéticas y mujeres repelentes que se embarcan en aventuras apasionantes.

Thomas no contestó. Desconocía la respuesta.

Catherine colgó después de darle las gracias. Unas gracias descafeinadas, de esas que se dan por cumplir. O quizá ese tono era desgana; tenía un punto tedioso, como cuando el teléfono lo despierta a uno un día de fiesta y contesta con el sopor del sueño en la boca y en la mente. La excusó pensando que tal vez estaba tomando alguna pastilla.

Él, sin embargo, se activó. Llamó a su oficina de Interpol Lyon y programó una reunión para dentro de tres horas. El tiempo justo para llegar en coche a su lugar de trabajo.

5

En esta zona del altiplano peruano, el oro suena como una aburrida palabra de esperanza. Es una ciudad mucho más alta que las que hay en el Tíbet, con un precioso cielo azul, glaciares..., pero en cuanto bajas la vista todo es corrupción.

Me meto en la boca unas hojas de coca. La altura es una losa que te hace pesada y ralentiza tus movimientos, aunque lo peor es la falta de oxígeno.

El regidor entra como si fuera un caballo salvaje. Todo en él es ruido: sus botas sobre el piso, el desplazamiento de la silla, el ataque de tos, tan fuerte como el toque de trompetas que anuncia la entrada de una gran personalidad. Como en esa película en la que la princesa hace su aparición en el último instante. Qué bonito era el zapato de cristal sobre la escalinata. Mi niña decía que jamás hubiera dejado atrás algo tan precioso, que ningún príncipe valía esa pérdida.

—Su hija no está en el Banco de Oro —dice.

—¿Está seguro?

—Completamente. Una persona de mi confianza trabaja allí.

—¿Desde cuándo?

—Desde hace tres años.

—Tres años... ¿Cabe la posibilidad de que estuviera antes? —Evito la palabra «trabajar».

Me mira con pena, como se mira a un cachorro cojo o a un niño enfermo.

—¿Qué quiere?

—Necesito agotar todas las vías. Tengo que saber de manera certera que ella nunca estuvo aquí.

—Pero ¿por qué? Lleva dieciséis años buscándola. ¿Qué le hace pensar que este lugar no es una parada más?

La voz de José es grave, suave. Habla despacio, con seriedad, no sé si por timidez o por su manera de ser. Parece una de esas personas habituadas a la soledad. Me lanza una mirada profunda. Permanece sentado en la silla, un poco encorvado hacia delante, con los codos apoyados en la mesa y la vista fija en mí.

—Estoy cansada. —Bajo los brazos en señal de rendición—. Aquí termina mi búsqueda. Y en cierta manera es como un círculo, porque yo nací en Juliaca. Cuando de pequeña me portaba mal, mi madre me amenazaba con enviarme aquí, al infierno helado, donde los demonios vivían y se comían a las niñas malas.

—¿Sigue viviendo allí?

—Mi familia tenía un colmado donde se vendía de todo: camisetas, edredones, cobijas, botas..., todo lo que un minero pudiera necesitar; palas, picos, cascos, cuerdas, lámparas... Además, compraba oro a precios muy bajos que luego revendía en Puno. Cuando nació mi hija me marché con mis padres a Puno, donde pusimos un negocio de venta de oro. Tenía miedo por mi hija. Ya ve...

—Podemos preguntarle a Juana. Lleva la enfermería. Puede que su hija acudiera en alguna ocasión.

El lugar se encuentra a pocas calles de la principal. Pasamos por delante de distintas tiendas, puestos de internet y de celulares, cubículos donde la mercancía se exhibe sobre tablas; carne de gallina, cerveza, patatas, quinoa... Los precios son exorbitantes.

Lo primero que veo es una camilla llena de polvo y algunos papeles manchados de sangre tirados por el suelo. Mi desconcierto es tal que Juana, una mujer pequeña de manos grandes y rostro destrozado por el sol, me da una explicación que no pido:

—Soy pallaquera. Busco chispas de oro entre los minerales desechados en el campo abierto. No puedo vivir con lo que me dan acá.

Miro a mi alrededor. La porquería que asola La Rinconada se mete también en el interior de los sitios. ¿Es que nadie se da cuenta?

—Allá fuera puedo ganar unos dos mil soles.
—Pero ¿es usted minera?
—Las mujeres jamás entran a una mina, trae mala suerte. Por la mañana trabajo en el exterior con un martillo y un cincel, luego vengo aquí.

Bajo la cabeza, avergonzada. ¿Quién soy yo para juzgarla? José le enseña la foto de mi hija.

—Parece ser que estuvo por La Rinconada hará más de tres años —dice—. Quizá le tocó atenderla.

—Igual esto le sirve de ayuda. —Me bajo sin pudor el pantalón y no puedo evitar un escalofrío, le enseño una marca de nacimiento en la parte inferior del muslo.

Juana, la enfermera, se acerca con curiosidad. El regidor permanece en su sitio sin mudar el gesto.

—La mancha tiene forma de flor acampanada, ¿lo ve? A mi familia se nos conoce como los Cantuta, porque muchos de nosotros tenemos la marca de esa flor.

—Qué curioso, se parece a nuestra flor nacional —afirma Juana.

—¿La había visto alguna vez? —pregunto, intentando reprimir un tono de urgencia mientras me subo el pantalón.

—Lo siento. Suelo atender a niños y a mujeres con dolores estomacales o infecciones originadas por los residuos sólidos y el agua contaminada. Cosas poco importantes, rápidas.

—Pero, entonces, ¿existe otro consultorio médico? Aquí vivirán miles de personas. No es posible...

—Este centro médico no atiende situaciones de emergencia. Los pacientes de gravedad deben viajar a la ciudad de Juliaca, a tres horas de aquí. Tendrá que preguntar allá.

—Debe de ser una broma..., vengo de Juliaca.

—No bromeo. Hago lo que puedo. Muchos mineros sufren cólicos, fuertes dolores de cabeza y náuseas a causa del mercurio que se usa para extraer el oro. Los niños tienen diarrea crónica por la falta de agua corriente, y yo no puedo hacer gran cosa. No tengo tiempo para detenerme en tonterías.

Cierro los ojos y hago como que algo en el exterior llama mi atención.

—No me malinterprete, yo quiero ayudarla —continúa la mujer—. Atiendo de manera mecánica, es demasiado trabajo para lo que me pagan. Cobro por paciente.

—Ya veo...

—Supongo que su hija llegó para prostituirse.

La ventana oscurecida por el polvo y la mugre me devuelve la imagen de la derrota. No quiero seguir oyéndola.

—Yo también quiero que desaparezcan las cantinas y los prostíbulos que hay acá. Nuestros esposos se malogran. Pero parece que a nadie le importa. Las esposas de los mineros nos vemos obligadas a trabajar porque el marido se gasta la paga en la cantina. Los niños también van a las minas, debido a su baja estatura; allí se adentran en túneles de apenas noventa centímetros. Algunas familias los dan en adopción, pero en realidad son vendidos a padrinos para que los exploten. Los míos van a la escuela porque su madre trabaja todo el día.

No quiero oírla más.

—¿Por qué no se marcha? —pregunto sin poder reprimir mi ira.

—Hay mucha gente que se ha hecho rica. Mi hombre lo conseguirá.

Su gesto altivo da por zanjada nuestra conversación.

Salimos a la calle. Pienso en lo equivocada que está esta mujer: aquí nadie parece enriquecerse. Observo la calle principal. Esos mineros sobreviven en un extraño universo paralelo, gélido, lleno de supersticiones y quimeras.

Con la llegada de la noche, la temperatura desciende a nueve grados bajo cero. Me doy cuenta de que la mayoría de los antros iluminados por luces rojas son prostíbulos.

Bajo la mirada. Quiero reconocerla, y al mismo tiempo temo hacerlo.

—¿Tiene usted donde alojarse? —me pregunta José.

—Pensaba tomar el último autobús y dormir en Juliaca, en casa de mis tíos. Esperaba no tener que pasar la noche aquí.

Miro alrededor, buscando el anuncio de un hotel.

—Mala idea —dice—. Esta calle es peligrosa. No conseguirá dormir. A dos calles de aquí está el hostal Abuela María. —Me indica la dirección con un dedo—. No tiene pérdida. Es de los pocos que no tienen señoritas de compañía y mineros tomando en la calle.

Lo miro con un gesto de extrañeza. Creo que exagera.

—Créame. Las noches de los fines de semana son propias de una película de Tarantino. A las prostitutas que residen en La Rinconada se les suman otras mujeres que suben en transporte y llenan los clubes nocturnos. Putas de viernes a domingo, estudiantes entre semana.

José habla detrás de mí. Si no queremos mancharnos de mierda, hay que andar en fila india por el borde de la calle.

—Pero ¿no es peligroso?

—Mucho.

—Y aun así vienen...

—¡Cuidado! —Me sujeta la cintura con las manos, reteniéndome contra una pared. Un minero cae a mis pies mientras su cerveza rueda hasta el río de lodo. Ladra y, a cuatro patas, se mete entre la mierda para rescatar su bebida. Me tapo la boca, conteniendo el vómito. No puedo creer que mi hija haya vivido en este infierno.

De ninguna manera.

6

Thomas le abrió la puerta. Laura intentaba quitarse con una toallita una mancha del hombro derecho cuyo origen Thomas prefirió no conocer.

Estaba agotada. La excursión al río le había parecido una mala idea nada más llegar. Demasiados niños. Por Dios, con su hijo tenía de sobra, pensó cabreada.

—¿Por qué llevas traje? —le preguntó a Thomas, y de manera inconsciente se escrutó a sí misma. Iba con chanclas, un pantalón corto de estrellas azules, el único con elástico en la cintura, y una camiseta de su época universitaria.

—Ahora te lo cuento.

Pero antes de que Thomas pudiera explicarse se vio sorprendido por unos brazos que le rodeaban.

—¿Cómo te lo has pasado?

Tanika olía a vida.

—Hemos pescado unos peces muy pequeños.

Thomas le dio varias vueltas hasta que su hija pidió que parara.

—Pero los habrás soltado, ¿no?

La niña movió la cabeza en sentido horizontal.

—Lupe me ha ayudado y con piedras del río hemos construido una piscina para ellos solos. Mañana tengo que volver.

—Bueno, ya veremos.

—Igual me dejáis pasar —pidió con acritud Laura. Empujaba la sillita del bebé y cargaba con dos bolsos enormes.

—No sabía que te mudaras —bromeó Thomas.

—¿Por qué no me dejas en paz? —murmuró enfurecida.

Thomas se hizo a un lado.

—Papá, tengo que volver al río, es muy importante. Ahora soy su madre y de ninguna manera voy a abandonarlos. Lo entiendes, ¿verdad?

Thomas mandó a Tanika que ayudara a Lupe con los juguetes y las toallas desperdigadas por el jardín.

—Mañana pienso ir al río —repitió la niña con tozudez.

—¿Dónde se pueden guardar los juguetes de Tanika? —le preguntó Lupe a Laura, que con un suspiro descargaba los bolsos en la entrada de la casa.

—Fuera, en la leñera.

—¿Cómo me sentiría yo si me hubieras dejado en la India? ¡Pues los peces lo mismo! —gritó Tanika.

Thomas se detuvo un instante y respiró hondo un par de veces. Vio a Laura cansada, con el gesto hostil, a su hija enfurruñada, a Lupe sorteando los objetos de los niños mientras intentaba recoger a dos manos la infraestructura montada para esa tarde en el río.

Se quitó la americana y la corbata y las dejó encima del sofá.

—Tanika, recoge tus cosas —ordenó con autoridad—. Venga, lo hacemos juntos —añadió, más conciliador.

Salió al jardín y le pidió a Lupe que por favor ayudara a Laura.

Media hora después parecía reinar la calma. Thomas sabía que no duraría mucho, hasta que el bebé llorara y comenzara la preparación de la cena. Estaba ansioso por marcharse.

Llamó a la puerta del cuarto. Laura le dijo que pasara. Estaba vestida con una sencilla camiseta azul y un pantalón de pijama a rayas. Se había duchado y llevaba el pelo envuelto en una toalla. Doblaba una pequeña montaña de ropa de bebé que había encima de la cama.

—Quería decirte que me voy a Washington, pero antes tengo que pasar por Interpol Lyon —dijo sin traspasar el umbral de la puerta.

Laura le miró extrañada.

—Me ha llamado la mujer de George —añadió Thomas—. Dice que lo han secuestrado.

–¿George? ¿Tu amigo de la DEA?

–Sí, el gran cocinero –dijo, intentando relajar su nerviosismo.

Antes de que Laura preguntara algo más, Thomas le enseñó la foto. El marco de la puerta parecía una frontera que los dividiera. Laura se levantó y tomó el móvil. Lo miró con sorpresa, después con interés. Su mente científica se activaba con facilidad.

–¿Cuántos días llevan sin saber nada de él?

–Parece ser que se marchó de casa voluntariamente hace un par de meses.

–¿Tú sabías algo?

–Nada. Llevaba un año en plan gruñón, que si estaba gordo, que si no practicaba sexo. La típica crisis de los cincuenta.

–Una mala racha.

–Exacto. No pensé que pasara de ahí. Además, George siempre se queja por todo. Le afectó mucho cuando sus hijas se marcharon a la universidad. Eso hizo que Catherine y él se miraran a la cara sin más distracciones que sus perros, y creo que lo que vio no le gustó.

–¿Hay otra mujer?

–Eso creo. Lo que más me descoloca es que aparezca con un periódico de Perú. ¿Qué hace allí?

–Que sostenga ese periódico en las manos no quiere decir que lo tengan en ese país. Esto es Suiza, puedes comprar *The Times* hasta en el supermercado.

Laura siguió observando la foto del móvil.

–George lleva tiempo retenido.

Thomas la interrogó con la mirada.

–Tiene un hematoma en la mejilla izquierda. El impacto ha hecho que los vasos sanguíneos se rompan y la sangre se filtre en el tejido blando debajo de la piel. Si esta no se rompe, la sangre no tiene otro lugar a donde ir. Durante el proceso de cicatrización, las contusiones pasan por una secuencia de cambios de color.

Thomas hizo un gesto para que continuara.

—Se le llama espectro de colores. Para la ciencia forense es muy importante datar los golpes. Los colores cambian mientras las células blancas extraen la sangre descompuesta. Durante los dos primeros días, los moretones parecen rojos debido al hierro contenido en la sangre. Hacia el quinto día el color cambiará a azul o púrpura. Después, a medida que la biliverdina gane prominencia en la sangre, tornará a verde. Luego, entre el séptimo y el décimo día, llega el color amarillo, la bilirrubina.

Thomas examinó la foto: George mostraba una mancha amarilla.

—Eres fantástica.

—¿Sí? ¿Tú crees? Entre tanto pañal, mocos, lloros y ropa sucia me veo desaparecida.

—Ya pasará. Has luchado tanto para tener a Mario que no debes engañarte: querías ese bebé, y vas a ser muy feliz. —Thomas cruzó la barrera imaginaria de la puerta para acariciarle una mejilla—. Cuídate.

Laura asintió. De repente se sintió triste.

—He decidido dejar de dar el pecho. Creo que ya he contribuido bastante a su bienestar, vacunas naturales, sistema inmune y bla, bla, bla. Después de cinco meses, casi he llegado a mi objetivo alimenticio.

—Tú sabrás, eres médico. Pero las de la liga de la leche se van a enfadar —comentó Thomas.

—Que les den a todas. Soy un espíritu libre. ¿Qué vas a hacer con Tanika y Lupe?

—Mandaré un coche para que las recoja mañana. Creo que es lo mejor. Siento trastocar nuestros planes.

—Ya... Aunque no veo la necesidad de que te las lleves. Por favor, deja que se queden. Lyon, como cualquier ciudad en verano, es horrible.

—No quiero que te agobies. —La miró a los ojos—. Lo que he visto antes no me ha gustado.

Laura desvió la mirada.

—Yo tampoco me reconozco. Parezco una vieja amargada. Si me dejas sola me voy a volver loca.

—Estás con tu hijo. —Nada más decirlo se sintió hipócrita. El primer día que llegó a la casa se había arrepentido de haber aceptado la invitación de pasar una semana allí. Tenía el llanto del bebé incrustado en el cerebro.

Laura estuvo tentada de mandarle a la mierda por su comentario. Se sorprendió ante ese deseo. ¿De dónde procedía su ira?

—Por favor, Thomas, no puedo con ello. Yo, que soñaba con esta vida, ahora deseo la que tenía antes. Me siento fatal.

Laura fue a su encuentro y lo abrazó. La toalla cayó al suelo. De manera instintiva retiró la cabeza; no quería mojar con su pelo húmedo la camisa de Thomas.

—La pena y la autocompasión deberían estar prohibidas. Te golpean con saña donde más duele, porque no hay enemigo más cruel que uno mismo —explicó, dolida—. Yo conozco mis miedos, temores, defectos, y aprovecho esa información para machacarme. Las heridas causadas son terribles. Sé que es de locos; de un modo ridículo me hago daño, porque mi tristeza de ser madre no me incapacita como mujer pero, cuando ese pensamiento positivo se va, me destruyo y disfruto de la caída.

Thomas la retuvo y la envolvió con sus fuertes brazos.

Laura sintió ganas de llorar. Últimamente solo tenía ganas de eso. Hubiera querido llorar un rato y luego dormir entre sus brazos. O mejor invertir el orden: primero dormir y luego llorar.

—Está bien reconocerlo —dijo él—. Ya encontrarás el equilibrio. Hablaré con Lupe y que ella decida. Seguro que quiere quedarse, y Tanika ni te cuento. Esos peces nos van a volver locos. Y... no sé, tal vez necesites ayuda. Con eso no quiero decir que tengas un problema; yo lo veo normal, a cualquiera le superaría esta situación, pero puede que te ayude hablar con una psicóloga, o con otras madres.

—Si son tan perfectas e insoportables como las del parque, me sentiré culpable por mi incapacidad para apreciar lo maravillosa que es la maternidad.

Thomas besó el pelo de Laura. Olía a jabón.

—Entonces es mejor que busques una psicóloga. Tú estás por algún lugar, lo único que pasa es que andas un poco perdida.
—Espero que solo se trate de encontrar el camino.
—Claro que sí. Y te recuerdo que tenemos una conversación pendiente sobre nosotros —susurró Thomas.
—Lo sé. La dejamos para tu vuelta.

Thomas se separó de ella y revisó una vez más las hojas de su pasaporte y el billete de avión. Luego fue un momento a la habitación de invitados, había olvidado el cargador del móvil.

Laura observó con envidia aquella figura alta que desaparecía. La huida se le antojaba fascinante. El interfono de la mesilla interrumpió sus pensamientos. Mario se estaba despertando. Aquella vida de color rosa fucsia que había imaginado no se ajustaba a la realidad. Ser madre soltera tenía muy pocos momentos idílicos. Su futuro inmediato la agobiaba.

Se despidió de Thomas con una mano antes de ir al cuarto del bebé. Oyó cómo Tanika le decía adiós a su padre. Respiró aliviada al saber que se quedaban. Los peces habían inclinado la balanza a su favor. Entró y tomó a Mario en brazos. El niño le sonrió entre babas. Laura le mordió un moflete con placer.

—Cariño, necesito tiempo para adaptarme. Yo te quiero mucho, pero me falta algo. Tal vez deba dormir un par de días seguidos para sentir y creer que mi felicidad eres tú. Hay una palabra mágica para ello: conformarse. Te aseguro que estoy en ello.

El bebé agarró un mechón de pelo y tiró de él con emoción.

Maldito Thomas, pensó Laura. ¿Ves por qué debo llevar coleta?

7

José me deja en el hostal Abuela María. Quedamos en vernos a la mañana siguiente. En la entrada, una mujer mayor sentada en una mecedora teje un llamativo suéter de alpaca; detrás de ella, una lista pegada en la pared detalla los precios de la habitación: una cama con cinco o seis cobijas por siete soles. Me sonríe y automáticamente mira en dirección a la puerta, supongo que para cerciorarse de que no traigo compañía.

El cuarto es un cubículo de dos metros por uno y medio. No tiene ventana. Al entrar no noto diferencia entre el frío exterior y el de la habitación. Me desconcierta que en esta población minera no exista ningún tipo de calefacción. Es verdad que durante mi niñez y adolescencia en Juliaca nadie utilizaba calefacción central ni estufas de leña, y tampoco ahora en Puno. La leña no abunda, y los peruanos estamos acostumbrados a dormir con muchas cobijas sin sentir la necesidad de una estufa. Pero mi móvil marca ahora una temperatura exterior de diez grados bajo cero. Es de locos.

La mujer me señala el punto de luz y la bacinilla.

—Para aguas mayores tendrá que ir al baño público. Está a unos trescientos metros del hostal.

La miro con un gesto de incredulidad.

—Perdone, ¿me está diciendo que el baño más próximo está a trescientos metros de aquí?

La anciana asiente con la cabeza.

—Veo que lo ha comprendido. Si tiene ganas, no se espere hasta más tarde, es peligroso. Así que apúrese. Y si quiere lavarse, le vendo un cubo de agua. Tendrá que utilizarlo antes de dormir.

Mi cara es toda ella un gesto de interrogación.

—Durante la noche, el agua se congela.
—¿Es potable?
—Por supuesto. El agua proviene del glaciar de Ananea. Nadie ha querido canalizarla, y se vende en cubos.
—Pero si estamos a menos de seiscientos metros en línea recta del enorme glaciar... ¿Cómo es que no hay agua corriente en el pueblo?
—Algunos la acumulan en los techos de sus cabañas, pero el zinc del que están fabricados la contaminan y quien la bebe se arriesga. Yo la prefiero fresca, del día. ¿Va a salir al baño pues?
—No, tranquila. ¿Qué hago con las aguas menores?
—Avisa y lo tira a la calle.
Así de simple. Increíble.
Me sonríe antes de estirar la cuarta manta sobre la cama. Sus dientes dorados me recuerdan al gato de Alicia.
—Es usted nueva en La Rinconada –dice–. ¿Qué busca?
Dejo la bolsa sobre la cama y saco la fotografía de mi hija.
—A ella.
Su rostro se dulcifica al observar el retrato.
—Muy guapa, se parece a usted. No la conozco. Aunque mi memoria es muy mala. Enséñesela a mi marido, es el minero más viejo de acá. Por tres soles la invito a cenar.
Me quedo a solas en la habitación. Tiemblo. Una lámina que hace las veces de espejo me devuelve el reflejo. Me veo como una vieja, parece el rostro de mi madre. Ella hace tiempo que no habla de su nieta; la da por muerta, tanto como mi padre, que falleció hace ya dos años. Pero ¿qué soy yo sin mi hija? Desde que nació la quise con locura. Luego ya no hubo más amor que repartir. Vuelvo a mirar el espejo, a la mujer que me mira distorsionada. Está asustada, teme a la vida, la que le queda hasta dejar de sufrir. Intenta convencerse de que aquí termina todo, que es lo mejor, que debe existir un final, que tiene que aprender de su madre. Pero en el fondo sé que yo no soy como mi madre, por mucho que a ratos me convenza de ello. Porque lo cierto es que no deseo bajar los brazos: quiero luchar a golpes, a mordiscos, reconocer al enemigo, luchar con las uñas, con los

pies, pegando si hace falta, gritando. Quiero mirar los ojos de mi hija, aunque estén muertos, aunque sean como esos ojos negros, opacos, de loco que tienen los muertos. Esos ojos tan parecidos a los míos.

El poblador más antiguo de La Rinconada tiene setenta y dos años.

—He pasado más de cincuenta años dedicado al trabajo, entre socavones. Siéntese a mi lado, linda, que no oigo muy bien.

La señora María trae una fuente de papas bañadas en una salsa amarilla.

—Verá qué gran cocinera.

Asiento. La foto de mi hija me quema en la mano.

—Lo mejor es la salsa con la que se baña la papa: queso, aceite, sal y ají amarillo.

El anciano me pasa aceitunas negras y un huevo duro.

—Pártalas en el plato.

Hago lo que me dice.

—Ahora eche la papa y la salsa.

Su mujer se sienta frente a nosotros.

—Rafael, bendice los alimentos.

La bendición consiste en un padrenuestro, un avemaría y un gloria al padre. Después de santiguarnos hay que esperar a que el patriarca comience a comer. Decido guardar la foto para después de la cena. Estoy hambrienta.

—¿Cómo ha logrado aguantar tanto tiempo en la mina? —pregunto antes de comer una papa. Su sabor me hace cerrar los ojos. Siento nostalgia. Me recuerda a mi abuela.

—Es difícil —responde el hombre—. Pero ahora tengo mi tienda y mi carro. Mire, toque, ¿ve? Tengo la piel curtida por el frío, y sigo activo tomando una hierba andina que se llama cañihua.

—También Dios nos protege —apunta la señora María antes de echarme otro cucharón de papas. Se lo agradezco.

—Cierto —dice el viejo—, pero yo tengo cuidado. Aquí hay mineros que se parten la espalda y la salud entre mercurio, gases, lodo y explosiones de dinamita colocadas por borrachos. Todo para gastar lo que han ganado al final de la jornada en bebida y mujeres en los antros que hay en el asentamiento, todos ellos regentados por personajes que no dudarían en matarte.

—Y eso a más de cinco mil metros sobre el nivel del mar, sin oxígeno para un occidental normal —añado.

El viejo asiente.

—Yo me alejo de ese infierno y me desintoxico bebiendo un tarro de leche al día.

—¿Cómo llegó aquí?

—Dejé el campo. Ya no me daba dinero y me vine para acá.

—En aquel entonces sería muy diferente a lo que hay ahora.

—¡Ya lo creo! En esos tiempos todo era desierto, no había campamento minero, nos metíamos en cuevas y sacábamos el oro. —El viejo se detiene y recuerda el pasado con una especie de añoranza.

—Esta mañana hice chicha morada —interrumpe la señora María mostrándome una jarra—. ¿Quiere probar?

—Si tiene alcohol, mejor no.

—Es solo una bebida de maíz —explica mientras vierte el líquido en un vaso—. Pero es demasiado duro para comer, así que se hierve en agua para hacer la chicha morada. Luego se le añaden especias como canela y clavo de olor.

El viejo acerca su vaso y lo llena con buen pulso.

—Yo era uno de los hombres que entre los años cincuenta y sesenta llegaron a La Rinconada con espíritu aventurero: seguía el rumor del oro glaciar que esperaba en las alturas de un pueblo de los Andes peruanos.

Pienso que el anciano y los que llegaron con él solo buscaban un poco de progreso. No les importaban las condiciones climáticas extremas ni la altitud. Se quedaron y crearon un pueblo al pie de un glaciar que se volvió leyenda. Levantaron casas de aluminio y de material noble, colocaron tiendas, bazares y hasta paraderos de autobuses interprovinciales.

—En medio de este laberinto de casas que colocan letreros con la palabra oro en sus puertas, la ciudad ha crecido tanto que ya se ven viviendas nuevas en las partes más altas de los nevados. Una locura —dice la abuela María, moviendo la cabeza en señal de desaprobación—. Hoy, sesenta años después, los mineros continúan allá, con las mismas esperanzas de los primeros que llegaron: quieren hacer realidad el sueño de El Dorado.

—Soy el último de mi generación —insiste don Rafael—. Ya todos los que llegaron conmigo están bajo tierra. Se murieron.

Miro con atención sus manos. Parecen manos de lagarto, de árbol, de tierra. Le pregunto cómo fueron los comienzos mientras bebo un sorbo del mejunje morado.

—En un principio no conseguí ningún cacharreo, pero después todo mejoró —insiste, y mira con orgullo a su mujer.

Creo que es un héroe, un superviviente en este infierno.

—¿Cacharreo? ¿Qué es eso?

Al instante me avergüenzo de mi pregunta; mi familia se dedica al comercio del oro y descubro que nunca me preocupé por su procedencia, por saber quién lo extraía, o cómo. Solo me interesaban mis estudios y mi hija.

—Es una práctica de la minería informal. Los trabajadores operan en la mina durante una semana y sacan todo el oro posible para la empresa contratista. No cobran un salario: la recompensa que obtienen es un día de trabajo para que ellos puedan extraer todo el mineral que puedan. Esa es su ganancia.

Le miro asombrada.

—Así ganamos nuestra chispita de oro —dice don Rafael, que se levanta. Me fijo en que mide como yo; metro y medio de estatura.

El viejo toma unas hojas de coca y las añade al agua hervida. El té es lo único que me alivia los efectos del mal de altura.

—No hay nada mejor contra el apunamiento. Y ahora enséñeme la foto de su hija.

Asiento y trago con nerviosismo. Se la muestro. Agradezco su rostro hierático. La mira durante un rato. Su mujer aprovecha para recoger los restos de la cena.

—Tiene una marca de nacimiento en un antebrazo, se parece a nuestra flor nacional.

De repente don Rafael asiente, y mi corazón da un vuelco. Me tapo la boca con las manos.

—Esta niña vivía en el poblado Lunar de Oro, cerca del nevado Riticucho. Entre semana cuidaba a las hijas de un minero, luego el fin de semana venía para acá.

Bajo la cabeza. Observo el dibujo del mantel de hule, creo que son ramas de cerezos en flor.

—La recuerdo bien, sí –prosigue el viejo–. Estaba sentada en el escalón de entrada del salón de internet. Me llamó la atención la flor de su antebrazo, pensé que era un tatuaje. Alguien la había quemado con un cigarrillo y le había hecho una especie de tallo. Tenía una pinta fea.

Mis manos pasan de cubrir la boca a los ojos.

—Le dije que se curase esa herida. Me respondió que no tenía dinero para ir a la enfermería. No sé por qué, la traje a casa y mi hija Candela la curó. La vi un par de veces más. Pero de eso hace unos años.

Me meto en la cama y se para el tiempo. Debajo de las sábanas la negrura ha hecho su guarida, parece que un lobo espera con las fauces abiertas a que yo estire las piernas. Me escondo dentro de las mantas y dejo que la oscuridad me corroa los huesos. Tiemblo de manera escandalosa, no encuentro nada a lo que asirme para detener el frío que me atenaza. Comienzo a llorar, al principio de forma comedida, luego mando a la mierda mi estoicismo y me dejo arrastrar por la pena.

En mi cabeza aparece su brazo, con las quemaduras.

He sobrevivido a mi pasado, a su búsqueda, a mi soledad, pero esta noche la luz quemada de mi habitación me dice que no volverá.

8

—Durante la Operación Spartacus, más de 2.700 víctimas de la trata de personas fueron rescatadas por Interpol. Fue una operación centrada en América del Sur y Central que permitió desmantelar al menos siete redes de delincuencia organizada. En esta lista aparece Dolores Menchero Santina.

Thomas se quitó la americana y se remangó la camisa. Bebió café y mordió una galleta de chocolate. Su hombre de confianza en Interpol no le había defraudado. Klaus tenía una mente matemática similar a un ordenador. Su eficacia en la búsqueda de datos, delimitando siempre fechas y lugares, lo hacía imprescindible.

—Hubo una gran operación en la ciudad minera de La Rinconada, en Perú —continuó—. Unos 900 agentes de policía participaron en una redada contra la explotación sexual y los trabajos forzados que finalizó con la detención de cinco sospechosos y el rescate de 190 mujeres y 250 hombres. Ahí aparece el nombre de esa mujer.

—¿Qué fue de ella?

—En el total de víctimas liberadas figuraban veintisiete adolescentes que habían sido enviadas desde diferentes países para su explotación sexual o como mano de obra barata. Entre esas menores había varias chicas de Ecuador. Se estableció contacto con ellas a través de las redes sociales y fueron secuestradas a la salida de sus escuelas para, posteriormente, ser drogadas y trasladadas fuera del país. Aquí dice que la mujer que buscas se unió a ese grupo, pero no hay más datos.

—¿Y constancia de su ingreso en un centro?

—Tampoco.

—Pero ¿estamos hablando de una menor?

Klaus revisó la lista con los datos de las menores, negó con la cabeza.

—Aparece en otra lista. La información que tenemos nos dice que en el momento de su rescate tenía veintiún años. Pero vete tú a saber...

—¿Cuándo se desarrolló la Operación Spartacus?

—En mayo de 2013.

—De acuerdo, ya hace tiempo. ¿Algo más de ese pueblo?

—Se cree que La Rinconada es el mayor centro de trata de personas del altiplano punero. Un estudio de la Organización Mundial de la Salud señala que en Puno desaparecieron 402 menores y que 300 nunca fueron encontrados. Se sospecha que tuvieron como destino final el centro poblado minero La Rinconada y que la mayoría fue destinada a la explotación sexual. La Policía Nacional de Perú calculó que allí se explota sexualmente a unos 4.500 menores de edad.

—No puedo imaginar el sufrimiento de esos menores. Pero que se rescate únicamente a veintisiete... Es una cifra ridícula.

Klaus miraba las dos pantallas de ordenador como si fuesen una. Thomas pensó que se podría haber dedicado a la magia, sus dedos volaban y desaparecían.

—El nombre de Dolores Menchero Santina vuelve a aparecer en el desmantelamiento de la Red Paniagua en Colombia.

Thomas acercó su silla con ruedas hasta que el apoyabrazos tocó el de Klaus.

—No me suena.

—El acceso a las bases de datos mundiales de Interpol permitió a los funcionarios policiales que trabajaban en los aeropuertos comprobar tanto los nombres de los viajeros como su documentación. Esta red está implicada en la trata de cientos de mujeres y niñas, a quienes trasladaban desde América del Sur hasta China. La red estaba dirigida por una mujer colombiana de cuarenta y siete años y por su hijo. Reclutaban a sus víctimas con promesas de una vida mejor en Guangzhou. Les proporcionaban documentación falsa, lo necesario para el viaje y alojamiento, y una vez en su destino las sometían a la esclavitud sexual.

—Pero ¿cómo sabemos que Dolores Menchero era una víctima? Puede que se dedique a ello.

—Fue descubierta en el aeropuerto de Guarulhos, en São Paulo. Las redes de trata de personas suelen usar Brasil como punto de entrada para América del Norte o como ruta de salida desde América del Sur, aunque nunca sabes...

—Espera, a ver si lo entiendo. —Thomas se pasó la palma de una mano por la frente en un intento de aclararse—. A la tal Dolores se la salva de la prostitución en La Rinconada, y luego acaba formando parte de una red de trata.

—No es nada raro. Normalmente las amenazan con herirlas, e incluso con matar a familiares. Ellas son sus propias carceleras. Tienen una deuda, y hasta que no la salden seguirán en la red. Además, las rotan. Los clientes exigen variedad. Como si fueran cromos, los prostíbulos las intercambian dependiendo de la estación del año. En algunos lugares es verano y por lo tanto temporada alta, y allí que las mandan; cuando sea verano en el hemisferio norte volverán.

—Es terrible.

—Voy a mirar la base del programa brasileño Intercops, que ofrece información del tránsito por los aeropuertos.

Thomas leía los nombres, sobre todo de mujeres, que aparecían en los monitores. Cada una de ellas con su historia de degradación y violencia. Mujeres que pasaban a ser datos. Las más afortunadas volverían a sus casas sin reproches de los suyos, con apoyos institucionales; otras serían marcadas, abandonadas en la misma espiral de pobreza que les hizo buscar una salida. Conocía el destino de muchas de estas últimas: el retorno a la explotación sexual.

—Lo tengo. Hace dos meses se detuvo a un tal Johnny Eliexer Cordero Belisario. Tenía una notificación roja.

—¿Roja? ¿Qué había hecho para que Interpol emitiera la máxima prioridad de búsqueda a escala mundial?

—Se sospecha que este ciudadano venezolano engañó a cientos de mujeres para que viajaran hasta la República Dominicana, donde se las obligaba a prostituirse. En la redada se rescató a una

Dolores Santina —dijo, y sin poder ocultar su emoción añadió—: Y tenemos foto.

Thomas examinó el rostro que aparecía en la pantalla. En la imagen se veía a cuatro mujeres, Klaus separó y amplió la segunda de la derecha. La joven miraba a la cámara en actitud desafiante, pero se mordía los labios. Llevaba un gorro del que sobresalían dos trenzas y un flequillo cortado por encima de las cejas. Tenía pecas en las mejillas. Estaba sentada en una silla de plástico que formaba parte de una hilera, se imaginó que era una sala de espera. Llevaba un sencillo vestido de tirantes.

—Estoy convencido de que se trata de Dolores Menchero Santina —apuntó Klaus—. La misma edad, nombre y segundo apellido y mismo país de origen, Perú. Hubo que llevarla al hospital por una herida en un costado.

Thomas asintió mientras recogía una copia impresa de la foto.

—¿Cuál será su historia? —se preguntó en voz alta—. ¿Qué sabrá para que secuestren nada menos que a un miembro de la agencia antidroga estadounidense?

—No lo sé —respondió Klaus—. Lo que sí puedo decirte es que debe de ser algo muy gordo. No es la manera de proceder de las mafias: prefieren el anonimato y estar a bien con las fuerzas de seguridad.

Thomas acercó la foto. Su amigo estaba en peligro por ella. Intentó odiarla sin conseguirlo.

9

El frío punzante y los insistentes pregones de los vendedores de billetes de autobús hacia Juliaca me impiden conciliar el sueño. Pero sobre todo es la imagen de mi hija, que aparece de manera persistente. No dejo de preguntarme cómo es posible que haya vivido tan cerca y que nunca haya regresado a casa. Aún recuerdo la última discusión, los desencuentros propios de la vida en familia. Igual no desea que la encuentre. Seguro que el señor Rafael se equivoca; no puede ser ella, me convenzo, me tranquilizo. Luego pienso que sí, que es ella, pero elaboro nuevas teorías: que tiene amnesia, que vive amenazada, que ha ido a Puno en alguna de esas ocasiones en que yo me encontraba en otro país intentando localizarla. ¿Y si nos hemos cruzado? ¿Y si no me ha reconocido? Estos pensamientos me doblegan, me torturan. Poco puedo hacer. Aquí, en la caja helada que es mi habitación, solo ansío que llegue la mañana.

En una esquina de la calle veo a un hombre que tritura una roca. Miro a José con gesto interrogante.

—Ese quechua ha trabajado durante un mes sin recibir salario ni prestación alguna. Su pago es la roca que ahora tritura.

Contemplo al hombre, que está sentado en una silla de plástico azul. Se inclina hacia delante para triturar su roca con un mazo de hierro. Viste un pantalón sencillo y una fina casaca verde oliva. La temperatura es de dos grados bajo cero, pero él no parece notarlo. Intento reprimir un escalofrío.

—Hoy hace buen día —dice José, que parece leerme el pensamiento.

Vuelvo a mirar al hombre y su preciosa pertenencia. Cuando la golpea emite destellos dorados.

—¿Es oro? —le pregunto con entusiasmo, como si su suerte fuera mía.

—No —contesta, seco, mecánico, sin enojo ni alegría, sin brillo en los ojos; como si el oro lo hubiera enajenado.

Conforme tritura la roca, va colocando en una bolsa de plástico blanca los pedacitos que contienen oro. Pulveriza la roca sobre otra piedra dentro de un círculo hecho con una tela vieja que le sirve para que el material bueno no se esparza en el aire.

—El siguiente paso es hacer polvo todo el material de la bolsa blanca —me explica José mientras nos alejamos del minero—. Luego, en un pocillo de agua, ya ve que abundan dentro de las rocas del glaciar, colocará ese polvo gris y echará agua y mercurio. Se subirá encima de una piedra y bailará sobre ella; con ese movimiento, el mercurio atraerá las partículas de oro. Al final del proceso se obtiene una bolita blanca en la que la mayor parte es mercurio. El agua y los residuos de mercurio se quedan en el agujero.

—Pero... el mercurio es muy tóxico —balbuceo. Apenas puedo hablar. Necesito más oxígeno.

—Así es. El deshielo se encargará de arrastrar los restos hasta el lago Cumuni, que es el que nos abastece de agua. O en forma de gases que luego se depositan en los techos congelados de las casas. Cuando se deshiela, la gente recoge el agua directamente del tejado creyendo que es agua pura.

Sé que el paso final será vender el oro obtenido a alguno de los cerca de quinientos acopiadores de oro que existen en La Rinconada: los mejores clientes de mi madre.

—¿Cuánto gana un minero? —le pregunto, aprovechando una bocanada de aire.

Trato de olvidar el motivo de esta ascensión. Más arriba, en esta tierra de color gris, como sus casas hechas de aluminio; plomiza, como las piedras que contienen su dorado mineral, como el agua de las lagunas que contienen relave; negruzca, como las trochas que sirven de carreteras, ha vivido mi hija.

—Puede llegar a ganar cinco mil soles al mes, libres de impuestos. Otros menos afortunados pueden llevarse mil. Es una locura. Los turnos son de cuatro horas, pero nadie los cumple. Para ganar más hacen largas jornadas durante los siete días de la semana. Suben a las montañas, se meten en las bocaminas y caminan dos kilómetros hacia el interior del nevado. En esos socavones, la temperatura es de cero grados y el techo y el suelo son de hielo. En el interior de esas cuevas los mineros hacen perforaciones, detonan dinamita para debilitar la tierra y siguen picando la veta día tras día. Así hasta que sufren un accidente o enferman, eso cuando no los asesina alguien para robarles el cacharreo.

Allí donde termina el poblado arranca un sendero que discurre entre rocas, accidentado, peligroso, por donde corren las aguas putrefactas rumbo al lago. En el costado izquierdo hay todavía más basura, toneladas de desechos acumulados a lo largo de muchos años.

Hasta aquí la hoja de coca ha hecho llevadera la caminata, pero el aire gélido, la altura y la impresión del lugar hacen que ahora me detenga.

—No me entra oxígeno —consigo decir—. Necesito sentarme. Tengo vértigo.

—No se preocupe —dice José—. Nunca pensé que llegaría tan lejos.

Miro el cielo —lo único bello en este lugar— y pienso que es cierto: jamás creí que pudiera llegar tan lejos.

Diez minutos después se reinicia la caminata con la sola idea de llegar a los socavones.

Ya hace rato que deberían haber aparecido los primeros agujeros, pero siguen escondidos.

—¿Falta mucho para los socavones? —pregunto a un grupo de mineros, que se limitan a mover la cabeza de izquierda a derecha. Nadie responde articulando palabras, como si el habla, lo que hizo posible el tránsito del primate al hombre, no existiera.

En ese momento, administrando el escaso aire que llega a mis pulmones, tomo conciencia de algo patente durante los últimos quince minutos de caminata: todas las personas que hemos encontrado en el camino son hombres. A la falta de oxígeno y los latidos acelerados del corazón, debidos a la presión atmosférica, se suma una idea terrible: la mujer aparece en forma de trapo, alguien de poca utilidad, salvo para limpiar, ser usada y poco más.

Por fin aparece la primera mina. Es una cueva en la nieve de unos cinco metros de ancho por tres de alto cuya entrada está apuntalada con unos costales amarillos. Calculo que habrá varios centenares de hombres entrando y saliendo. Un conjunto de hormigas trabajando para la reina hasta morir.

José habla con uno de esos obreros. Ya ha terminado su turno y espera el transporte para volver a su casa, en Quilca, a una hora y media de La Rinconada. Veo cómo señala algo. Sigo con la mirada la dirección que indica y veo una casucha de hojalata rodeada de basura. Me digo que no, que no es posible. Mi hija no puede haber vivido ahí.

De ningún modo.

José hace el signo de victoria y me sonríe. Me muevo a cámara lenta hacia la chabola de aluminio.

A mi alrededor todo parece detenido, en silencio. En mi interior todo es ruido y confusión.

10

Laura suspiró mientras preparaba el biberón nocturno. Se sentía tan culpable que ahora le parecía que la leche no materna era veneno para su hijo. ¿De dónde provenía ese sentimiento?, se preguntó. ¿Por qué cargaba con esa losa? Subió las escaleras y lo dejó en el calientabiberones situado en el baño de su dormitorio, listo para la toma de la madrugada.

Se cepilló los dientes. Tomó un poco de crema con la punta de los dedos y la extendió por la cara, el cuello y el escote. Tenía las mejillas sonrosadas por el sol. Por primera vez en mucho tiempo, sonrió a su imagen.

—Vamos a ver, Laura, guapa —dijo, mirándose en el espejo—. ¿Qué quieres? Si te sinceras conmigo te puedo ayudar. Juntas hemos llegado a forense jefe, así que no me jodas y dime qué necesitas. Porque llevas dos días dando el biberón a Mario y durmiendo más, y sin embargo no veo un cambio en tu comportamiento.

Se dio cuenta de que había levantado la voz. Tal vez estaba incubando algún tipo de desorden mental. Evitó usar la palabra loca. Volvió a mirarse al espejo.

—Laura, cielo, ¿qué te pasa?

Sus ojos verdes tenían algo de pozo cubierto de algas. De una manera inconsciente se metió el biberón en la boca. Estaba asqueroso. Volvió a dejarlo en su sitio.

—Tienes que ser sincera. Vamos a jugar a una cosa: a enumerar los hechos probados, los que nos parecen que son ciertos. Bien, vamos allá.

Inspiró profundamente.

—Punto número uno: es mentira que el mayor problema fuera dormir. Ahora duermes más y sigues igual. Punto número dos: puede que estés triste porque has engordado. Y bastante. —Se sujetó con ambas manos al borde del lavabo y aproximó la cara un poco más al espejo—. Punto número tres: eres una cobarde y necesitas huir.

Retiró el rostro a la vez que abría la boca, sorprendida.

—Mierda.

Bajó los brazos en señal de cansancio y se metió en la cama. Sabía que debía tomar una decisión. Nunca había sido una cobarde. Se reprendió por el ejemplo que estaba dando a su hijo. Estaba harta de juzgarse.

11

Después de una visita fugaz a Washington –hubiera deseado que fuera aún más breve–, Thomas reservó un vuelo nocturno hasta Lima operado por Latam Airlines Perú. Intentó dormir durante el trayecto, sin conseguirlo; el encuentro con la mujer de George, además de inútil, había resultado deprimente.

–Pierdes el tiempo –había dicho ella–. La Policía ha hecho preguntas parecidas con el mismo resultado.

–Pero algo notarías...

–Para mí es humillante. Llevar más de treinta años con una persona y darte cuenta de que eres una imbécil. Tanto viaje, claro... Es lo que tiene ser agente de la DEA.

Thomas saludó a los policías que tomaban café en la cocina. No tenían ninguna novedad. El móvil de George había dejado de estar operativo hacía dos meses, justo en el momento de su desaparición. La señal se había apagado en la puerta de su casa. Estaban a la espera del visionado de las cámaras de seguridad, en un intento por reconstruir sus pasos desde el principio. Se despidió y siguió a Catherine por el pasillo hasta el salón.

–¿Había viajado a Perú últimamente?

–Sí, hacía tres meses. Tenía no sé qué congreso. Seguro que todo mentira. Igual llevaba una doble vida, y yo mientras tanto esperando a que volviera con su tarta favorita. Pero hasta aquí hemos llegado. Siempre quise tener un estudio de pintura en la habitación más luminosa de la casa, y da la casualidad de que esta era su despacho. Hasta ahora.

Thomas comprendió que el rencor no iba a ayudar a obtener información. Intentó ser conciliador.

–Te aseguro que eso no es cierto. No está con nadie –mintió–. Te quiere, y siempre ha sido feliz contigo.

—Sí, cuando las niñas estaban en casa. El día que se marcharon, todo se torció.

Como su gesto, pensó Thomas. Recordó la desesperación de su amigo ante la ausencia de deseo por parte de Catherine, su angustia al no poder tocarla.

Pero de eso no vamos a hablar, ¿verdad, Catherine?, pensó. Dejaremos las culpas para George.

—¿Puedo pasar a su despacho?

Con un gesto de torero, balanceó el brazo y lo dejó alzado señalando una puerta.

Su etapa de perfilador en Washington había sido más llevadera gracias a George. Desde que aceptó el cargo en Interpol Lyon se veían poco, un par de veces al año como mucho; Benarés había sido la última. Pero cuando hubo entrado en el despacho su ausencia se volvió real. Una gran tristeza gravitaba sobre la habitación en proceso de mudanza. Se sintió confundido por aquella celeridad. Recorrió despacio la estancia, y sus pasos sonaron extraños; retumbaban, lúgubres. Thomas era incapaz de encontrar el recuerdo de George en aquella habitación medio vacía. Incluso habían arrancado las cortinas. Hacía calor. Unas manchas de color vivo marcadas sobre el papel pintado señalaban el sitio donde habían estado los muebles. Le pareció extraño que todo hubiera acabado así en su matrimonio, la prisa de Catherine por eliminar a su amigo.

Pensó en aquellos años de amistad juntos; habían pasado muy deprisa, y ahora alguien les había robado la oportunidad de volver a reencontrarse. La vida tenía esa facultad de engañar. Había pensado que George siempre estaría al otro lado del teléfono, a un vuelo de distancia, que nunca estaría solo en aquella habitación. Observó un par de fotos que aún quedaban por allí: en una aparecían los dos, en la otra, con sus hijas. Cerró los ojos con un sentimiento de pesar.

—¿Dónde estás? —preguntó a la foto—. Tú que nunca pasabas del jardín, que adorabas tu vida de barbacoa dominical... ¿Qué sucedió para meterte en esta historia?

No le quedaba otra que buscar a la chica, seguir su rastro, se dijo sin mucha convicción.

A las 5.30 aterrizó en Lima. Reservó una habitación en un hotel del mismo aeropuerto, no quería perder tiempo. Se duchó y tomó un desayuno frugal. Una vez en la comisaría de Monterrico se reunió con su máximo dirigente, Martín Parras Saldaña, jefe de Interpol en Perú.

—Es un placer saludarle —dijo el comisario en un perfecto inglés—. Lamento las circunstancias. Debemos obrar con celeridad. Conforme pasan las horas disminuyen las posibilidades de que todo acabe de forma satisfactoria. La Policía de Estados Unidos cuenta con nuestra máxima colaboración.

—Se lo agradezco enormemente.

—Sabemos que en la redada en el pueblo de La Rinconada aparece el nombre de la señorita Dolores Menchero Santina, y que su pista se pierde en la República Dominicana.

—Exacto.

—Es extraño que no pidan dinero, solo a la chica.

—Sí, eso mismo pensé yo. Habría preferido que hubieran pedido dinero.

—Cierto. Esto complica las cosas.

—¿Cree que está en Perú? —preguntó Thomas después de rechazar la taza de café que le ofrecían.

—Todo indica que sí. Pero nunca se sabe. Las fuerzas de seguridad del Estado manejan esa línea de investigación.

El comisario hizo una pausa. Cruzó las manos sobre la mesa y le miró.

—Perdone que le haga esta pregunta, pero ¿qué hace usted aquí?

—No lo sé —respondió Thomas—. Intento ayudar. George es mi amigo.

—Pero... no conoce el idioma, ni el país.

Thomas asintió con la cabeza.

—Nosotros nos ocupamos.

Se sostuvieron la mirada en silencio.

—¿Me está pidiendo que me marche? —preguntó Thomas.

—Mire, voy a ser sincero con usted. Cada vez que se menciona La Rinconada en los noticiarios peruanos, se trata de información relacionada con asesinatos, asaltos en la truncha...

El comisario advirtió el gesto de incomprensión de su interlocutor.

—El camino a los negocios que acopian oro.

—Gracias.

—Riñas en cantinas con resultados fatales, trata de personas, violaciones... El poder adquisitivo de los mineros y la demanda de servicios sexuales explican por sí solos la proliferación de bares nocturnos en la zona. Cada uno de esos establecimientos pertenece a alguna de las muchas organizaciones dedicadas a la trata de personas, que no dudan en deshacerse de quien les molesta.

—¿Tiene alguna pista?

—La señorita Menchero estuvo en el Banco de Oro, uno de los principales clubes nocturnos. Suele estar muy concurrido porque ofrece menores de edad como damas de compañía, muy cotizadas por su virginidad. Hace un año dos niñas huyeron de allí. Las habían captado cuando paseaban por el parque de su pueblo; una mujer se les acercó y les ofreció mil quinientos soles mensuales por trabajar en un restaurante en la ciudad de Juliaca. En realidad en esta ciudad solo estuvieron de paso, porque su destino final fue La Rinconada.

—¿Y qué tiene eso que ver con Dolores Menchero?

—Tenemos razones para creer que la captadora es familia de la mujer a la que buscamos.

Thomas asintió con gratitud. Existía una pista para encauzar las investigaciones.

—De ahí la urgencia para con su amigo. Si nuestras sospechas son ciertas, están acostumbrados a los secuestros. Cerca de tres mil mujeres, entre adultas y menores de edad, viven sometidas a una suerte de cautiverio y son obligadas a prostituirse. Las que trabajan de noche descansan encerradas en pequeñas habitaciones durante el día. Solo salen de la casa para trabajar en la calle, pero nunca escapan al control estricto de las propietarias de las cantinas. No sé qué tendrá que ver su amigo en todo esto, pero no me gusta nada.

—¿Adónde quiere llegar?

—A que tal vez se involucró en la trata, o se enamoró de quien no debía, o...

—Tonterías —le interrumpió Thomas—. Usted no le conoce.

—Puede que tenga razón. Pronto lo sabremos. Me inclino a pensar que está en La Rinconada. Espero que disfrute de su viaje de vuelta.

—¿Me está echando?

—No quiero preocuparme por usted. Ese no es lugar para un americano.

—Soy irlandés —respondió Thomas como un resorte.

—Con todos mis respetos, eso me es indiferente. Allí, en La Rinconada, los mineros se emborrachan, se pelean, incluso se practica el linchamiento, como sucedió con los dueños del prostíbulo Las Vegas, que fue incendiado por cerca de tres mil personas. Aprovechan el estado de embriaguez para robar, y la noche es testigo de la muerte de algún minero en peleas callejeras motivadas por la propiedad de los socavones, tras horas de ahogarse en licor. Allí la vida no vale nada. Tampoco la suya.

Thomas bajó los brazos. Estaba cansado.

—¿Qué pasó con las niñas? —preguntó de repente.

—Volvieron a La Rinconada. Provenían de hogares disfuncionales. Las carencias económicas, el maltrato de los padres, el abandono y la falta de afecto predispusieron a las menores a regresar a ese mundo. Para que lo entienda, la mayoría de las sesenta y siete menores de edad que fueron rescatadas de las redes de prostitución que operan en La Rinconada en los últimos meses habían sido llevadas con engaños por el propio entorno familiar. Y luego sucede que el Estado no les da opciones.

—Es indignante.

—No crea que Europa es muy diferente. Otra cosa es que se quiera tapar. Y siento haberle hecho perder el tiempo, pero le pido que lo deje en nuestras manos. Lo digo en serio. El general de la XII Dirtepol Puno dedica todos sus esfuerzos a esclarecer el caso —dijo levantándose a la vez que le ofrecía la mano.

—No entiendo por qué no existen más efectivos en ese lugar, si es cierta la realidad que me ha contado —comentó disgustado mientras se la estrechaba.

—Admito que existe escasa presencia del Estado en La Rinconada, y que por eso casi siempre terminamos rebasados por una población de mineros que no duda en enfrentarse a la Policía, incluso con cartuchos de dinamita si es necesario.

Thomas escuchaba asombrado.

—La Policía hace todo lo posible para identificar y recuperar a menores cautivas. Pero allá los mineros son la ley. Se juntan todos e imponen lo que quieren.

—Y por qué no mandan..., no sé, al ejército.

—Una intervención armada supondría un alto costo social para la Policía, por la forma como reaccionan los habitantes. Ya lo ve, vuelva a su casa. Le mantendremos informado.

Thomas se despidió y salió de la comisaría. Nada más llegar al hotel, buscó en internet cómo ir a La Rinconada.

12

Le enseño la foto de mi niña. La coge con delicadeza entre sus dedos destrozados por las piedras, la observa con gesto de ternura. Su mirada es limpia.

—¿La reconoce?

—Claro que sí. La Cantuta vivió en mi casa por dos años. La reconozco por la marca de la flor en su antebrazo. Durante el día cuidaba de mis hijos, el fin de semana se marchaba...

Baja la cabeza.

Conozco el motivo de su gesto. En señal de una rebeldía estúpida, alzo la mía.

—¿Sabe dónde está?

—No. Desapareció de repente y no la volví a ver.

Estamos cerca de una especie de túnel. Los mineros que salen y entran no se sonríen cuando se cruzan. Ni siquiera se miran. Algunos portan en la espalda un costal con una carga pesada, señal de que hoy es su día libre y lo han aprovechado para descender a los socavones en busca de alguna mina que los haga ricos y les ayude a cumplir el sueño que los empujó hasta aquí.

—Yo también me marcharé. Llegué a la mina hace seis años con mis tres hijos; ya tengo treinta. Estoy por un tiempo, no para toda la vida. Quiero hacer algo de dinero y retirarme —me explica.

El hombre tose hasta el último aliento de aire.

—¿Cómo está de salud?

Calla unos segundos. Luego dice, sin que aparentemente le afecte:

—Tengo silicosis. Me tomaron una radiografía y salieron unas manchitas. Apenas empieza, es poquito... Dios me guía y cuida.

Pienso que no es asunto de fe o de milagros. Si continúa trabajando en la mina, morirá.

Me cuenta que su trabajo en los socavones es de los que demandan mayor energía. Es limpiador.

—Acarreo hacia fuera las rocas desprendidas —dice.

Limpio con un pañuelo la foto de mi niña. Una huella blanca cubre su mejilla.

—¿Alguna vez le habló de lo que le sucedió? De la razón por la que no volvió a casa.

—Era muy reservada. Una mujer triste. Cuando le preguntaba por su vida anterior, siempre contestaba lo mismo: que Ángela María estaba muerta, la Cantuta se la había comido.

—Pero... tiene que saber algo. No puedo creer que durante dos años no le contase nada.

—Señora, tiene que entender que yo trabajaba todo el día y que al volver a casa solo tenía ganas de dormir. No había tiempo para confidencias.

—¿Y los niños? ¿Podría hablar con ellos?

—Los mandé con su abuela a Cuzco. Este sitio no era para ellos. Ya van a hacer tres años allá. Hablo con ellos una vez a la semana por Skype. Si quiere les pregunto.

Mi cabeza asiente por gravedad, sin emoción.

—¿Desde cuándo no ve a sus hijos?

—Desde que los llevé con mi madre.

Me muerdo el labio y saboreo la ira en mi boca.

—¿Cuánto tiempo seguirá trabajando en La Rinconada?

—Ya le he dicho. Quiero hacer dinero para poder retirarme.

—¿Ha visto a alguien en sus años de trabajo hacer dinero suficiente para retirarse?

Los mineros pagan con su salud, y probablemente con su vida, la fantasía de que algún día se volverán ricos. La altura, la humedad, el polvo de sílice que emana de la mina y el mercurio que usan para sacar el oro a su roca deshacen sus pulmones.

—No —responde rápido, con la mirada perdida en el vacío—. Yo espero tener suerte.

Recuerdo las palabras del fotógrafo Salgado en *La sal de la tierra:* «Si existía alguna esclavitud allí, era el afán de ser rico».

Esos niños no saben que son huérfanos desde el mismo momento en que su padre accedió por primera vez a La Rinconada.

Mierda de vida.

13

Una llamada bastó para conocer la dirección del hotel en Lima donde se había alojado George tres meses atrás. Decidió ir allí sin más tardanza. Se trataba de una de esas cadenas hoteleras que tanto gustaban a los yanquis. Una especie de embajada estadounidense donde uno podía encontrar lo mismo que en cualquier otro hotel de la cadena, desde la comida o la salsa hasta el papel higiénico.

Una convención sobre cambio climático abarrotaba el vestíbulo de entrada. En el bar la cosa no estaba menos animada. Thomas se abrió paso hasta la barra y apoyó los codos. Después de varios intentos, logró llamar la atención de un camarero.

—Perdone, ¿conoce a este hombre?

El camarero miró la fotografía de soslayo, sin demasiado interés.

—¿Qué desea para beber?

Thomas no pudo disimular un gesto de contrariedad.

—Creo que no me ha oído.

El camarero le indicó con un dedo que esperara. Estaba ocupado sirviendo café en varias tazas.

—Ya estoy con usted. ¿Qué desea tomar?

—¿Podría mirar antes la foto?

—Lo siento, no me suena.

—Igual no le importa hacerlo otra vez.

El camarero, desoyendo la petición de Thomas, se alejó hasta la otra esquina de la barra.

Mientras tomaba una coca-cola, pensó qué hacer. Llamó a un conocido de la DEA y le preguntó si había acompañado a George en su viaje a Lima. A su respuesta afirmativa le siguieron unas preguntas.

—¿Se encontró allí con alguien?
—¿A qué te refieres?
—Una mujer.
—Ya he hablado de eso con la Policía. No.
—¿Cómo lo sabes? Quiero decir, ¿estuviste todo el tiempo con él?
—Sí.

El agente de la DEA hizo una pausa.

—Nuestra agenda era de lo más apretada —prosiguió—. Teníamos un horario estricto de reuniones y comidas. No hubo tiempo para el ocio.

No podía ser. En algún momento de ese viaje de trabajo George tuvo que conocer a alguien, algo debió de suceder para que en casa su actitud cambiara de manera tan radical.

—¿Te importaría mandarme vuestro plan de trabajo?

Un pitido en su móvil le avisó de que tenía un correo electrónico.

—¿Notaste algo raro durante el vuelo de vuelta? No sé, igual un comentario suelto que te extrañara.

—Nada —respondió su interlocutor—. George es muy bromista, hablador, pero poco dado a las confidencias, y mucho menos personales. Si algo le bullía dentro, no dijo nada. Sé que tú eres su mejor amigo, algo te diría a ti.

Thomas se sintió culpable. Le agradeció su tiempo y colgó. Luego amplió con los dedos el documento de texto que acababa de recibir y comprobó lo que el agente le había dicho; llegaron al mediodía, asistieron a un par de reuniones, cenaron y a la mañana siguiente regresaron a Washington. Miró el reloj, todavía tenía bastante tiempo antes de ir al aeropuerto. Salió del hotel. De repente se le ocurrió una idea un tanto peregrina: tal vez George salió a tomar una copa antes de irse a dormir. Observó a su alrededor. Al final de la acera donde estaba situado el hotel había un caos de tiendas pequeñas, tráfico y ruido; el George que conocía nunca se habría aventurado más allá de ese límite. Dejó a un lado una pastelería —su horario era diurno—, una floristería y una pequeña tienda de prensa, y a continuación encontró un pub irlandés. Fue a entrar, pero estaba cerrado. Se puso una mano a modo de visera alrededor de los ojos y miró en su interior. Un movimiento llamó su atención. Thomas golpeó el cristal con los nudillos.

La mujer observó la foto de George con interés.
—Estuvo aquí.
—¿Está segura?
—Del todo.
Un mechón de cabello pelirrojo se desprendió de su oreja.
—Con el segundo whisky comenzó a hablar con una mujer.
—¿Una mujer? ¿Se parecía a esta? —preguntó Thomas, mostrando la pantalla de su móvil.
El cuerpo grueso de la mujer se movió con dificultad mientras buscaba unas gafas en el interior de un bolso que colgaba de un perchero.
—No estoy segura. Un aire sí que tiene. Era indígena, con el pelo liso negro. Muy guapa. Todo prieto, ya sabe lo que quiero decir.
—¿Prostituta?
—Que yo sepa, no. Ropa de marca, joyas caras, peluquería y manicura. Siempre que la vi me pareció una mujer de negocios. Esta fue la primera vez que se marchó con un cliente.
—¿Ha vuelto a verla?
—No.
—¿Oyó algo de lo que hablaron?
—Esa noche el pub estaba tranquilo, pero la música siempre se pone a cierto volumen para que eso no suceda.
—¿Cómo era su lenguaje corporal? ¿Se reían? ¿O estaban muy juntos, en plan confidencias a medianoche?
—Una charla amigable. Después de que su amigo pagara la cuenta se marcharon. Él llevaba la mano en la espalda de ella. Al salir la bajó un poco más.

Thomas llegó al aeropuerto internacional Alejandro Velasco Astete vestido de manera informal, con una mochila al hombro. Entre el gentío, un rostro se impuso a los demás.

—¿Qué tal el viaje? —preguntó Laura.

—Tremendo. ¿Y el tuyo?

—De fábula. Aunque la culpa todavía pesa demasiado. No me puedo creer lo contenta que estoy por pasar unos días sin tener que cambiar pañales ni preparar biberones o frutas, limpiar la casa, pasear con la sillita, levantarme en plena noche entre lloros... Me siento fatal por pensar así.

—Tranquila, ya se te pasará.

—Es que creo que un cambio de aires me va a venir muy bien. Tomar distancia respecto a lo que me ha pasado, son solo unos días, Mario está de maravilla, Lupe cuidará muy bien de él.

—Respira. Te vas a ahogar.

—Perdona. Ni siquiera nos hemos saludado.

—¿Cómo prefieres hacerlo? ¿Tipo amantes con beso en la boca, dos besos en las mejillas, abrazo amistoso...?

—De momento, un fuerte abrazo.

—Vale, doña tacaña.

—¿Y tú qué tal? ¿Echas de menos a Tanika?

—Mucho.

—¿Te sientes culpable por estar lejos de ella?

—Ajá.

—Es decir, lo contrario a mí.

—Exacto. Te declaro doblemente culpable: por abandonar a tu hijo de solo cinco meses de edad y por sentirte feliz.

Laura apretó los puños con fuerza. Su cuello se tensó.

—Estoy bromeando —aclaró Thomas—. No hace falta que me des explicaciones. Estoy muy contento de que estés aquí. Venga, vamos a comer algo. Nuestro vuelo hacia Juliaca sale en un par de horas.

Thomas destacaba entre el resto de pasajeros del aeropuerto debido a la menor estatura de los indígenas. Se sentaron cerca de la puerta de embarque. El teléfono empezó a sonar de manera insistente. Miró la pantalla; era su madre, que llamaba por wasap. Sintió el impulso de no contestar, pero luego lo pensó mejor; si no aceptaba la llamada ahora, estaría pendiente de contactar con ella más tarde.

—Hola, mamá.
—¿Qué tal, cariño? ¿Cómo estás?
—Me pillas en Perú.
—¿El Perú donde viven los peruanos?
—Ese mismo.
—¿Y qué se come allí?
—Mucha fruta y verdura. Y el pollo con arroz está riquísimo.
—Bueno, tú cuídate, que somos lo que comemos. Nada, te llamaba por varias cosas.
—Soy todo oídos.

Laura advirtió que la conversación iba para rato, de modo que se tumbó a lo largo de dos asientos con la cabeza apoyada en los muslos de Thomas.

—Primero, que he vendido la casa donde vivíamos tu padre y yo.
—Ah. Pero... papá me dijo que el inquilino no se quería ir, y que tampoco pagaba el alquiler.

Hacía cosa de un año que sus padres se habían divorciado. Su padre había vuelto a Irlanda, a su pueblo natal.

—Así es, pero un chico muy majo que trabaja en una cafetería donde suelo desayunar todos los días..., por cierto, la cafetería está en Mojácar, a pie de playa, te sirven media barra de pan tostada con mermelada y mantequilla y café con leche en vaso grande. Por dos euros no merece la pena prepararlo en casa, y las vistas son espectaculares...

Thomas estuvo tentado de retirar el teléfono y que su madre continuara hablando sola.

—El camarero parece un matón. Tiene un diente de oro a juego con una cadena que lleva ajustada al cuello como si fuera un collar de perro. Ahora se ha rapado el pelo al cero, aunque el chico no es calvo, pero ahora sí que es calvo... En fin, cosas de la juventud.

—Mamá, si camina como un matón, viste como un matón y parece un matón, puede que sea un matón.

—¿Y tú qué sabes si no le conoces? Nunca vienes a visitarme. Te vas a Perú, donde los peruanos, y no eres capaz de venir a España, que está más cerca y se come mejor. Y que sepas que no hay que juzgar a nadie por su apariencia. Este chico trabaja los fines de semana en la discoteca El Remolino y me da vales para que los cubatas me salgan gratis.

Thomas se abstuvo de preguntarle a su madre qué hacía ella en la discoteca tomando cubatas.

—Te encantaría esa discoteca. Bueno, igual no, tú eres más paradito, pero todos los fines de semana a las dos de la mañana ponen unos cañones de humo y aire y crean un remolino gigante y parece que bailas en medio de un tornado. Ya sabes, de esos que se llevan las casas en Estados Unidos.

—Mamá, sé lo que es un tornado. Y te estás desviando del tema, me estabas contando que has vendido la casa.

Thomas acarició el pelo de Laura, se había quedado dormida.

—Es cierto, cariño. Pues le dije a este chico de aspecto tan imponente que le diera un sustito al ocupa ese.

—Eso se llama amenazar.

—Tonterías. Se llama sustito. Lo que pasa es que el chico se metió demasiado en su papel de matón y agarró al hippy por el cuello y le dejó algunas marcas. Nada, poca cosa, los dedos, que como los tiene grandes pues todo parece más aparatoso.

—¿Te ha denunciado? —preguntó, temiéndose lo peor.

—Qué va... Lo ha intentado, pero yo le he dicho que si se pone tonto y no atiende a razones le mando a mi amigo otra vez.

Thomas reprimió una carcajada. Su madre era única contando historias. Su ingenuidad podría parecer impostada de no ser porque había pasado toda su vida en un pequeño pueblo irlandés y no sabía ser de otra manera.

—Entiendo que gracias al camarero has conseguido echar al inquilino y vender la casa —dijo.

—Le he mandado la mitad del dinero a tu padre, menos la comisión de venta que se ha llevado el camarero. Hay que ser agradecidos. La otra cosa por la que te llamaba...

—Mamá, te tengo que dejar. Nos llaman para embarcar.

—¿Nos? ¿Con quién andas? ¿Con una peruana?

—Otro día te cuento.

Thomas despertó a Laura.

—Es buena idea que nos alojemos a varios kilómetros de La Rinconada. Aunque los precios son escandalosos para el país. Una habitación doble cuesta 370 euros.

—El oro es lo que tiene.

—Por cierto, compartimos habitación.

Laura abrió la boca para protestar.

—No te emociones: hay dos camas. La habitación es grande, tiene cocina y salón, es un apartotel. Si estás muy incómoda, siempre puedo dormir en el salón.

—Okei. No me importa —mintió. Lo cierto era que se moría de ganas por estar sola después de tanto tiempo pendiente de su hijo.

Un coche privado los recogió y llevó a Pachacámac.

—El mal de altura me está afectando más de lo que creía —dijo Thomas—. Siento una presión enorme en la cabeza.

—Lo mejor es que mastiques hojas de coca —dijo Laura antes de gritarle al conductor que parara al ver un puesto callejero de hojas de coca.

—¿Me las como así, sin más? —preguntó Thomas.

—No, mejor échales kétchup y mostaza.

—Muy graciosa.

—Anda, métete unas cuantas en la boca.

Llegaron a su destino y respiraron con ansia el fresco aire exterior. Cuando entraron en la habitación, Thomas le sugirió a Laura que descansase. Ella asintió, agotada.

No esperaban una temperatura tan baja. Helados y sin fuerzas, se metieron en la misma cama vestidos. Thomas abrazó su espalda. Laura se sorprendió por el bienestar que sintió con ese simple gesto de cariño. Algo dentro de ella le hizo recordar cómo se sentía su cuerpo antes de dar a luz.

Thomas notó su respiración pausada y regular. En cierta manera, se arrepentía de que Laura le acompañase. Todo resultaba extraño e inquietante; no solo por el frío, también por los vídeos y fotografías de La Rinconada que había visto en el ordenador. El pueblo parecía sacado de una película de terror. No podía imaginarse a su amigo en aquel lugar; pensó que en cualquier momento recibiría una llamada avisándole de que estaba a salvo y en buen estado. Besó el pelo de Laura. Una inmensa ternura le inundó.

Se despertó con un ruido de campanas. Uno de sus brazos había quedado atrapado debajo del cuello de Laura. Tiró de él con lentitud para no despertarla. De repente, mientras movía los dedos intentando que corriera la sangre, ella preguntó:

—¿Qué hora será?

Thomas miró por la ventana. La luz muerta no daba pistas. Tomó el móvil y vio que apenas habían dormido un par de horas. La calefacción funcionaba a pleno rendimiento.

—Tengo muchísima hambre —dijo Laura a la vez que iba corriendo al baño—. Y necesito una ducha.

Laura dejó la puerta del baño entreabierta. Thomas entró y se excitó ante la visión del cuerpo de Laura. Comenzó a desnudarse y se aproximó.

—¿Qué haces? —preguntó con tono molesto.

—Compartirla contigo.

—Ni hablar.

—¿Puedo saber por qué?

—No me apetece.

—¿No te apetece ducharte conmigo o no te apetece tener sexo conmigo? Porque son cosas diferentes.

—No quiero hacer ninguna de las dos.

—Llevamos un tiempo sin hacer nada —comentó él mientras se vestía de nuevo.

—Ya lo sé.

—¿Alguna razón en particular?

—Ninguna. Nosotros no somos pareja. Acabo de ser madre, y solo pienso en eso —respondió, cerrando la cortina de la ducha una vez que hubo comprobado que salía el agua caliente.

—Como quiero tener las cosas claras y evitar que luego exista algún equívoco, dime si no te he entendido mal: somos libres, no tenemos ninguna atadura y tampoco nos debemos explicaciones. ¿Es así? —preguntó Thomas, alzando la voz por encima del ruido del agua.

Laura asomó la cabeza entre la cortina. Una nube de vapor caliente apareció con ella.

—Así es. Y ahora, si me perdonas, me gustaría estar un rato sola. Gracias.

Su tono le dolió, pero no dijo nada y cerró la puerta. La situación era nueva, y estaba confundido. En materia de mujeres, todo lo que había querido lo había tenido, sin pedir, sin esfuerzo. Puede que no fuera el momento para tomar una decisión, se dijo. Luego pensó que resultaba más sencillo dejar algo que todavía no se había vuelto serio; estaban a tiempo de no hacerse daño. Trató de pensar en Laura como una amiga, una buena amiga. A fin de cuentas, él vivía en Lyon y ella en Suiza, la distancia perfecta para que esa relación no fuese a más. Llamó al servicio de habitaciones y puso la mesa; no le costó nada encontrar los platos, vasos y cubiertos, solo había un mueble. Esperó a que saliera de la ducha.

—Me encanta esta sopa de verduras —afirmó Laura antes de tomar otra cucharada—. Respecto a lo de antes, siento haber sido tan brusca. No quería hablarte de esa manera.

—La verdad es que agradezco tus palabras. Quería saber en qué terreno me movía, llevábamos un mes sin vernos y creía que sería bueno hablar de lo nuestro. Tú te has adelantado, como siempre, lo has dejado bien claro. Eso de dar vueltas a la misma historia, de hacer cábalas sobre una relación, no me va. De modo que asunto zanjado.

Laura se sorprendió ante la facilidad con la que Thomas cerraba su historia. Habría esperado un poco más de lucha y malestar por su parte. Que le diera la razón sin dar un argumento en contra era el mejor de los motivos para creer que estaba en lo cierto. Por un momento deseó no estar allí; hubiera preferido seguir pintando la habitación del bebé, sentarse en su mecedora, ver la televisión, dormir, pasear y, sobre todo, aprender a ser una buena madre. Pero no dijo nada. Sabía que se engañaba. En el fondo estaba feliz de iniciar una aventura al lado de Thomas.

—¿Crees que encontraremos a George?

Laura agradeció que la sacara de sus pensamientos, y para celebrarlo se sirvió otra ración de postre.

—Entre nosotros, todo esto me parece muy raro. Que unos delincuentes se arriesguen a secuestrar a un agente de la DEA y no pidan dinero... Suena hasta ridículo.

—Quizá desconocen su profesión. Puede que solo vean a George como un cincuentón cachondo. Los yanquis tienen fama de ser muy activos en materia de turismo sexual —dijo, haciendo el gesto de las comillas con los dedos.

—Ya, pero ¿qué puede saber esa mujer para que lo tengan retenido?

—Qué puede saber o tener. Debemos encontrar a la chica. Ella nos llevará a George.

Laura dividió los trozos de bizcocho que quedaban en otros más diminutos. Ambos permanecieron un rato en silencio.

—¿Crees que iniciaron su relación en Lima y que se han enamorado? —preguntó Laura.

—Sí, eso creo. Aunque tanto como hablar de amor, no sé... Tu lado romántico te traiciona —dijo él, bromeando.

—¿George estará bien? —preguntó Laura, dando por concluida la destrucción de los restos de pastel de choclo.

—No lo sé —respondió él con sinceridad—. Unas veces me digo que sí, que todo va a salir bien, que pronto nos reiremos con una cerveza en la mano; otras, las menos, pienso lo peor, entonces me asusto y me censuro, porque me parece imposible contemplar la posibilidad de que algo salga mal o de que ya sea demasiado tarde.

Laura se levantó de repente y lo abrazó. Al sentirse rodeada por los poderosos brazos de Thomas, se arrepintió al instante de la decisión que había tomado. Ya le echaba de menos.

14

Decido marcharme al día siguiente.

Cerca de la escuela hay un gran basurero donde los niños juegan junto a perros, llamas y alpacas. Parecen felices. Me veo desplazada a mi niñez. Creo que una vez fui como ellos; risa ligera y aliento cálido y gritos y costras en las rodillas. Pero en algún momento la ruleta de la suerte giró y me tocó perder. Aquellos cuentos de Disney son una gran estafa; la verdad es que a la protagonista le dieron las doce y a nadie le importó la calabaza en medio del salón.

Entro en una cantina. A mi alrededor veo hombres con más tatuajes que dientes. Las chicas son jóvenes. Están sentadas en unas sillas de plástico blancas junto a una pared. Se arreglan las uñas. Una de ellas hace confidencias al oído de otra, una chica regordeta de pechos grandes y pantalón corto que ríe y se tapa la boca. La escena no puede ser más normal en este lugar anormal. Mundos dentro de mundos que se mezclan, se tocan, se succionan y se aniquilan.

En medio de la música a todo volumen intento hacerme oír y les enseño la fotografía de mi hija.

La ignoran.

Les cuento mi historia.

Me ignoran.

Tengo ganas de pegarles, de quitarles esa sonrisa de la cara, de hacer que se beban el esmalte de uñas. Contengo mi ira y salgo fuera.

José me espera en el hostal. Bebe té de coca y lleva un paquete entre las manos.

—El minero para el que trabajó su hija habló con sus chamacos. Después de la redada ella no volvió a recoger sus cosas, sus hijos las empaquetaron y las dejaron encima del armario.

Miro el paquete con extrañeza. Es demasiado pequeño para albergar una vida.

El regidor parece leerme el pensamiento.

—Como no volvía, dieron la ropa. Solo guardaron lo que creyeron más importante.

Lo deposita sobre la mesa con delicadeza, apura la bebida y se marcha. Decido abrirlo en el exterior, bajo un sol que no calienta pero da luz. Me siento en la acera y cruzo las piernas al estilo indio, en medio de ellas apoyo la caja de cartón. Rompo el envoltorio y busco dónde tirar el papel de periódico; no veo en toda la calle una papelera salvo la calle entera, de modo que lo deslizo debajo del culo para que no se vuele.

La caja es de una radio. Tecnología china. Máxima fiabilidad. No sé por qué me entretengo en leer la tapa negra con letras plateadas. Miento, claro que lo sé: estoy asustada, asustada de ver lo que no quiero ver, asustada de no ver lo que quiero ver.

La abro, y a simple vista no hay gran cosa. Una pulsera indígena deshilachada, un collar de cuentas blancas de plástico, algunos cosméticos... Creo que los niños se quedaron con todo lo de valor, una hucha con forma de globo terráqueo vacía confirma mis sospechas. Un plato y una taza. Al fondo hay dos cuadernos de colegio. Mi corazón se acelera.

Parecen unos diarios. Los abro y unas hojas secas caen al pavimento. Las recojo con reverencia. Creo que es la letra de mi hija. No estoy segura.

15

—Estoy un poco asustada —comentó Laura—. Ayer no podía dormir y me dediqué a leer en internet algo sobre el sitio donde se supone que puede estar George. Supera con creces lo que haya podido conocer hasta ahora.

—Tranquila, el taxi nos esperará hasta que terminemos nuestras pesquisas. No nos vamos a quedar. Debemos encontrar una pista de Dolores Menchero, y rápido. Ya han pasado tres días.

El único acceso a la ciudad era una estrecha carretera llena de gravilla, hielo y rocas. El todoterreno se bamboleaba como un barco en plena tormenta. Por mucho que hubiera tomado hojas de coca y analgésicos, el dolor de cabeza de Thomas iba en aumento.

—Eso quiere decir que nos quedan cuatro días. ¿Crees que cumplirán su amenaza?

Thomas negó con la cabeza y se arrepintió al instante. El dolor se agudizó.

—Seguro que no. De poco les sirve muerto.

—¿Cómo va tu mal de altura?

—Fatal. Tú no pareces notarlo.

—Ya ves, el sexo débil.

La acumulación de basura a ambos lados del camino anunciaba la cercanía de La Rinconada.

—Esta mañana he conseguido hablar con el regidor —dijo Laura—. Parecía colaborador. Le he pedido la máxima discreción, me ha comentado que hay un coche de Policía secreta haciendo preguntas sobre George. ¿Crees que te puedes meter en un lío?

—Ya lo creo. De forma muy amable me dijeron que me largara. Los entiendo, la verdad es que no hablo español y poco puedo hacer. Gracias a ti hemos contactado con la máxima autoridad.

—Tonterías. Con dinero se puede hacer casi todo, contratas a un traductor y listo.

—Cierto, pero estoy aquí con una preciosa doctora que habla español. Te pones de lo más *sexy*.

Laura le miró incrédula. No podía creer que en una situación así Thomas flirteara con ella. Su rostro se endureció y apretó los dientes.

—Desde luego, creo que tienes un problema. La vida de tu amigo está en peligro y tú ligando.

—Pero ¿qué dices? Solo pretendía ser amable.

—Más bien torpe.

Thomas miró a Laura a los ojos. Se la imaginó dentro de unos años: rotunda, estricta, con el gesto torcido y ese punto de amargura que le sobrevenía cuando algo no salía como ella quería. Había cometido el error de aceptar su ofrecimiento de ayuda en la búsqueda de George. Pensó que lo mejor que podía hacer era centrar toda su energía en encontrarlo y luego dar por terminada su no relación con Laura.

—Perdona, tienes razón. No sé qué me ha pasado —dijo sin sentir lo que decía.

Pasaron al lado de un campo de fútbol donde dos equipos disputaban un partido.

—Increíble —musitó Laura—. Juegan a que todo es normal.

Como lo nuestro, pensó.

La niebla que se adivinaba en la lejanía se hizo real conforme se adentraban en el pueblo. Al salir del vehículo, un viento cargado de nieve helada pinchó con furia el rostro de Laura, que tuvo un instante de temor y de manera instintiva lo rechazó, como se rechaza a una persona, a un pariente borracho que nunca da por terminada su visita. Saludó con voz entrecortada a la persona que les tendía la mano y les hacía un gesto para que le siguieran. Recorrió un patio en varias zancadas apretando con una mano la capucha del abrigo, que después de una violenta ráfaga revoloteaba en su coronilla.

Dejaron atrás el patio, que brillaba como un pantano. Tenían que inclinarse y contrapesar el viento para avanzar. Los cables de la luz, flagelados por la tempestad, crujían y gemían con un monstruoso clamor de océano. Una buena parte de ellos estaban combados, otros caían de las paredes como serpentinas después de una fiesta.

José, el regidor, los hizo pasar a su maltrecha oficina. Thomas dejó que Laura hablara y que tradujera cuando lo creyera conveniente.

—Le damos las gracias por recibirnos.

—Faltaría más, señorita, después de venir desde tan lejos... Menudo día han elegido para visitarnos.

El regidor se comportaba como si fuera el director de un museo y ellos un par de turistas. Laura quería quitarse el abrigo mojado, pero el frío era horrible. Bocanadas de vaho salían de su boca.

—Como le dije por teléfono, buscamos a esta chica, Dolores Menchero Santina. —Le enseñó la fotografía reprimiendo el temblor—. Trabajó en el club Banco de Oro. Parece ser que su tía reclutaba niñas para ese sitio. En 2013 se realizó una redada y, creyendo que sufría explotación sexual, se la sacó de La Rinconada.

El regidor miró la fotografía con interés. Parecía acostumbrado.

—Lo mejor que podemos hacer es ir al club.

—Pero... ustedes llevarán un control de la población...

—Nosotros no. Aquí solo hay cuatro policías para sesenta mil personas.

—Entonces, en las fronteras.

El hombre volvió a negar.

—Ni eso. Aquí hay menores de edad, algunas han sido traídas desde Bolivia e introducidas de forma clandestina en camiones cisterna que en apariencia transportan combustible.

Una voz le dijo a Laura que no siguiera preguntando, que se largara de ese sitio. ¿Qué diablos hacía ahí, en lugar de ser una buena madre y ocuparse de su hijo? ¿Tenía estómago para soportar una realidad tan alejada de ella?

—Pero no hablamos de contrabando de patatas, ni de flores. Hablamos de tráfico de personas. Debería existir un control.

—Perdone. Tiene razón. Uno se acostumbra y se olvida... Solo puedo decirle que enseguida se ve quién es del interior, aunque poco se puede hacer. Las chicas de la selva no aguantan tan bien la altitud ni la falta de oxígeno. Suelen andar requetemalas. En cuanto a las niñas, son reclutadas en los pueblos indígenas por unas mafias que no son lo que usted cree. Una de las reclutadoras más fieras tiene catorce años.

Laura le miraba incrédula. Su boca tomó la forma de la de un pez.

—La Policía boliviana la detuvo como supuesta líder de una red de proxenetas que reclutaba a menores de edad en la ciudad de El Alto, aledaña a La Paz —prosiguió el regidor—. Las niñas afirmaron que la joven obligaba a sus compañeras con un cuchillo a que le entregaran un porcentaje de lo que ganaban vendiendo su cuerpo.

Laura observó el entorno gélido y carente de las más mínimas comodidades. ¿Cómo aguantaban esas chicas?

—Cada una de ellas atendía a entre siete y diez hombres al día. La jovencita, al parecer, era huérfana y se acercaba a otras que estaban en la calle y en las mismas condiciones que ella. Algunas ya consumían alcohol y clefa...

—¿Clefa?

—Pegamento. Ella les ofrecía un albergue y así las reclutaba. Luego las niñas eran enviadas aquí. Vamos a echar un vistazo al club.

Laura se resistía a salir, y la razón principal no era la tempestad del exterior. Le tradujo a Thomas la conversación. Se dio cuenta de que habían entrado por la trasera del edificio, volvió a ver el patio rodeado de altos muros. Apoyado en uno de ellos se alzaba un invernadero. Los plásticos respiraban como un gran animal prehistórico.

—Es la única manera de obtener verduras y hortalizas. —El regidor gritaba para hacerse oír en medio del viento—. Aquí valen su peso en oro. Y nunca mejor dicho.

Laura oyó un ruido dentro del invernadero. Una ráfaga la desplazó hacia allí. Apartó la puerta de plástico y no pudo sino expresar su emoción al ver la cantidad de verduras que se cultivaban dentro. Un anciano de cuerpo frágil, menudo y delgado como un junco, se afanaba en escarbar la tierra con una azada. Sus manos agarraban el mango con fuerza. Se le marcaban las venas.

—Perdone. Este viento empuja con fuerza.

El hombre la ignoró.

Al salir, Laura pisó una placa de hielo y fue a parar al suelo. Thomas corrió solícito en su ayuda y la levantó. Rodeó con un brazo su cintura y la alzó sin dejar de sujetarla. No tenía intención de separarse de ella.

Laura quiso zafarse, no deseaba un héroe salvador; no sabía por qué, pero ese mercantilismo de la mujer le provocaba un sentimiento de ira contra los consumidores: los hombres. Pronto entendió que lo más inteligente era dejarse ayudar —no quería volver a caer—, así que a regañadientes, como si fueran una pareja de novios, caminaron abrazados alejándose del invernadero.

Abrieron una puerta metálica y salieron a una de las calles.

El viento barría las lonas de los tenderetes y arrastraba la basura más ligera. Laura se subió la bufanda casi hasta los ojos debido al fétido olor que desprendía... Buscó una fuente concreta, pero pronto comprendió que era el pueblo entero lo que apestaba. ¿Cómo será en verano?, pensó.

Las aceras eran estrechas, a duras penas cabían los dos. El regidor iba delante. Los mineros, algunos de ellos vestidos con sencillas camisetas de manga corta, bajaban de la acera al lodazal sin que les importara el hedor y lo pisaban con sus botas de agua. Thomas la estrechó aún más, y Laura lo agradeció.

La música escapaba del interior de los clubes. Las letras eran pastosas, melosas, de amor y desamor: «sin ti me muero, «no soy nada sin mi amor», «eres mía» y estupideces por el estilo, pensó Laura.

Llegaron a la puerta del Banco de Oro. Entraron.

La música ranchera era ensordecedora. A esa hora tan temprana ya se adivinaba la embriaguez de los clientes. Laura se estremeció, aunque sabía que no a causa del frío: ese lugar se asemejaba al pasaje de la bruja que tanto miedo le daba de niña. Se bajó la capucha del abrigo mojado y se quitó los guantes. Varios ojos la escrutaron, y por primera vez en mucho tiempo bajó la mirada.

Mientras el regidor buscaba al gerente, Thomas se acercó a un grupo de chicas que estaban apoyadas en la barra. Salvo por los labios, apenas llevaban maquillaje. Era muy consciente de la impresión que causaba en las mujeres, y optó por valerse de ella. Les enseñó la fotografía de Dolores mientras observaba su reacción: no obtuvo otra cosa que indiferencia hacia la foto y coqueteo ante su persona. Volvió a intentarlo con una chica que salía de una cortina plastificada al fondo del cuartucho. Porque no dejaba de ser eso, un espacio sórdido muy alejado del nombre del local: Banco de Oro. Era una joven de edad incierta, con trenzas y minifalda. Se colocó delante de ella y le mostró la fotografía.

—Hola, señorita —dijo en su precario español—. ¿Conoce?

La prostituta le llegaba al pecho. Thomas tuvo que bajar la foto para ponerla a la altura de sus ojos.

—¿Gringo? —preguntó ella.

—*Irish*.

—Da igual. Mucha plata. Si quiere hablar, tiene que comprar mi tiempo: una caja de cervezas —le explicó en inglés.

Thomas advirtió de reojo que Laura se acercaba. Le hizo gestos con un brazo para que se mantuviera alejada.

—¿Cuánto te llevas? —gritó para hacerse oír.

—Por cada seis botellas de cerveza, la propietaria del local me entrega un ticket con valor de cuatro soles. Los tickets se cambian por dinero al final de la jornada.

—Perdona, pero desconozco el valor de tu moneda. Tengo dólares y euros.

—Un dólar. Las chicas se llevan el diez por ciento de las ganancias. Está mal pagado para el nivel de vida de acá, pero con el escaso dinero nos costeamos la alimentación y la vestimenta.

Se acercó a su oído, el dolor de cabeza le atormentaba. Necesitaba alejarse de los altavoces. La chica olía a una mezcla de sudor, sexo y alcohol.

—¿Y si te lo doy a ti?

La joven miró a los lados con recelo.

—¿Es usted poli?

Por un momento, la luz de un foco rojo le dio de lleno en la cara. Su rostro indígena se arrugó para protegerse del destello. Thomas comprobó con alivio que no se trataba de una menor; más bien pasaba de los treinta.

—No.

—¿Y por qué me enseña esa foto?

—Porque un amigo mío ha desaparecido y creo que ha hecho un nidito de amor con ella. Su mujer le busca.

La chica se tapó la boca al sonreír.

—Ande, guapo, cómpreme esas cervezas y hablamos.

—¿Podemos ir a un lugar más tranquilo?

—Eso le costará otra caja.

—Entonces, ¿la conoces?

—Claro, guapetón: Dolores es la *sister* más guarra que pueda conocer. Si su amigo ha caído en sus garras, delo por perdido.

16

Oscuridad. Mi cabeza no me obedece y mi cuerpo parece levitar sobre el suelo. Siento que la pared me protege del vacío. Me duelen los labios, la nariz, la boca me sabe a sangre. No puedo mover el brazo derecho.

Pasa el tiempo. No sé cuánto. Me doy cuenta de que estoy tumbada sobre mi propia orina.

Abro los ojos poco a poco. La vista se acostumbra. Veo farolillos colgados de las paredes y puertas, muchas puertas. Quiero contarlas, pero algo invisible me lo impide.

Regresan los pensamientos, y con ellos aparecen algunos participios sueltos: drogada, aterrada, perdida... Luego llegan los nombres con sus adjetivos, labios hinchados, cabeza dolorida. Habría preferido no hacerlos míos. Por último, los interrogantes: ¿por qué?, ¿quién? No hay rastro de verbos. Los verbos implican acciones, y yo no soy capaz de moverme.

No sé cuántas horas llevo inconsciente. Aparece una imagen; mi madre me sujeta la mano, luego la suelta y la mueve de un lado a otro en señal de despedida: me dice que no corra mucho, que algún día esa bicicleta perderá una rueda y se me abrirá la cabeza con la misma facilidad que un melocotón maduro. Siempre pensando lo peor.

Cierro el diario y aprieto la tapa sobre mi boca abierta. Quiero que mi grito traspase las palabras de mi hija y las barra. Abrazo los cuadernos y me tumbo en la cama, tapándome con cinco cobijas. No consigo derramar una sola lágrima, solo aullar, aúllo como un animal porque me siento así, no soy una madre, no he sabido encontrarla. Soy un animal que quiere morir.

17

—¿No se va a tomar las cervezas?

—Preferiría un chocolate bien caliente. Aquí hace un frío del demonio.

—Una termina por acostumbrarse. Te vistes con muchas capas de ropa, un poco de baile, algo de alcohol, y lista.

A Thomas le resultaba difícil creer que uno pudiera normalizar ese tipo de vida. Pensaba en su abrigo de marca, sus guantes, su ropa interior térmica, y aun así tenía frío.

—Quédate con las cervezas. Solo quiero información.

Le llevó a través de un pasillo delimitado a ambos lados por pequeñas habitaciones prefabricadas con números en las puertas. La mujer abrió una de las últimas.

—Pregunte. —Al cerrar la puerta, toda la estructura se tambaleó.

Se sentó en la cama, y el maltrecho colchón de muelles emitió un chirrido agudo. Thomas prefirió permanecer de pie.

—¿Cuándo fue la última vez que viste a Dolores?

—Hace unos cuantos años. Después de la gran redada no volvió. A veces le preguntaba a su tía cómo le iba.

—¿Sabes dónde puedo encontrar a su tía?

—Murió. Creo que el año pasado. Con la desaparición de Dolores perdió la ilusión por el negocio; soñaba con que ella la sucediera en eso de la captación. Se fue a vivir a un sitio más cálido, creo que Arequipa.

—Estoy buscando a mi amigo. Se llama George y es de Washington. Se marchó de casa hará unos meses.

—¿Y piensa que está con Dolores?

—Exacto. ¿Le has visto por aquí? —Le mostró su foto.

Ella negó con la cabeza.

—¿Estás segura?

—Un hombre blanco de ese tamaño no pasaría inadvertido, créame.

Thomas sintió que le fallaba a George. Se resistía a creer que se hubiera esfumado.

—¿Y por qué no le deja en paz? Quiero decir que, si se ha enamorado de ella, deje que lo machaque un poco. Ya volverá arrepentido a su casa.

Thomas tuvo que pensar con rapidez para darle una razón lógica a su búsqueda. Se reprendió por no haber ensayado algo antes.

—Una de sus hijas ha sufrido un grave accidente y se teme por su vida. De ahí la urgencia. Si sucede lo peor, él no me lo perdonará jamás.

La mujer le dirigió una mirada extraña que Thomas no supo interpretar.

—¿Está usted soltero? —preguntó ella.

—¿Yo? —preguntó a su vez Thomas. Luego asintió.

—¿Y esa de fuera?

—Una amiga.

—¿Busca una mujer? Yo sería ideal para usted. Haría lo que me pidiera, y nunca me quejaría. Puedo limpiar su casa, cuidar a sus hijos, ser complaciente en la cama...

—No busco una mujer, y mucho menos una esclava.

—Entiendo. Una pena. Mi película favorita es *Pretty Woman*.

Thomas se dio cuenta de que la perdía, de que ese juego había dejado de interesarle. Le había sacado dos cajas de cervezas, y tal vez estaba convencida de que ya lo había exprimido suficiente. Era posible que no tuviera ninguna información, aunque algo le decía que la chica sabía algo más. Con un movimiento grácil, ella desenganchó de su manga una fina pulsera de bisutería. La hizo girar entre los dedos. Unas ronchas circulares en la muñeca llamaron su atención.

Recordó las palabras del regidor: no existía servicio médico en el pueblo.

—Mi amiga es médico —dijo a la vez que le señalaba el brazo—. Te puede mirar sin cobrarte nada.

El brillo en los ojos de la joven le confirmó que había dado en el blanco.

—Recibí un mensaje de Dolores en el móvil. Hará cosa de quince días. Me extrañó bastante, porque se había cortado la comunicación entre nosotras y no esperaba saber nada de ella.

—¿Y qué quería? —preguntó de manera sosegada, intentando ocultar su nerviosismo.

—Nada.

Thomas la miró con gesto interrogante.

—Solo era una foto para darme envidia. Sigue siendo la misma zorra de siempre.

—¿La tienes?

Asintió mientras rebuscaba en su móvil.

La foto mostraba una piscina. Amplió la imagen. En medio de la piscina se encontraba George con una mujer.

—¿Conoces el lugar?

—No.

—¿Y al hombre?

—No.

Si Laura estaba en lo cierto y el golpe en la mejilla de George era de hacía una semana, sumada a los cuatro días que ya habían pasado desde el anuncio del secuestro, la foto adquiría la máxima importancia. No había debido de pasar mucho tiempo entre esa instantánea idílica y su secuestro.

—¿Te suele mandar fotos?

—Solo para joder. Cuando está de bajón no. Y tampoco éramos amigas, algún favor a su tía. En estos años habré recibido no más de diez mensajes.

—¿Has hablado con ella?

—¿Para qué? Ya le he dicho que es una mala persona. Si no la he bloqueado ya es por interés; puede que alguna vez necesite chicas y me llame.

Thomas copió la foto y el número de teléfono en su móvil y le pidió permiso para llamarla desde el suyo.

—Le costará otra caja de cervezas.

Marcó y esperó unos segundos. Una voz le informó de que el teléfono estaba apagado o fuera de cobertura. Lo mandó a Interpol para su rastreo.

18

Decido seguir leyendo el diario de mi hija. Esta vez elijo el comedor de la abuela María. El olor a comida hace acogedora la estancia, y hay algo más: esa extraña rutina que tiene de preparar el puchero todos los días de buena mañana, esa normalidad de infancia, hace que me relaje y tiemble menos al pasar la siguiente página del cuaderno.

—Nos gusta comer de cuchara —me dice—. Cualquier cosa que cocines durante tres horas a fuego lento debe estar rico.

Las gotas de lluvia golpean los cristales de la ventana como los dedos cortos y finos de un niño pequeño. Observo cómo las hileras de agua resbalan en rápida carrera hasta perderse en el marco de madera. Un pájaro grazna rasgando el silencio frío y oscuro de la mañana. El cielo es una gabardina gris bajo la triste luz invernal.

Me acomodo junto a una pequeña mesa camilla. Veo a la anciana trastear con los cacharros. Me pregunto si se cuestiona su vida, si es feliz al mirar atrás.

Cuando estaba en la universidad fantaseaba con tener una vida repleta de emociones: grandes amores, pequeños odios, viajes a sitios exóticos con olores y paisajes jamás imaginados... Gracias al oro tengo estudios, un buen trabajo, pero nada he logrado. Todo se me ha dado, y yo ¿qué he devuelto a cambio? ¿Por qué no está mi hija conmigo? ¿Y si el día que desapareció lo hizo para siempre y todos estos años no han sido otra cosa que materia inerte con la que rellenar la soledad?

Me siento estafada por mí misma. Veo mi futuro sin otro horizonte que el paso de los días, meses, años, sin nada que altere su dirección, como esta mujer que cocina ahora. De repente odio a Emma Bovary.

Un sonido agudo me devuelve a la habitación. ¿Un quejido? Tal vez sea un gemido. No soy capaz de discernir si es invención mía o llega a través de los muros.

Una cerradura. La luz de un foco se me viene encima igual que un lunes por la mañana. Aparece la silueta de un hombre recortada en la luz del exterior.

Es muy alto, su cabeza tapa los farolillos de colores, tiene una espalda ancha y unos brazos gruesos, muy fuertes.

Mi miedo va y viene como en una atracción de feria.

El hombre se acerca con paso lento. Tiene algo alargado en una mano. No sé qué es. Parece una de esas pistolas que acarrean los militares colgadas del hombro. Dejo caer la cabeza entre los muslos, me tapo las orejas con las palmas de las manos y rezo o quizá recito un verso, no me acuerdo.

Le huelo. Creo que es real.

El hombre habla en voz alta. No quiero oírle. Una especie de rebeldía inútil. Sin avisar, como todo lo que nos hace daño, un chorro de agua fría se me clava en el cuello, luego recorre el resto de mi cuerpo, deteniéndose en mi sexo. Me duele.

Adopto la postura de una oruga.

Suelto un grito, pero el hombre apunta el chorro a mi boca y lo ahoga.

Tengo frío, mucho frío, el agua ha hecho que parte del dolor haya desaparecido, pero el miedo se queda.

Me grita y me dice que soy suya, que a partir de hoy le llamaré Don. Me pregunta si lo he entendido. Se acerca hasta tapar con su sombra mi cuerpo. Me agarra con fuerza el pelo y levanta mi cabeza como si fuera un manojo de cebollas. Nuestros ojos se enfrentan. El cazador y su presa.

Escupo su nombre como pepitas de sandía.

Don. Don. Don.

La orina corre por mis muslos. Su calor es agradable. De niña tenía miedo a los ruidos de la noche y a aquel armario grande y viejo que había en la pieza; también entonces me hacía pis encima.

Lo repito. Don, Don. Me suelta. Me arrastro a una esquina de la pared donde encuentro un sucedáneo de mi madre.

Me seco de manera discreta las lágrimas que comienzan a brotar. No puedo seguir. Es demasiado.

Cierro los ojos y recuerdo el armario de madera oscura decorado con escenas orientales. Nadie sabía cómo había llegado a la casa; lo cierto es que la bisabuela contaba que su hermano el comerciante, el soltero, lo había comprado. Yo insistí en que era el mueble ideal para su cuarto, me recordaba al armario de Narnia. Nunca pensé que sería una guarida de monstruos. Porque ¿quién querría tener un monstruo en casa? ¿Quién?

Una mujer entra en la cocina. Viene acompañada de José. Cuando se quita todos los forros que la cubren, veo que es de una belleza extraordinaria. Se acerca y, en perfecto español, me dice:

–Buenos días. Me llamo Laura Terraux y busco a su hija.

19

—¿Conoces a alguna otra persona que tuviera una relación estrecha con Dolores? –preguntó Thomas impaciente.

La joven escupió una uña rota del dedo meñique y asintió.

—Dolores no tenía novios. Se acostaba con gente de dinero, ella se creía especial, por encima de nosotras. Se peinaba de manera que parecía más niña, y en varias ocasiones se hizo coser el himen. Fue a operarse con el dinero de su tía hasta Juliaca. Consiguió bien de oro la muy hija de la chingada.

Thomas se pasó una mano por la frente en sentido horizontal. El mal de altura no le dejaba pensar con claridad.

—Aquí no hay amigos. Existe el mito de que una muerte en la mina, sobre todo con sangre derramada, es un buen augurio para los buscadores de oro. El rumor más fuerte y seguido en La Rinconada es sobre sacrificios humanos. Ninguno se ha probado. Dolores odiaba este lugar, fantaseaba con que explotaba y nos sepultaba a todos.

En ese momento tocaron a la puerta, que se bamboleó.

—Pero cada día, durante seis turnos diferentes de cuatro horas cada uno, miles de mineros se internan en las entrañas del glaciar. Algunos no salen vivos, como Miguel Gabriel Belosario, mi marido, quien, de acuerdo con la versión de su cuadrilla, falleció repentinamente en uno de los socavones el 16 de enero de este año. En el pueblo dijeron que había sido sacrificado.

Volvieron a golpear la puerta. La joven la abrió con furia y, después de varios gritos, volvió a cerrarla.

—Gabriel no fue la única víctima aquel día. En la madrugada del mismo día 16 encontraron muerta a Dominga Aquise Manami, de veintidós años, con signos de haber sido violada.

Dominga salió de su casa cerca de la madrugada por una necesidad biológica y ya no regresó. Ese mismo día, Freddy Quispe, de veintinueve años, fue hallado por sus vecinos colgado de una viga.

Thomas fue a decir algo, pero ella impidió que lo hiciera con un gesto de la mano.

—Más cosas ocurren en La Rinconada a la luz del día y sin que las rodee ningún misterio, como los asaltos a mano armada a los negocios que acopian oro y las emboscadas a los camiones en los que se cree que se transporta. En este sitio no entra el amor. La vida pasa y muere.

—Lo siento —dijo Thomas. Enseguida se reprendió ante esa frase pueril tantas veces dicha para salir del paso.

—La única amiga que le he conocido a Dolores era la Cantuta. La llamaban así por el tatuaje de su antebrazo. El fin de semana bajaba del glaciar para trabajar y se alojaba en su habitación. Desapareció a la vez que ella, en la redada de 2013. Su madre anda buscándola.

Thomas volvió a quedar relegado a un segundo plano. Se sintió inútil, y la barrera del idioma acrecentaba esa sensación. Le ponía de mal humor tener que depender de Laura. La contempló ahí sentada, tranquila, compartiendo un té y charlando de manera sosegada con la madre de la única amiga de Dolores. Que la madre estuviera en La Rinconada lo consideraba un buen augurio, un golpe de suerte. En algún lugar de ese desierto helado estaba George, se dijo convencido.

Laura le tomó una mano a su interlocutora. Le pareció que tenía una edad parecida a la suya, pero la luz transformaba su rostro según se movía: cuando sus hombros caían y agachaba la cabeza, la cara se arrugaba y algo invisible la aplastaba; una tristeza latente que no se iba, un pesar que plegaba su piel como un abanico.

Laura le habló con ternura.

—Me acompaña el agente de la Interpol Thomas Connors. Nos han dicho que su hija era la mejor amiga de esta mujer. —Le mostró la fotografía de Dolores—. Para nosotros es de gran importancia encontrarla.

La mujer miró la fotografía con tristeza.

—No les puedo ayudar —dijo—. Fíjese que me recuerda a mi hija. Todas parecen mi hija. Desapareció hace dieciséis años y he llegado hasta aquí en un intento de encontrarla, pero parece ser que siempre llego tarde. Mire la foto de mi hija, mire qué linda.

Una adolescente de rostro redondo miraba a la cámara con ojos limpios, brillantes. Una espesa trenza tipo serpiente caía por el hombro derecho con un gran lazo rojo que, a modo de lengua, la remataba. Laura pensó que ese lazo representaba el último resquicio de infancia.

—Qué bonita —dijo—. Siento y comprendo su pena.

—¿Qué siente? —repuso la mujer—. ¿Mi dolor, mi desesperación, mi terror, mi angustia? ¿Se imagina qué es esa incertidumbre de no saber, la rutina de la espera? ¿La confirmación de que la vida continúa y lo hace sin mi niña? —Bajó la cabeza y se agarró las manos en un intento de reprimir, de sujetar sus sentimientos—. ¿Es usted madre?

Laura asintió.

—De un niño. —No quiso decir su edad, estaba avergonzada. Se sentía un fraude.

—Un hijo es una bendición del cielo. Cuando llegó Ángela María, ya nada fue igual. Yo era casi una niña cuando la tuve, apenas había empezado mi juventud, pero nada más tenerla aquí —dijo, señalándose el hueco del cuello— no necesité otra cosa que respirar, y poquito, porque contenía el aliento cuando la veía dormir y sujetar mi dedo con su manita, podría decir que apenas ni comía. Recuerdo aquella época como de absoluta felicidad. Y luego desapareció sin más. Porque las cosas bellas son efímeras, pero incluso una flor se va marchitando antes de morir. De mi niña no me queda nada, ni su aroma.

—Perdone, no sé qué decir.

—Ayúdeme. Dígale a su amigo de la Interpol que, aunque yo no tenga información sobre esa Dolores, no dejen ni olviden a mi hija.

Se miraron a los ojos. Laura no los apartó.

—Tome sus diarios. Quizá encuentren algo. Yo he intentado leerlos, pero no estoy capacitada. Quiero encontrar a mi hija, a esta. —Volvió a enseñarle la fotografía—. No deseo conocer más, después de tantos años creía que estaba preparada, pero no es así. Esta realidad no la quiero. Mi hija se avergonzaría de mí, soy una cobarde. No puedo seguirla.

Laura tomó los cuadernos con reverencia.

—No diga eso. No es justo. —Sintió envidia de ese amor absoluto, sin dudas ni temor—. No desespere, seguro que en los diarios de su hija hay una pista.

—Lo he intentado, pero me siento cansada y sola. Tengo familia en Juliaca. Parece ser que les va bien. Mi madre vive conmigo en Puno y hace tiempo que decidió que Ángela está muerta. Al principio la Policía asignó un agente y pusieron carteles, preguntaron en las calles, incluso salí en la televisión; pero hace tiempo que nadie me visita, acaso algún vecino a chismorrear o una vieja que viene a dar el pésame. A veces no puedo soportarlo. Pensar que la vida sigue, levantarme por las mañanas, lavarme los dientes, dar clase, sentarme con gente que tiene esa mirada de lástima e intenta decir lo correcto, y tener que tragarme la rabia porque me gustaría gritar y echarlos de mi casa.

Alguien se movió detrás. La intimidad quedó rota.

—Perdóneme, no sé por qué le cuento esto. Llévese los diarios. No olvide a mi hija.

—Encontraré a su hija —dijo Laura con absoluta convicción—. Ya lo creo que lo haré.

—Es frustrante no haber obtenido información de esta mujer.

Laura lo miró sorprendida. ¿Cuánto valía la vida de George? ¿Más que la de Ángela?

—¿No dices nada? —preguntó Thomas mientras seguían al regidor hasta sus oficinas.

Las ráfagas de viento que hasta entonces habían soplado con violencia cesaron. Todo quedó en suspenso, parecía que un equilibrista se balanceara en una cuerda sin red y el público contuviera la respiración. Una franja plomiza apareció cubriendo el horizonte. Su gran lengua negra reptaba manchando de oscuridad cuanto encontraba a su paso.

—Solo quiero irme —respondió a la vez que sujetaba con fuerza los diarios.

El regidor abrió la puerta metálica y cruzaron el patio. El viejo del invernadero se quitó un casco amarillo a modo de saludo antes de volver a coger una herramienta, alzar los plásticos y desaparecer dentro de ellos.

—Me temo que hay algo que todavía tienes que hacer —dijo Thomas—. Le prometí a la trabajadora del Banco de Oro que a cambio de la información la atenderías.

—¿Bromeas?

—No. No encontré otra manera de que hablara.

Laura lo miró sin poder evitar un escalofrío.

—Podrías haberme consultado.

—En ningún momento pensé que te molestaría. Creo que debes ir.

—Yo no he dicho que no vaya a ir, solo que si hay un asunto que me atañe prefiero saberlo.

Llamaron por teléfono al taxista, que se calentaba en una de las chicherías del pueblo.

—Tuve que actuar rápido —insistió Thomas—. Quería información. Además, venga ya, no me pongas esa cara de mal genio, es una mujer necesitada, con problemas de salud. Es tu debilidad. No sé, le vi unas ronchas en las muñecas... Recordé que en el pueblo no había hospital ni médicos y todo fue seguido.

Un estropajo pulía el interior de Laura con movimientos circulares. Raspaba el centro de su pecho y le producía una ira inaudita. Se quitó el gorro con un gesto brusco y se recogió el pelo detrás de las orejas.

—Esto es una mierda —dijo, malhumorada.

José, el regidor, parecía ausente, ajeno. Preparaba un té en aquel cubículo helado.

—¿Quién me acompaña? —preguntó Laura.

—El taxista. Te esperará en la puerta trasera, hay un espacio donde puede aparcar el coche.

—¿Cómo se llama la chica? ¿Por quién pregunto?

—No lo sé.

—¿No lo sabes? —Laura le miró con estupor.

—No.

—¿Te das cuenta de que has estado hablando con una persona que se encuentra en una situación límite, y no te has preocupado de preguntarle siquiera su nombre?

—Dramatizas. —Miró por la ventana mientras aparentaba normalidad—. Que te enfades porque no le he preguntado su nombre me parece ridículo. Conoces las circunstancias en las que me encuentro, sabes que estoy buscando a George, que mi amigo está secuestrado o quizá herido, o muerto, y me vienes con estas tonterías.

—Te equivocas, y ese es tu error: no son tonterías, ni cosas. Son mujeres.

El patio era otra vez un torbellino de viento y niebla. Aunque había cesado de nevar, una lengua de frío había llegado helando cuanto encontraba a su paso; todavía se oía su rumor de cristales rotos. El viento golpeaba con fuerza las planchas de calamina de la casa y doblaba las grandes ramas que asomaban desde detrás de los muros; algunas, las más frágiles, se habían partido y se esparcían por el suelo como restos de bengalas consumidas. Laura lo contemplaba ahora con hastío. Maldito Thomas, pensó. Más allá del patio, encajada en el muro, la puerta que delimitaba los dos mundos se le insinuaba burlona. Nada más abrirla vio la luz encendida del taxi.

Thomas volvió a mirar la hora. En el exterior, la nieve que caía había cuajado por encima del hielo de la mañana. Supuso que sería complicado andar sobre esa superficie. Laura seguía sin aparecer. No quería pensar en su actitud hostil, pero lo cierto era que su relación se iba degradando conforme pasaban los días. Aquella Laura audaz, alegre, ya no estaba; tan solo veía una actitud huraña, el afán de juzgar, de dictar una opinión sobrevolando apenas la situación. Esa manera estricta de comportarse la alejaba de él con rapidez. Aun así, se sentía responsable de su seguridad.

Al cabo de media hora ya no aguantaba más. Estaba cansado de aguardar en la oficina del regidor y, después de recibir varias indicaciones, decidió ir en su busca. Se protegió de los embates del viento caminando pegado a la pared. Salió por la puerta del patio. Sabía que si se alejaba de la calle principal era fácil no toparse con nadie y correr así menos riesgos. Las horas de luz se reducían en invierno, pero aquí la noche había llegado de repente, sin avisar, sin un atardecer al que pudieran acostumbrarse los ojos. La luz de los burdeles y las licorerías resbalaba por los tejados de metal hasta las calles secundarias. Pasó por el hostal Abuela María.

Al final de la calle le llegó el sonido de un lamento, un gemido apenas perceptible. Volvió la cabeza hacia el origen de aquel sonido perturbador.

Los copos de nieve golpearon su rostro. Nada. Era difícil permanecer quieto en medio de aquella tempestad. Se subió el cuello del abrigo e inclinó la cabeza, en un intento de que las ráfagas de viento resbalaran por su pelo y espalda. Esta vez el quejido le llegó más débil. Armándose de paciencia, salió de su zona de confort —el alero protegía el suelo de la nieve— y cruzó la calle enfocando con la linterna allí donde pisaba para no tropezar con ningún desperdicio.

Un nuevo lamento.

Pensó que podría tratarse de un animal, algún cachorro. En esta ocasión la dirección del grito fue fácilmente reconocible. Corrió todo lo rápido que pudo, dadas las circunstancias. En la urgencia resbaló, y por poco acaba en el suelo. Cruzó otra calle y se dirigió a una especie de iglesia. Le pareció distinguir una cruz en lo alto. En aquel lugar la tormenta parecía cobrar más fuerza. El viento giraba entre enormes remolinos y las farolas que flanqueaban los muros se curvaban como tentáculos gigantes. Distinguió al viejo que cuidaba el huerto, su casco amarillo era inconfundible, señalando un bulto. La nieve no lo había cubierto del todo, y comprobó que se trataba de una persona. El viejo permanecía inmóvil, mirando con indiferencia el cuerpo.

—¡Rápido, ayúdeme! —gritó Thomas a través de la ventisca.

El viejo solo reaccionó cuando lo zarandeó.

—¡Tenemos que llevarle a un sitio resguardado! —El hombre no entendía. Intentó hablarle en español—: ¡Llevar, casa, ya!

Thomas retiró la nieve acumulada en la cara del bulto. La mujer que buscaba a su hija le miraba. Su rostro había adquirido un tono violáceo. La agarraron de las axilas y tiraron de ella hasta el lugar conocido más cercano: el hostal Abuela María.

Trataron de meter el cuerpo en la casa, pero un hombre mayor gesticuló de forma aparatosa negándoles la entrada. Thomas lo apartó de un manotazo.

Le temblaba la mano cuando intentó tomar el pulso de la mujer. No tenía. La intentó reanimar, sin éxito. Desoyendo los gritos de las personas que vivían allí, fue en busca de Laura.

Noto los cambios en mi cuerpo. Si el primer día transcurrió entre sueños, el segundo y el tercero los músculos no te obedecen.

El cuarto llegan los lapsus de memoria prolongados.

El quinto te rascas la cara y no la sientes.

El sexto no experimentas ninguna clase de afecto, sentimiento o culpa. Tampoco te haces preguntas.

Los tres días siguientes duermes sin parar. Te has acostumbrado al veneno.

Lo más normal es que después te manden a trabajar, pero a mí me dejaron unos días. Casi vomito lo que soy, casi tiro mis recuerdos como tiro de la cadena. Casi.

Sé que me estás buscando, no tardes.

20

—De momento no van a acudir —informó el regidor, que parecía muy afectado—. En cuanto tengan algún efectivo libre lo mandarán. Como muy pronto no será hasta mañana.

—Bromea —objetó Laura.

—La Rinconada tiene registrados 821 habitantes, pero solo en tres de las muchas cooperativas que existen en la población ya trabajan treinta mil mineros. La persona que llega aquí está avisada de lo que puede pasar.

—Esta es tierra de machos —se jactó el viejo que tomaba un té de coca—. No nos molestamos con estas tonterías. Aquí se viene a trabajar y a sufrir. Si se asoma por la ventana, pronto verá a sus mineros uniformados con overoles, guantes y cascos de colores. Cada hora, cada minuto, cada segundo saben lo que tienen que hacer.

—Cállese, tío, deje de fastidiar. Mire, señorita, en la municipalidad de La Rinconada se habilitó un espacio para la comisaría, pero solo hay cuatro agentes panzudos y aburridos. Tres patrulleros para resguardar la ciudad y tres ambulancias para nuestros enfermos, insuficientes para una población de sesenta mil personas. Este lugar es bien feo para morir, porque mueres muy solo.

—Ella solo era una madre buscando a su hija. ¿Qué mal había hecho? ¿Querer demasiado? ¿Llegar a este pueblo donde parece que nadie tiene corazón?

Laura se contuvo para no llorar, no les daría ese gusto.

—Perdone, uno se acostumbra y se embrutece. A los de emergencias les he dicho que era usted médico forense y han respirado aliviados. Solo tiene que certificar su muerte, nada más.

—Pero yo no sé si ella tenía un historial de problemas de salud... Es justamente su médico quien debe dar fe de un fallecimiento por muerte natural y quien puede extender un acta de defunción.

Laura pensó que daría lo que fuera por una estufa a la que acercar su cuerpo para calentarlo.

Estaba con Elsa, la chica del Banco de Oro, cuando apareció Thomas. La joven sufría una urticaria *a frigore*, una reacción cutánea que aparecía ante el contacto con el frío. Enseguida había comprobado que las zonas expuestas a temperaturas muy bajas tenían ronchas y habones y estaban hinchadas. Le recomendó que se cubriera las zonas expuestas al frío y que en las peores épocas tomara antihistamínicos. Poco más podía hacer.

—Entonces, doctora, ¿me recomienda un clima cálido? ¿Quizá Miami? —comentó la joven con un deje de amargura.

—Exacto. Prescripción médica: huir de este infierno a un lugar cálido.

—No es fácil.

—Mira. —Se puso en cuclillas a su altura y apoyó las manos en las rodillas de la mujer—. No me gusta decirte esto, pero en un lugar como este tienes muchas posibilidades de morir de cualquier infección, eso si no te ataca antes algún cliente borracho. ¿Qué futuro te espera aquí? Ellos siempre querrán mujeres más jóvenes, carne nueva, y tú cada vez tendrás menos clientes, o quizá acudirán a ti los que las otras chicas no quieren, los desechados, los violentos, los que portan enfermedades venéreas y, aun sabiéndolo, quieren tener relaciones sexuales sin preservativo. Y tú dirás que sí, aceptarás, porque tienes que comer, porque te haces mayor, porque por una vez no pasa nada. Y cada vez te maquillarás más, llevarás menos ropa para estar más *sexy* y atraer a las moscas, pero tu cuerpo se llenará de ronchas que se infectarán, y al final nadie te querrá, y morirás sola, pobre, triste y helada.

Laura siguió mirándola fijamente a los ojos. Elsa le aguantó la mirada.

—Tengo un amigo que trabaja para una oenegé. Se llama Mario. Te voy a dar dinero para el transporte, su dirección y su teléfono. Él te ayudará.

El cadáver permanecía en el invernadero.

—Aquí nadie va a abrir su casa para guardar el cuerpo —aseguró el regidor—. La abuela María está más que enfadada porque se entró el cadáver a la suya. Ahora tiene que lavar el suelo con sal.

—¿Bromea?

—De ninguna manera. Detesto a los muertos. He visto demasiados. Cualquier persona cuerda los querría bien lejos. Juré que jamás volvería a tocar uno.

Laura se restregó la cara como si la lavara. Esto no podía estar pasando. Se sentía prisionera, helada, agotada. Se preguntó qué hacía en ese lugar cuando su obligación era estar con su hijo, su pequeño llorón de piel tierna y cálida. Salió al exterior y entró en el invernadero.

El tío del regidor había improvisado una mesa con ayuda de dos caballetes y una tabla grande. El viejo era el único que parecía tener la mente clara. Laura le dio las gracias antes de rogarle que se marchara.

Accionó su teléfono móvil para grabar el reconocimiento del cadáver. Se obligó a serenarse, a olvidar a esa madre coraje que ya no sufría, ya no existía; movió los brazos y el cuello para relajarse, necesitaba expulsar toda emoción. Sintió la presencia poderosa de Thomas a su espalda.

—A simple vista no se aprecian golpes ni hematomas —dijo.

Pese al temblor, intentó mantener la compostura y ser positiva: el frío ayudaría a conservar el cuerpo hasta que llegaran las autoridades. El regidor le había prestado una bata y el viejo unos guantes de jardinería.

—Bien, comencemos. Enfriamiento cadavérico como consecuencia del cese de los procesos que mantenían constante la temperatura corporal. El enfriamiento es gradual y se ha iniciado en pies, manos y cara; se observa su extensión a extremidades, pecho y dorso. *Rigor mortis* producido de dos a cuatro horas después de la muerte. La rigidez suele ser completa en un período de ocho a doce horas. El *rigor mortis* ha comenzado en los músculos involuntarios, como el corazón y la vejiga, y ha ido progresando hacia la cabeza y el cuello.

Thomas, ataviado con un delantal de cocina floreado y unos guantes de albañil, atendía maravillado a las explicaciones de Laura. Se colocó frente a ella. Su seriedad le admiró. Era la primera vez que la veía trabajar y, si bien la escena era a todas luces deprimente, se sintió orgulloso de su profesionalidad.

—Se observan lividices cadavéricas como consecuencia del cese de la circulación sanguínea —prosiguió Laura—; los hematíes comienzan a romperse, liberando hemoglobina y decolorando los tejidos. Esta decoloración violácea aparece en... —Thomas movió el cuerpo para que Laura pudiera mirar la zona que descansaba en la tabla— la espalda y los glúteos. No se aprecia descomposición de la materia orgánica muerta por la acción de bacterias. A partir de las doce horas de la muerte comienza en la fosa ilíaca derecha la denominada mancha verde. Por todo ello, me atrevo a aventurar que llevará de tres a cinco horas muerta.

Una gran intranquilidad se apoderó de Thomas. El ambiente opresivo y húmedo del invernadero le cerraba la garganta. El viento movía los plásticos con furia. Se sintió como un juguete dentro de una caja mientras un niño la zarandeaba. Resultaba difícil seguir las instrucciones de Laura, tenía las manos agarrotadas, y por mucho que golpease una contra otra el resultado era desalentador; cada vez se asemejaban más a dos bloques de hielo.

—Lo siento, pero no puedo. No sé qué narices estamos haciendo aquí.

Laura le miró con extrañeza.

—Querrás decir qué narices estás haciendo tú, porque yo lo sé perfectamente. En ausencia de la Policía, estoy cualificada para manipular el cuerpo por si se tratase de un caso penal. Tengo la obligación moral de preservarlo, a la espera de que acudan las autoridades para su posterior necropsia. —Su tono no admitía dudas, estaba más que molesta.

—Tienes razón —dijo Thomas—. Soy yo el que está de más. En este lugar y en tu vida.

Laura interrumpió la inspección del cadáver, sorprendida.

—¿Se puede saber a qué viene eso?

—Dímelo tú. Dime por qué estoy aquí. Dime por qué has querido acompañarme. Dime por qué estoy a tu lado amortajando un cadáver y por qué estoy pasando frío en este sitio de mierda.

—Me parece que ya eres mayorcito para elegir por ti mismo.

—Estamos congelados en este lugar que parece sacado de una película, donde cada personaje que encontramos es más raro que el anterior. Y menos mal que por ahora no hay ninguna sospecha de que haya sido una muerte violenta, porque si encima tengo que pensar que hay un asesino suelto por aquí...

—Me estás sacando de quicio con tus hipótesis y tus quejas de niño pequeño. Tú sabrás la razón por la que aceptaste mi compañía, quizá este cabreo se debe a que querías echar un polvo y ese plan se te ha ido a la mieeeerda —le espetó, alargando la e como prueba de su enfado.

—¡Ja! No tengo ninguna necesidad de pasar por esto para tener sexo. Si quieres te enseño la agenda de mujeres que están dispuestas a acudir a mi cama con un solo golpe de teléfono.

Thomas había levantado la voz mientras intentaba entrar en calor dando saltitos.

—Dios, esto es una nevera —añadió, más calmado—. Odio el frío. Si te paras solo un momento a pensar, verás que no tiene ningún sentido. Podemos marcharnos incluso ahora mismo.

—Sigues diciendo tonterías.

Thomas se sintió frustrado. Ahí estaba otra vez aquel tono de voz que Laura había adoptado. No lograba entender por qué transmitía ese rencor, ese deje de amargura. Arrastraba el final de las palabras hasta afilarlas; pulía sus puntas con mimo para luego estirarlas y entonces, como si fuera un tirachinas, se las lanzaba.

Laura detuvo la inspección y suspiró.

—Estoy hasta las narices, así que ya te estás yendo. Y cuando quieras puedes ir abriendo esa famosa agenda de la que tanto presumes, porque lo que es conmigo, nada.

—No lo dices en serio.

—Súper en serio. Ya te estás largando. Como me hace falta un ayudante, igual puedes hacer el esfuerzo de mandarme al viejo; necesito a alguien curtido en estas lides que no sea fácilmente impresionable.

Thomas se quitó los guantes con rabia y los tiró al suelo. Intentó desanudar el delantal, pero sus dedos no le respondían. Mandó a la mierda su deseo de una salida digna y se marchó con el delantal de flores rojas y amarillas.

Los copos de nieve se habían vuelto finos y secos, parecían pequeñas agujas de hielo. Al igual que el papel de lija sobre la madera, pulían el patio dejando su superficie como una pista de patinaje. El cielo era de una blancura amenazadora. El embate del viento le reconfortó. Su cuerpo clamaba lucha, y su ira necesitaba un enemigo contra el que descargar su furia.

No se veían las estrellas.

—Lo primero que vamos a hacer es colocar el cadáver en posición de decúbito supino —indicó Laura. Todavía temblaba, y no a causa del frío. La discusión con Thomas había tenido su efecto secundario: la rabia. El viejo lo puso boca arriba—. Ahora los brazos extendidos encima del pecho. Ya vamos justos de tiempo, el reconocimiento se suele hacer antes de las primeras horas, ya que pasado ese tiempo el cuerpo se queda rígido.

—¿Y qué más da, digo yo? Si ya está fiambre.

—Si se queda rígido, la única forma de ponerlo en la postura correcta es rompiendo algún hueso. Y créeme, no es agradable. Además, se podrían destruir pruebas forenses o, en este caso, crear otras nuevas. Es primordial conservar el cadáver con la menor contaminación posible por nuestra parte.

Laura trabajaba de manera seria y concienzuda. No pasaba por alto ningún rincón de la anatomía. Los muertos le hablaban, y ella permanecía con los sentidos alerta, escuchándolos.

—Lo que peor llevo es el olor. Su sobrino me ha dejado esta crema de menta y romero, pero lo cierto es que el hedor de la corrupción se cuela por mis fosas nasales. En los tanatorios y en las salas de prácticas forenses se utilizan unos aerosoles específicos que se comen el olor.

—Recuerdo cuando en las casas se ponían velas —dijo el hombre—. Las velas también se comen el olor. Pero a mí no me molesta. Me recuerda a la lucha. Es un olor que, por mucho que quieras, nunca sale de la ropa, de la piel. Incluso una persona antes de morir tiene ese olor. De alguna manera me hace sentir nostalgia.

—¿De qué lucha habla?

—Para Sendero Luminoso no existía nada más que el enemigo. Uno de sus lemas decía: «Salvo el poder, todo es ilusión».

—¿Usted perteneció a esa banda terrorista? —preguntó Laura anonadada.

El viejo se encogió de hombros.

—Yo no sé nada. Todavía me pregunto a qué pertenecía. A mí me obligaban a hablar quechua, y a mi mujer y a mis hijas a trenzarse el pelo. La última vez que vi a mi familia con vida se la llevaban a la selva. Al niño de once años lo metieron militar y nunca más supe de él. Era eso o la horca. Les gustaba ahorcarlos por cualquier cosa: si eran bebitos, viejos, enfermos. Así que el hedor va ligado a su recuerdo, a la lucha por sobrevivir, por estar juntos. Yo intenté con todas mis fuerzas que mi familia permaneciera conmigo, todos escondidos, y durante algún tiempo lo conseguimos. En cierto modo, había algo de heroicidad en esa época. La razón por la que te levantabas a la mañana estaba clara: llegar a la noche vivo. Cuando cientos de cadáveres desfilan por delante de tus narices, cada día es una aventura de vida y muerte. Te conviertes en el protagonista de una película que va más allá de lo que tu mente puede comprender. Pero cuando descubres que solo tienes que seguir adelante, es fácil.

—¿Dice que su familia murió?

El viejo dejó de prestar atención y, agarrando una azada, quitó un par de malas hierbas.

—Me volví a casar con una buena hembra, una mujer de caderas anchas. Me ocupé de que tuviera unas manos fuertes y que fuera de campo. Era lo más parecido a una mula que encontré. En un par de intentos la dejé preñada. Gracias a eso me dejó en paz. Ya tenía de qué ocuparse. Luego vinieron otro mocoso y la niña, que salió tullida. Era la que menos me molestaba, a mí los animales siempre me han gustado. Con la paga que me dieron tras la guerra me compré una granja cerca de Alto Sinivieri, a pocos kilómetros de mi antiguo hogar. Allí me sentía cerca de mis muertos. Las tierras se las había quedado el Gobierno, luego me enteré de que el nuevo dueño había sido guerrillero. Igual el mismo que mató a mi familia. Bien, será mejor que sigamos.

Uno de los defectos de Laura era la curiosidad; tenía cientos de preguntas que hacerle. Esa manera de ser del viejo la horrorizaba y la atraía por igual, incluso había olvidado lo que se traía entre manos. El cadáver esperaba.

—Claro, perdone. —Volvió a concentrarse en la tarea de amortajar el cuerpo—. Qué rabia no tener el espray del hospital. Antes se cosían los ojos, la boca, el ano y la vagina. Hoy en día se utilizan esos aerosoles para ojos y boca, para que no se queden abiertos, porque luego no hay quien los cierre. También se utilizan para las heridas. En fin, tendremos que recurrir a los remedios caseros.

Cerró los ojos de la mujer, colocó dos tiras de esparadrapo en forma de aspa en la boca, ató un pañuelo a la cabeza y sujetó con él la mandíbula. En la nariz introdujo unas bolitas de algodón; en el ano y la vagina, varias compresas.

—La mayoría defecan y se orinan encima —explicó. Miró satisfecha el trabajo realizado—. Ahora vamos a tratar de evitar los espasmos *post mortem*. No quiero que se caiga y nos la encontremos mañana en el suelo.

—Y qué más da...

—Me limito a hacer mi trabajo.

—Sí, pero estará de acuerdo conmigo en que esto es una pérdida de tiempo.

—En absoluto.

—Yo enterré a toda mi familia. Después planté un huerto en ese lugar ya que la tierra estaba bien abonada.

—¿Se está quedando conmigo?

—Para nada. Soy práctico.

—Esto es un ser humano.

—Era.

—De acuerdo, era un ser humano. Le debemos un respeto.

—Ahora es solo un cadáver.

—Por favor, no siga.

Laura respiró varias veces tratando de ignorar el último comentario. Ataron las piernas juntas, luego los brazos al cuerpo con una tira de tela que el viejo guardaba para atar los tomates a los tutores.

Pusieron el cadáver de lado y colocaron una sábana encima de la tabla de madera; luego lo tumbaron y repitieron el proceso en el lado contrario, dejando caer la mitad de la sábana al suelo. Cubrieron el cuerpo con la tela, como si se tratase de una momia.

—Para que el cuerpo no se levante debemos ponerle algo de peso en el abdomen.

—¿Qué le parece este saco de tierra? —sugirió el viejo.

—Perfecto. Creo que ya hemos acabado. Ha sido un ayudante magnífico.

—Una lástima. Tiempo desperdiciado. Creo que voy a dejar el potaje para mañana, hoy cenaré filete. Tanto cadáver abre el apetito.

Al otro lado de los muros que delimitaban el patio parecía abrirse el abismo. Al salir, una terrible ráfaga de viento envolvió a Thomas, como si una gran cantidad de aire se precipitase en torno a él para llenar un vacío. Enseguida se arrepintió de su impulso, por un instante el frío le dejó sin respiración. Los cuadrados de luz de las dos ventanas de la oficina del regidor se recortaban sobre la nieve. Volvió a mirar la potente luz del invernadero. Sintió deseos de acercarse, pero el daño estaba hecho y el rencor persistía. Llamó por teléfono al taxista. Había decidido abandonar el pueblo.

Entró en la habitación del hotel hecho una furia. No supo si el portazo que dio era obra de su enfado o una manera de luchar contra la puerta. Respiró aliviado cuando comprobó que la habitación estaba caliente. Se frotó las manos antes de desnudarse en el baño. Un leve olor se desprendía de sus prendas. Con un gesto de repugnancia las metió en una bolsa de basura que ató con fuerza. No había traído otro abrigo, de modo que empapó una toalla con agua y jabón de ducha y frotó la superficie. Satisfecho, lo colgó de una percha cerca del radiador, junto a las botas. Con un gruñido gutural de placer se introdujo debajo del chorro de agua caliente de la ducha. Cuando salió se sentía mejor. Se vistió con ropa cómoda y pidió al servicio de habitaciones una sopa de pollo sin picante.

Llamó a Catherine para preguntarle si tenía noticias de George.
—¿Te han vuelto a llamar?
—Sí.

Thomas torció la boca, contrariado. Catherine sabía que estaba buscando a George, lo menos que podía hacer era tenerle al tanto de las novedades.

—¿Y qué te han dicho?
—Me han recordado que restaban tres días para que finalizara el plazo.
—¿Estabas acompañada?
—Sí. Los agentes me han asesorado en todo momento. He pedido a los secuestradores más tiempo para encontrar a la chica y una prueba de vida. Me han vuelto a recordar el plazo y luego han colgado.
—¿Han podido rastrear la llamada?

—No. Ha sido cuestión de segundos.
—Entiendo.
—¿Y tú? ¿Has averiguado algo en el pueblo minero?
—No es fácil. La gente va a lo suyo, y nadie se preocupa por el prójimo. Sé que su... —hizo una pausa, dubitativo; ¿qué palabra debía utilizar?—... su acompañante —una palabra neutra— vivió y tenía familia aquí, pero no queda mucho de esa estancia. Mañana enseñaré la foto de George, y espero que a cambio de dinero alguien se anime y me diga si está retenido en algún lugar del pueblo. He conseguido una foto tomada hace unos veinte días en la que aparecen la chica y él en una piscina. La he mandado a Interpol para que la analicen, a ver si así obtenemos alguna pista.
—Quiero verla.
—No creo que...
—Quiero verla —repitió Catherine sin dudar.
A Thomas no le pareció buena idea.
—Mándamela. Lo necesito.
—¿Para qué?
—Eso es asunto mío. —La frase sonó rotunda, arisca. Una orden militar.
Thomas mandó la fotografía y colgó.

Entre bocado y bocado miraba por la ventana, preocupado por la tardanza de Laura. Había mandado al taxista de vuelta a La Rinconada. Se sintió culpable al recordar la discusión que habían tenido. Tal vez la causa no fuera el frío, ni sentirse prisionero en ese lugar; la razón de sentirse mal radicaba en que no sabía cuál era su sitio, no ya en ese viaje, sino en su vida. Se sentía utilizado. Llamó por teléfono a su hija Tanika, su preciosa niña. La echaba de menos. El buzón de voz de Lupe, la asistenta, saltó al primer tono. Dejó recado de que le llamaran.

Recordó que en el aeropuerto le había colgado el teléfono a su madre. Respiró profundamente y marcó su número.

—Ya era hora de que llamaras —dijo ella al otro lado de la línea.

—Lo siento, mamá, tienes razón. Es que estoy metido en un montón de cosas y no he tenido tiempo.

—Pero como yo no soy una cosa, debería ser tu prioridad.

—Bueno, aparte de los recursos mafiosos que empleaste para echar al inquilino moroso, ¿qué más tenías que contarme?

—Nada... Es que...

—Cuando dudas me asustas.

—Me caso.

—¿Te casas?

—Sí.

—Solo lleváis un año.

—¿Algún problema?

—Ninguno.

—¿Necesito tu bendición?

—No.

Thomas oyó un coche, deseó que fuera Laura.

—Será una ceremonia sencilla, por lo civil. Paolo es agnóstico.

—Pero mamá, tu estrecha moral católica irlandesa jamás hubiera consentido que alguien de tu familia se casara por lo civil.

—Tú lo hiciste.

—Eso no cuenta. Me casé en Washington.

—Desde luego que no cuenta, lo vi claro desde el principio. Una relación condenada al fracaso, la novia te doblaba la edad.

—El hecho de que nos divorciáramos pronto no tuvo nada que ver con la edad.

—Algo me dijeron...

Thomas se obligó a no caer en la trampa de preguntar quién.

—¿Cuándo es la ceremonia?

—El 30 de agosto.

—Pero... eso es dentro de un par de meses.

—¿Y qué?

—No sé. Muy repentino.

—¿Acaso necesitas una invitación formal con un año de antelación?
—No.
—¿Vas a venir?
—Miraré la agenda.
—Claro, la agenda. Si se parece al espejo mágico de Blancanieves, vamos listos. Ese espejo le decía a la madrastra lo que quería oír.

Laura llegó agotada y sintió un gran alivio al entrar por la puerta. Si no hubiera sido por su orgullo y porque Thomas estaba hablando por teléfono, habría llorado.

—En serio, mamá, te lo digo cuanto antes —respondió, queriendo ya colgar.
—No es por presionar, pero quisiera que fueras el padrino.
—¿Y tu nieta está invitada?

Se produjo un silencio.

—Estoy esperando una respuesta.
—No entiendo por qué no has tenido hijos tuyos, la sangre tira y es importante. Me ha dolido que hayas adoptado a una niña india sin consultarme.
—¿Y se puede saber qué narices pintas tú en mi decisión? —preguntó levantando la voz.

Laura disimuló y entró en la habitación para quitarse la ropa.

—Nada. No lo entenderías.
—Prueba.
—No es sangre de tu sangre. Tendrá hijos marrones o negritos; con lo guapo y alto que eres, tus genes se perderán.

Thomas colgó el teléfono por segunda vez esa tarde.

Reprimiendo su ira, Thomas se empeñó en hacer con la ropa de Laura lo mismo que había hecho con la suya y la introdujo en una bolsa de basura que colocó junto a la otra con una nota para la lavandería. Ella le dejó hacer.

Laura entró en el salón después de una larga ducha caliente y reparó en que su abrigo colgaba en una percha junto a la estufa. No dijo nada y se sentó a la mesa para cenar. Comió sin hambre, sin gusto, sin atención. Estaba dolida con Thomas, pero sobre todo acusaba el cansancio de las últimas horas. Durante la cena se comportaron con poca naturalidad, midiendo los movimientos y las palabras. Entre dos frases dejaban pesados silencios de por medio. Las respuestas eran escuetas, lo justo para no resultar maleducados. De vez en cuando Thomas hacía un breve comentario sobre la comida o el tiempo; ahí Laura ni se molestaba, le contestaba con monosílabos.

Thomas quería hablar con ella de su charla con Catherine y con su madre, pero la vio poco comunicativa. Esperaba que la tirantez entre los dos se fuera suavizando conforme transcurría la cena, pero pronto vio que sus esfuerzos resultaban estériles. Decidió no prolongar más la cena y la dejó marchar al dormitorio.

Se quedó solo. Una inmensa tristeza le invadió. Realmente había imaginado un futuro con Laura, y en algún momento había visto con claridad que era ella o ninguna. Pero la realidad tenía otros planes, y uno de ellos era hacer trizas su relación.

Llega la noche y la luz de neón del exterior del edificio se extiende como un musgo verde que corre por mis brazos, por la pared, por mi minifalda de color marfil, ahora de moho verde, al igual que los dedos de Don, que parecen carne muerta sobre mi brazo.

Bajo las escaleras a una sala donde me colocan en medio. A mi alrededor hombres, una manada de hienas que jadean, dientes apretados, ojos como cerillas, cabezas agachadas que exhalan su aliento fétido a sudor, bocas que toman alcohol y ríen. Veo cómo chocan las manos a los recién llegados, me asquea el compadreo de palmadas en la espalda. No quiero pensar cuánto tardarán esos lobos en caer sobre mí. Introduzco las manos en los bolsillos de la minifalda, encuentro un hilo suelto y me agarro a él, de una manera ridícula lo sujeto con los dedos con una sensación ficticia de protección; el hilo se rompe, no lo suelto y hago una bolita, mi cerebro centra su atención en hacer una bola perfecta, es importante, me digo.

La subasta es rápida, lo mismo que el cuerpo que cae sobre mí en la habitación, soy un regalo de cumpleaños, luego llegan sus amigos, algunos ni tan siquiera lobos, de momento cachorros que tienen mi edad: chicos perfectos, estudiantes perfectos, novios perfectos.

Uno me llama puta. Es un joven guapo, alto, con las uñas limpias y bien cortadas.

¿Puta? Yo no soy una puta. ¿Cuándo he pasado de Ángela María a puta? ¿En qué momento, color, lugar, sabor se ha completado esa transición?

Me pega y vuelve a llamarme puta. La bola de hilo se pierde entre mis dedos.

21

El teléfono móvil despertó a Laura. El juez de guardia de Juliaca ponía en su conocimiento que en un par de horas procederían al levantamiento del cadáver. Pero antes quería pasar por el hotel para interrogarlos.

Encendió su lamparita y miró la hora. Eran las 4.15 de la mañana.

—¿Qué levantamiento del cadáver pretenden hacer, si ya se hizo ayer? —murmuró para sí misma—. ¿Para eso llaman a estas horas?

Laura contempló en la otra cama la ancha espalda de Thomas moverse y perder el compás del sueño.

—Siento haberte despertado —dijo—. Se me olvidó silenciar el teléfono.

—No es cierto —respondió Thomas girándose hacia ella—. Tu responsabilidad para con la muerta va más allá de ponerla en plan momia. Quieres responder delante de la Policía Judicial, mostrarles, para los pocos medios con los que contabas, lo bien que lo has hecho. Porque claro, tienes que estar presente para recibir los aplausos.

—Estoy cansada, no quiero discutir.

—Yo también estoy cansado. Pero creo que estoy más enfadado que cansado.

—Entonces te sugiero que no lo pagues conmigo.

—¿Y qué más sugieres?

—Que salgas fuera, te des una vuelta, grites un rato y vuelvas.

—¿No crees que eso sería un poco escandaloso?

Laura se encogió de hombros.

—Puede que no te tomen en serio. Parecen buena gente.

—Sí, cada uno con su pedrada.

—Cierto. —Laura no pudo evitar sonreír.

Thomas apoyó una mano sobre la almohada y, mirándola con ternura, dijo:

—Creo que el sexo es una opción mucho mejor.

—No sé si habrá alguien disponible a estas horas.

El rostro de Thomas permanecía en sombras, Laura no pudo ver su mueca de sorpresa.

—Te estás pasando. No vas a conseguir que me sienta culpable. No vas a conseguir que olvide que nos hemos despertado a las cuatro de la mañana por tu culpa. No vas a conseguir que descarte el sexo como una buena opción para relajar el ambiente.

—Entonces te dejo solo. Me vestiré en el salón y luego desayunaré.

Thomas respiró hondo, conteniendo la decepción.

—Gracias por tu comprensión —dijo—. No olvides cerrar la puerta al salir.

Laura obedeció. La cerró con todas sus fuerzas.

Aspiró el aroma del café con satisfacción. Oyó cómo se abría la puerta y Thomas se acercaba a la mesa.

—He pensado que compartir contigo un café también es una buena opción —dijo él—. Solo quiero pedirte que no creas que lo único importante es un hijo. Porque ¿qué pasa contigo? ¿Piensas desaparecer?

—¿De qué hablas?

—Pues que acaba de nacer y ya has huido. No sé, eres una mujer y —Thomas levantó una mano, haciéndola callar— esto no tiene nada que ver con el sexo, sino contigo. Me preocupa tu actitud mojigata. Por naturaleza eres salvaje, pero parece que estuvieras actuando. Esa pose de madre moralista da risa. Puedes olvidarme, pero no debes olvidarte. Y no pienso volver a sermonearte nunca más. —Volvió a levantar la mano, impidiendo su respuesta—. Vamos a desayunar.

Laura no pudo articular palabra y obedeció como una niña pequeña. Se sintieron mejor después de compartir un café y unas tostadas con mermelada y mantequilla.

—¿Qué crees que nos preguntarán?

—Lo de siempre —respondió Laura mientras agrupaba con las yemas de los dedos las migas de pan esparcidas en su lado—. No te preocupes, yo me encargo.

—Entonces ya me siento mucho más tranquilo.

Laura pensó que era una pena que fuese tan guapo. Todo era más difícil cuando la miraba con esa sonrisa.

La noche resollaba como un animal moribundo; su frío aliento entró por el umbral de la puerta junto con el rumor del viento y el murmullo de la nieve. El policía se quitó la capucha y se disculpó por entrar dejando el piso mojado.

—Lamento presentarme a estas horas.

—Tenemos café caliente —ofreció Laura.

El policía era un hombre de mediana edad. Se quitó el abrigo empapado y descubrió una barriga prominente.

—Hoy es un día estupendo para quedarse en casa y no hacer otra cosa que ver nevar.

—Ya lo creo. —Laura le dio la razón.

Thomas se sentó en una silla. Para variar, se quedaba al margen.

—El señor juez ha llamado y ha dicho que se va a retrasar. Si le parece, voy a ir haciéndole unas preguntas y así adelantamos trabajo.

Laura quiso guardar la distancia y se sentó en el punto más alejado de la mesa. El policía sacó una grabadora y la puso en marcha.

—Le voy a hacer una serie de preguntas sobre cómo se procedió al levantamiento del cadáver. Empecemos por el principio. ¿A qué hora la avisaron?

—Serían cerca de las 17.10. Yo estaba atendiendo a una trabajadora del Banco de Oro cuando mi acompañante, el agente de la Interpol Thomas Connors, entró y me dijo que había un cuerpo en la nieve. A las 17.40 ya estaba allí. —Sintió la necesidad de dar una explicación, aunque solo el recuerdo de la madre coraje le provocó una emoción intensa. Que estuviera muerta hacía que su mundo adquiriera otra dimensión, otro sonido; estaba hueco y era más cruel. Se dio cuenta tarde de que estaba llorando—. Disculpe —dijo, sorprendida, y se limpió las lágrimas con la palma de la mano.

—Perdone, ¿es usted el señor que acudió en busca de la doctora?

Thomas cruzó su mirada con la de Laura en busca de ayuda. Ella tradujo la pregunta y él asintió.

—Si no le importa, luego le haré unas preguntas; con la ayuda de la doctora, por supuesto. Bien, prosigamos. ¿Qué fue lo primero que hizo?

—Envié al viejo a por mi maletín, que estaba en el maletero del taxi. Con las prisas lo había dejado en el interior.

—¿Quién es el viejo? ¿Cuándo había llegado a la escena?

—Desconozco su nombre. Es la persona que descubrió el cadáver.

—¿En qué estado de ánimo se hallaba?

—Muy tranquilo, comía una mazorca y charlaba con el dueño del hostal. Creo que es familia del regidor de La Rinconada, en concreto su tío.

El policía anotó el dato.

—Con ayuda del señor Connors establecí un perímetro de seguridad en la zona donde se había encontrado el cuerpo —prosiguió Laura—. El cadáver estaba en una especie de pensión que se llama Abuela María. Es una pena que se moviera el cuerpo. En cuanto tuve mi maletín comprobé los signos de la muerte: silencio en focos de auscultación cardíaca y ausencia de columna aérea en auscultación sobre horquilla esternal, flacidez de los miembros, ausencia de reflejos, inmovilidad y dilatación de pupilas con opacidad de la córnea. No pude hacer otra cosa que certificar su muerte.

—¿Qué hizo a continuación?

—Ordené encender el foco que está adosado a la pared exterior de la iglesia y también pedí iluminación complementaria, ya que había lugares a los que la luz no llegaba. Examiné el lugar y los alrededores. Hay que tener en cuenta el clima adverso. La temperatura tenía valor negativo, exactamente cuatro grados bajo cero, pero lo peor era el viento, que dificultaba la visión.

—¿Encontró algo que le llamara la atención? ¿Algo que sugiriera lucha o un posible homicidio?

—En absoluto. Intenté reconstruir la posición y los movimientos de la víctima, la forma en que murió, el tiempo posible que sobrevivió y la hora de la muerte.

El agente judicial le indicó con la mirada que continuara con su explicación.

—Llegué a la conclusión de que el deceso se produjo con pocos movimientos, tal vez alguna convulsión. Era difícil averiguar más. Según el señor Connors, la nieve había cubierto sus piernas. Al desnudarla en el invernadero comprobé que los talones de sus zapatos tenían una gran cantidad de barro, no así el resto de los zapatos, lo que me hizo pensar que se sintió mal, apoyó la espalda sobre la pared de la iglesia y, conforme se fue encontrando peor, fue resbalando hasta quedar sentada. Los talones frenaron su caída, de ahí el barro acumulado en ellos.

La claridad de la nieve traspasaba los cristales, el reflejo manchaba de plata el suelo y los muebles próximos a la ventana.

—¿Se encontró algún objeto cerca o en los alrededores?

—Nada que me hiciera pensar que se trataba de un suicidio o una muerte accidental. De todas formas, una vez que se completó la observación visual, lo registré por escrito e hice un esquema, un simple dibujo a mano alzada. También saqué fotos de la escena.

—Estoy impresionado.

El policía judicial puso en pausa la grabadora y le pidió que le mandase las fotografías a su teléfono móvil.

—Sé que las condiciones eran excepcionales y que yo no soy la persona más cualificada para hacer un levantamiento de cadáver, aunque sea médico forense, pero intenté hacerlo lo mejor posible. —En cuanto terminó de hablar, Laura se dio cuenta de que el reproche que le había hecho Thomas un rato antes era verdad: estaba esperando las felicitaciones y los aplausos por su trabajo. En su interior agradeció que él no supiera español.

Thomas aprovechó la pausa para llenarse la taza de café antes de volver a sentarse. Se oyó el sonido que avisaba al policía de que había recibido varios mensajes.

—Gracias. Ya tengo las fotos —comentó antes de reanudar la grabación—. Dice usted que desvistió a la mujer en el invernadero. ¿Quién fue su ayudante?

—El señor Thomas Connors. Lo primero que hice fue establecer si existían coincidencias entre algún traumatismo o perforación del cadáver y la ropa. La desvestimos sin rasgar las prendas. Como estaban mojadas las secamos al aire, lejos de la estufa, con el fin de fijar las manchas. Un par de horas después las metí en bolsas individuales, de esas que se utilizan para congelar alimentos, para evitar contaminación. Las etiqueté con números, y en cada folio anoté las características de cada prenda. —Laura colocó una caja de cartón sobre la mesa—. Como ve, este es el número cinco, que corresponde a la camiseta interior. Debajo escribí su apariencia, color, marca de fábrica, si existían manchas, desgarros o rastros de algún tipo. En este caso concreto, la prenda despedía un olor dulzón del que dejé constancia.

—Vaya —silbó el policía con admiración—, se ve que es usted una persona muy concienzuda. ¿Qué hizo una vez que la hubo desnudado?

Laura le habló de la preparación del cadáver y del cambio de ayudante, aunque omitió que la causa había sido fruto de una discusión. Cuando terminó, se recostó en la silla con signos de cansancio.

—Lo último que hice fue llamar a su médico de cabecera para comprobar si tenía algún antecedente de problemas cardíacos. Me comentó que se le había tratado por unas arritmias y que tomaba pastillas para la tensión alta.

—¿Sabe quién la vio con vida por última vez?
—Lo desconozco. Yo solo me tomé un té con ella.
—¿De qué se conocían?
—De nada. La casualidad hizo que nos encontráramos donde ella se alojaba. Buscaba a su hija desaparecida. Me pidió ayuda; por supuesto, le dije que haría lo que estuviera en mi mano.
—¿Cómo era su aspecto entonces? ¿Le pareció que estaba enferma?

Laura no tuvo que meditar su respuesta.
—A simple vista, no.
—¿A qué hora abandonó usted el hostal?
—No lo sé con exactitud. Calculo que serían las cuatro de la tarde. Me fui con el señor Connors a la oficina del regidor, y de allí al Banco de Oro para hacer un reconocimiento médico a una de sus trabajadoras. La fallecida se quedó en el hostal con una mujer mayor..., lo siento, pero desconozco el nombre, supongo que la dueña del establecimiento, la abuela María.
—¿Puedo saber cuál era el motivo de su visita en La Rinconada?

El policía acababa de hacerle la pregunta del millón. Durante el interrogatorio se había preparado para responder a esa pregunta eventual.
—Como le he comentado antes, mi compañero es agente de la Interpol. Nos han encargado un informe sobre la trata de personas y sus condiciones sanitarias en La Rinconada.
—Entiendo.

Laura cruzó los dedos con la esperanza de que no volviera a preguntar sobre el tema.
—Una última pregunta. ¿Volvió a ver a la fallecida?
—No.

Laura respiró, aliviada de terminar.

Creo que mi madre está muerta. Tenía el pelo muy largo y esa sonrisa permanente de adoración por mí. Ya tenía que haberme encontrado. Seguro que está muerta.

Intento calmarme y me limo las uñas de las manos y los pies, que tienen restos de pintaúñas azul turquesa, el mismo color que el último vestido que me ha regalado Don. Lo miro y pienso que nada tiene que ver con el precioso vestido blanco, como de novia, que mi madre me hizo para los domingos. Lavo una camiseta en el lavabo de la habitación y unas medias que tienen una carrera incipiente en un talón, lavo las bragas, el sujetador, la falda de color marfil y el pijama de osos, mientras esnifo una raya de coca. Tiendo la ropa en una cuerda que cuelga de lado a lado encima de la bañera, con el tacón de una de mis botas doy unos golpes a uno de los clavos del extremo que está flojo. Riego las flores de un par de macetas que tengo en la ventana y desmenuzo un trozo de pan para los pájaros en el alféizar.

Entono una canción de cristal.

«Estoy bien, sé hacer cosas normales como una chica normal, como haría en casa de mi madre.

»Estaré bien, solo es cuestión de conformarse. Sin gritar, sin llamar la atención, poquita cosa, en plan bicho bola. Porque es cuestión de tiempo que llegará un chico que me salvará, cariñoso y amable, que se enamorará cual príncipe de cuento de hadas y me cuidará e iremos de la mano y me invitará al cine y a palomitas y refresco y tendrá un auto pequeño para viajar hasta el mar.»

La canción de cristal suena de maravilla. Los pájaros llegan a mi ventana.

22

El juez instructor interrumpió el interrogatorio entre el policía y Laura. Era lo más parecido a una musaraña y contagió su actitud nerviosa a los demás. Iba acompañado de una secretaria judicial. Desde el primer momento dejó claro que el caso le parecía una pérdida de tiempo, un mero trámite que pensaba solucionar de manera rápida y eficaz. Recabó la información necesaria para un informe. En una carpeta llevaba anotados los antecedentes médicos, si existían intentos o manifestaciones anteriores de suicidio, temores o amenazas de muerte por terceros, antecedentes de vida sexual, amistades sospechosas que pudiese tener, antecedentes de alcoholismo o fármacos que estuviera tomando... De las cien palabras que expulsó, cincuenta fueron para quejarse del frío; las restantes parecían sacadas de órdenes militares. La conclusión era fácil: una vida anodina sin nada digno de mención, salvo la desaparición de su hija.

La secretaria anotó en el acta del levantamiento del cadáver los datos de la muerta, y el juez no consideró necesario interrogar a Thomas ni recabar más información de su parte. Le comentó a Laura que gracias a su trabajo estaba claro que era un caso de muerte natural y que no se iba a practicar la autopsia. Avisó a la familia para que dispusieran del cuerpo.

—No veo el momento de que se haga de día para poder largarme de este sitio —dijo Laura mientras entraba en la habitación una vez que se quedaron solos. Permaneció un instante dándole la espalda a Thomas.

—Bajo la nieve hay una buena capa de hielo. Mejor esperar. Quiero hacer un último viaje al pueblo, un último intento para descartar la idea de que George está allí retenido.

Thomas se situó tras ella y hundió el rostro en el hueco de su cuello.

—Te echo de menos —le susurró al oído.

Laura se apartó.

Thomas se retiró y luego se dirigió al salón, donde se puso en cuclillas delante de la estufa. Tenía una ventanita cuadrada de cristal en la parte inferior, y durante unos instantes se quedó hipnotizado contemplando las llamas.

—¿Qué estás haciendo? —preguntó antes de mirarla. Su mirada era oscura. Su tono no admitía dudas de que estaba molesto.

—Me quito el vestido —contestó desafiante.

Con movimientos secos y rápidos recogió su vestido del suelo y fue a la habitación. Se quitó los leotardos y los sustituyó por un pantalón de algodón y una sencilla sudadera. Cuando volvió al salón, Thomas estaba fregando los platos del desayuno.

—¿Te ayudo?

—Mira, Laura, llevamos meses sin estar juntos. ¿Tú sabes la de veces que he recreado nuestro reencuentro?

—No me digas que ahora el señor es don Romántico —dijo Laura con sarcasmo.

—Para, no vayas por ahí. No te burles. Haces que me sienta como un hombre-test: sí, tal vez, no...

Laura tomó un trapo y comenzó a secar los cubiertos.

—Estoy cansada de sentirme insegura a tu lado.

—¿Acaso te he dado motivos? —preguntó Thomas cerrando el grifo del agua.

—No, tú no tienes la culpa. Me gustaría que estuvieras atado a mí, saber cada cosa que haces, con quién estás, si me sueñas, si me quieres... No sé, suena a locura.

—Me gusta la idea de que me ates —dijo mientras se secaba las manos con el trapo de Laura.

—Estoy hablando en serio. Cuando estoy a tu lado no soy yo, aparece otra persona que detesto: insegura, callada, celosa. Imagino que estás con otras, me desespero. Tengo aquí —dijo, señalándose la boca del estómago— un remolino que no me deja descansar cada vez que te marchas. Me revienta lo que siento, y por eso tengo claro que no te quiero a mi lado.

—¿Qué pretendes decirme? —Thomas se puso serio. Aquello ya no tenía ninguna gracia.

—Que no quiero verte en una temporada.

—¿Me estás diciendo que no quieres estar conmigo porque me quieres? Es de locos. Tienes una forma de declararte verdaderamente extraña.

Laura acabó de secar la última cucharilla y avanzó hasta él. Tomó su rostro entre las manos y lo observó con detenimiento. Jugueteó con su cabello moreno, tocó con el dorso de la mano su mandíbula fuerte y masculina.

—Ahora mismo necesito una vida tranquila, y eso a tu lado es imposible. Thomas Connors, yo te quiero y deseo amarte como a un igual, pero no quiero necesitarte ni depender de ti.

—¿Me estás dejando? —preguntó él, incrédulo.

—En este momento soy una persona frágil. Necesito recuperar fuerzas para volver a encontrar a la Laura que yo conozco, la que está dentro, la que tú conociste.

—Hemos estado un tiempo sin vernos.

—Cierto. Pero mis circunstancias han cambiado. He sido madre, y debo aprender a compaginar este nuevo hecho con mi vida anterior. Soy una malabarista que lanza pelotas al aire e intenta que ninguna caiga al suelo. Tú serías una nueva pelota en el aire. Si seguimos adelante ahora, la relación fracasará.

Thomas no podía dejar de mirar aquellos ojos verdes que pronto desaparecerían de su vida. La besó con dulzura.

—Esto no me ayuda —se quejó ella.

—Lo sé —respondió él con voz ronca—. Esa es la idea. —Volvió a besarla.

—Es una mala idea.

—Yo creo que buena, tú que mala... Habrá que averiguar la respuesta correcta.

—Mira quién habla. Luego dices que te trato como un hombre-test.

Temo a los mellizos. A Pablo le dan ataques de locura, trato de no estar cerca cuando eso sucede. Tiene un perro que le acompaña hasta para cagar. He visto cómo destrozaba la cara de una chica en unos segundos. El Don le lanzó a la hoguera nada más nacer porque, según él, con un hijo era suficiente. Su madre, Alejandra, le salvó de morir quemado. Tiene unas cicatrices tan grandes como las maderas con las que se abrasó. Me las sé de memoria, porque le gusta que me recree en ellas con la lengua. Luego está Carolina. Alta, tez amarillenta, cabello rojo teñido. Las víboras son como los vampiros, tienen un diente hueco lleno de veneno. No la hagas enfadar. Si te muerde estás perdida.

Creen que su suerte en la vida se debe a que practican una religión oculta. El clan es devoto de vírgenes, de la santa muerte y de los rituales umbanda. Se dice que la enorme Virgen Dolorosa que hay en la entrada es la imagen de una chica de la que el Don se enamoró y que luego escapó. No fue muy lejos: dentro de la figura están sus huesos, con una bala alojada en el cráneo.

Carolina es la querida del Don. Es una mujer caprichosa. Se comenta que es ella quien de verdad manda, y no Alejandra. Se le dan bien los números. Es capaz de todo con tal de que le cuadren. Todo es todo. Si le das problemas te vende al clan de los colombianos, que llevan el negocio de la droga en esta parte del país. Sabemos que la puta que se va con ellos no dura mucho.

No todas las chicas están aquí por la fuerza. Algunas son nuestras propias carceleras. Son las peores.

Me dicen que me lo tome como un trabajo más.

Soy una niña. ¿Qué clase de trabajo es este donde obligan a las niñas a acostarse con hombres mayores?

Estoy en la Casita de los Caramelos, pero nosotras la llamamos la Casita de los Horrores.

23

Laura quería acompañar a Thomas hasta La Rinconada y quería hacerlo de inmediato.

—Ya sabes lo que ha dicho el policía, ahora mismo las carreteras son un peligro. La comarcal está cubierta de nieve, pero lo peor es el hielo que hay debajo. Debes ser consciente de que puede ser peligroso. Ahora no estás sola, no puedes ser tan impetuosa.

Laura se detuvo, y en su cabeza tradujo la advertencia por: «No puede ser que acabes de dar a luz y ya seas una mala madre».

Mala madre.

Esas dos palabras llegaron hasta el centro de su pecho. Puede que fuera por el tono en que las pronunció, o porque levantó la voz para recalcarlas; el caso es que se sintió mal. Pensó que quizá tenía razón y ella se estaba comportando de un modo egoísta. Además, ¿qué le costaba esperar unas horas más? Desde luego, era una temeridad salir con ese tiempo a una carretera sin señalización, prácticamente de un solo carril. Se reprendió por su interpretación de la frase de advertencia de Thomas, fruto de su preocupación. Se estaba volviendo una paranoica.

—Llevas tantos forros que parece que vas a hacer una expedición a la Antártida. Eres el hombre más friolero que he conocido.

—Si hubieras pasado tu infancia y parte de la juventud en Irlanda lo entenderías —contestó en tono socarrón mientras se frotaba las manos.

La carretera de acceso estaba en mejores condiciones de lo que cabía esperar. Aunque era temprano, a esas horas el trajín de camiones era continuo. Una vez que llegaron al pueblo, Laura se quedó con José, quien la invitó a entrar y tomar un té de coca. La intención de Laura era otra: encontrar al viejo y saber más de él.

—Hace un rato la funeraria se llevó a la señora Rosa María.

—Deberían haberle hecho la autopsia.

—Déjelo estar. La mujer no estaba dañada, quédese tranquila.

Laura asintió.

—Me he enterado de que le ha dado dinero a Elsa, la señorita del Banco de Oro —dijo el regidor a la vez que le entregaba una taza humeante.

—Tienen ustedes una manera despreciable de normalizar la situación extrema en la que viven, comenzando por el lenguaje —dijo Laura mirando por la ventana.

—Estamos aquí para sobrevivir, cada cual como puede. Usted no sabe nada de nuestros sentimientos o pensamientos. Si uno no se adapta, muere.

—No estoy de acuerdo. ¿Dónde queda la empatía, la solidaridad?

—Usted ha limpiado su conciencia dándole un dinero a Elsa. Lo que no sabe es que, por mucho que esa señorita sea libre, es esclava de la droga y el alcohol. Sin estudios ni familia, el único futuro que ha visto estaba en el mismo banco bar que tanto odiaba. Trabajaba con la protección de un chulo hasta que ha certificado lo que todas intuyen: que a los clientes solo les interesan las mujeres más jóvenes y nuevas. De modo que ha bajado sus tarifas y accede a prácticas sexuales extremas para poder sobrevivir. Pero tiene otra alternativa, claro: dar el salto al grado de proxeneta y vivir de la explotación de otras adolescentes. Y eso, gracias a su dinero, es lo que va a hacer.

Laura se quedó sin habla, bebió un sorbo de té. Sentía ira y vergüenza.

—No quiero disgustarla. Lo que pasa es que aquí estamos los desechos, los que nos hemos quedado rotos y no nos pueden coser ni reparar.

—No estoy de acuerdo. Nada está perdido.

—Se equivoca. A veces la vida se detiene, y ya no hay manera de continuar.

—No son animales.

—Yo no estaría tan seguro. Giramos en una rueda que no se detiene: prostituyen a los mineros, explotan sus cuerpos y ellos a su vez compran un tiempo con las chicas; ellas les incitan a tomar hasta dejarles sin dinero. Un nuevo día y vuelta a la mina.

Laura salió fuera. No estaba segura de poder afrontar la realidad que le describía el regidor. Decidió no pensar en ello hasta que no volviera a casa, ahora necesitaba acción para paliar su rabia. Supuso que encontraría al viejo trabajando en el invernadero. Tenía sentimientos encontrados hacia él, pero primaba su curiosidad. Lo encontró sembrando ajos.

—Si no le importa, me gustaría preguntarle algo.

Como el hombre no hizo ningún gesto, ni a favor ni en contra, Laura comenzó:

—Cuando usted llegó a la iglesia y descubrió el cadáver, ¿cuál fue su primera impresión?

—Que estaba muerta —contestó mientras seguía cavando.

—¿Perdón?

—Que estaba fiambre.

—¿No cree que es una falta de respeto hablar así de una persona que ha muerto? —le espetó Laura, molesta.

El viejo interrumpió la tarea que tenía entre manos.

—Con treinta y cinco años yo ya había enterrado a todos los miembros de mi familia. Yo a los muertos los llamo como me da la gana. Creo que me he ganado ese derecho. A mí me gusta llamarlos fiambres, ya sabe, al estilo de las películas de gánsters.

Laura decidió pasar por alto la insolencia del anciano.

—¿Puede decirme si algo le llamó la atención?

—Nada.

Laura comenzaba a desesperarse.

—¿Creyó en algún momento que no era una muerte natural?

—No. Estaba fiambre. Lo mismo que la gallina en fiambre con rabanitos. Miento: esta huele mejor.

Laura se aproximó un poco más y sin querer pisó una planta de guisante. Al viejo no pareció importarle.

—Pero, si esa es su opinión, ¿por qué me ayudó a amortajarla?

Con el mismo tono seco, hosco y cortante de las otras veces, el hombre la miró y contestó:

—Porque había que hacerlo, al igual que respirar, cagar y comer.

—Tengo que decirle que es usted un maleducado.

—Es el piropo más amable que me han dedicado en mucho tiempo.

—¿José también es desagradable con usted? —preguntó de improviso.

—Nunca. Es mi única familia. Aunque más que un hombre parece una mariposa.

—¿Qué quiere decir?

—Que las mariposas no están hechas para vivir aquí. Tendría que haber dejado preñada hace tiempo a alguna chica de Cuzco, o de algún sitio bien lejos de aquí, pero parece que le van otro tipo de flores y aquí se pasa el día revoloteando, opinando, consolando. Podríamos decir que es un métete con buen corazón. Pero eso no le gusta a todo el mundo; no es bueno meter las narices en los sitios en los que no te invitan.

—¿Cree usted que alguien deseaba la muerte de Rosa María?

—Seguro que sí. No puede uno ir haciendo preguntas por todos lados.

El hombre abrió un grifo para activar el riego por goteo.

Laura tomó una vaina de guisantes, la abrió y se los comió. Estaban fríos y muy tiernos.

—¿Por qué?

—Creo que no es asunto suyo. Se parece a mi sobrino: es usted una metomentodo.

—¿Dónde has estado? —preguntó Thomas con una indiferencia que en absoluto sentía—. Llevo un rato esperándote.

—He estado hablando con el viejo, un tipejo oscuro y nada delicado. Me ha insinuado que para la gente de por aquí ha sido un alivio que Rosa María muriera. Y tú, ¿qué has averiguado? —Se interesó a la vez que se quitaba el gorro, la bufanda y el abrigo en el interior del taxi.

—Nada —respondió él—. Mi mayor logro ha sido que mirasen la foto. Deprimente. Vámonos de aquí.

Una vez en la habitación del hotel, Laura se dejó caer en el único sofá que había.

—¿Y ahora qué? —preguntó.

—Bueno, es cierto que no he encontrado una sola prueba o pista que me haga pensar que George está o ha estado allí, pero también he enseñado la foto en la que aparece en la piscina con Dolores. Cuento con una ampliación, cortesía de los chicos de Interpol. Más allá de los límites de la piscina se ve una carretera y la mitad de un cartel donde se puede leer parte de una palabra: «nica». Varias personas me han dicho que, casi con toda seguridad, se trata de un hotel y está situado en la carretera interoceánica.

—Pero... esa noticia es estupenda.

—Si esperas un momento, voy a aprovechar la wifi del hotel para mandar la información a la Policía.

—Claro, estoy en un estado casi catatónico y no me pienso mover de aquí. Las maletas están en la puerta, trabajo hecho.

Se quedó sola. Abrió el bolso y extrajo uno de los cuadernos de Ángela María. Le pareció que tenía una caligrafía bonita, un tanto infantil. Abrió una página al azar. No tenía la fecha anotada:

> Mi vida es un nudo bien prieto, una sucesión de noches, de cuartos oscuros, cama y ducha, de palabras huidas, de hombres, de traficantes, de putas convertidas en proxenetas, de policías corruptos, de chulos de mano fácil y pistola en cincho.
>
> Durante estos años dejé atrás un niño sin nombre al que me arrebataron nada más nacer. No sé qué ha sido de él.
>
> Miro por la ventana. La pintura de la fachada de atrás, que en otro tiempo fue blanca, está cubierta de moho. Veo en los alféizares de las

ventanas ceniceros y latas vacías. El tejado es a dos aguas, y los días de viento las tejas suenan como tapas de puchero hirviendo. Se oye el ruido de los coches y el canto de algún pájaro. Huelo con ansia la tierra húmeda por el rocío de la mañana, acecho el olor cual perro de caza, no quiero que se desvanezca y cierro los ojos apretando la cara contra los barrotes. El frío sobre mis mejillas acrecienta la sensación de libertad: me permito sonreír.

Thomas encontró a Laura en la calle, sentada en un banco del jardín. El vaho salía de su boca.

—No sabía dónde estabas —dijo—. Me preocupé. Si quieres te dejo sola.

Laura negó con la cabeza antes de levantarse.

—Recuerdo el curso que hice de tanatopractor —dijo con voz rota—. Fue antes de que decidiese estudiar Medicina y especializarme en patología forense. Necesitaba dinero, y me pareció lo más fácil y rápido. Nunca me dieron miedo los muertos. Tenía que limpiar el cadáver y vestirlo con ropa de domingo. A veces no era nada fácil, pues a las pocas horas de la muerte las articulaciones comenzaban a bloquearse y a quedarse rígidas. Una vez, un hombre me trajo el vestido de novia de su mujer porque deseaba recordarla como ese día. El problema se presentó cuando, al ponerle el vestido, me di cuenta de que la mujer pesaba veinte kilos más. Tuve que romper el vestido por detrás y adaptarlo al cadáver.

Thomas se acercó un poco más y la rodeó por detrás con sus brazos. Laura se hundió en el abrazo y prosiguió:

—Lo más importante era darle forma a la cara: se introducía algodón para que los pómulos sobresalieran, y luego se cosía la boca por dentro o se ponía un cartón para que la mandíbula se mantuviera recta. Después se le maquillaba. A los hombres simplemente se les quitaba la palidez. A ellas también, pero además se les pintaban los labios y las uñas y se les ponía colorete. Había ungüentos que se aplicaban en los labios y los párpados para disimular la sequedad. También había una especie de lentillas que hacían que los ojos del muerto conservaran su forma una vez que el globo ocular se deshinchaba. Siempre lo más natural. En ocasiones el cuerpo estaba destrozado; entonces se cerraba el ataúd y se colocaba una foto encima.

Thomas advirtió que Laura estaba llorando. Besó su pelo y la abrazó con más fuerza.

—Hay algo de hipocresía bondadosa en torno a los muertos. Desde pequeños sabemos que vamos a morir, que nuestros padres van a morir, e intentamos retrasar con cremas y productos milagrosos esa progresiva descomposición física que también es mental, porque no es agradable. Pero cuando morimos, aunque ya no seamos conscientes, los otros nos obligan a ocultarlo porque para ellos es menos doloroso. Al final tememos a la vida y a la muerte. Yo me encuentro bien entre ellos, no huyo de su existencia, pero me he dado cuenta de que es mentira. Dejé atrás la muerte de mi madre, pensé que siempre habría tiempo para entendernos, para retroceder en los caminos que las dos habíamos recorrido y, en algún punto, encontrarnos. Creí que era inmortal. Y me tocó fingir, mentir y disfrazar mi sufrimiento. Porque eso fue lo que hizo mi familia. Y ahora no puedo olvidar a esa madre muerta. ¿Qué pasará con su hija? ¿Quién la buscará? En su diario dice algo de un niño, parece ser que fue madre. Tengo que encontrarla.

—Yo no creo que sea tu cometido —susurró Thomas con voz ronca—. Simplemente te ha afectado su muerte. Hay que aceptar que la vida tiene esas cosas y que a veces no podemos hacer nada.

—Yo no lo veo así —respondió Laura zafándose del abrazo—. Volvamos, tengo frío.

Dos son mis carceleros: Pablo Vera y Carolina Ojeda, Carol para los del clan y la Víbora para nosotras. Me traen cada día la comida, una papilla con sabor a maíz, de beber me dan zumo. Si no quiero comer, me abren la boca con amenazas o con una hostia. Después me clavan la aguja.

Carlos Vera, Don, es el patriarca del clan Vera-Molina y dueño de la whiskería Los Caramelos, obeso y cruel de afición, que no de nacimiento. De rostro redondo, piel oscura, cejas pobladas, frente amplia y manos pequeñas. Un cachalote en tamaño y una sanguijuela de profesión. Estuvo en la cárcel durante tres años por estafas y amenazas. Se encarga de negociar con el cártel de los colombianos.

Alejandra Molina, la esposa de Don, es conocida como la Santa: pelo rubio de bote, atractiva de rostro, con unos kilos de más. Viste con ropa de marca y muchas joyas, lleva perfume caro y un escote generoso. Del cuello cuelga su inseparable rosario negro con una cruz de madera rodeada por unas cadenas.

Pablo, el Loco, es uno de los mellizos de Alejandra. La mitad de su cara es un calco de la de su padre; la otra mitad, raíces de un árbol viejo. Tiene aliento de perro, nariz de boxeador y cuello corto. Adicto a los esteroides y a las pesas. Un tatuaje étnico le cubre la espalda y gran parte de los brazos, le gusta pasear sin camisa para que se vea lo que parece un mapa con ríos y montañas. Está encargado de la whiskería La Alegría. Pasó por la cárcel durante seis meses junto con su hermano por la muerte de dos miembros del clan de los Acosta. No se pudo probar que fuesen ellos: llevaban cascos de moto y no encontraron testigos que quisieran hablar.

Jesús María, el otro mellizo, es conocido como la Alimaña. Se cree listo, como la mayoría de los tontos con dinero. Es el encargado de la whiskería Miami. Su mayor afán es vivir en Europa.

Esos son los nombres de mi nueva vida. También está Betty, que tiene veinte años, cabello rojo, piel clara, pechos grandes. Es algo parecido a una amiga.

A Betty la eligieron en la calle. Tenía doce años la primera vez que la marcaron. De familia pobre, pronto acabó en una de las habitaciones del pasillo lleno de puertas y farolillos de colores. Se volvió puta de necesidad y adicta por la fuerza. La dejan regresar a casa de vez en cuando para que su madre no sospeche. Me cuenta que si se resiste el Don la encierra y la deja sin su chute.

Tengo el bicho dentro y solo se va de la cabeza cuando no pienso y no pienso cuando me pincho, me dice.

¿El bicho?

El sida. Me lo detectaron en una revisión hace unos meses.

Pero ¿y la goma?

No les gusta. Son muy machos.

Entonces ellos no saben que tienes la enfermedad.

No. Y me alegro.

Pero nos contagiarán a todas.

No hablo del bicho. Si hablas se despierta.

La obedezco. Es mi única amiga.

Desde que me secuestraron no tengo apetito, le digo.

La droga alimenta más que la carne.

No quiero morir. Soy muy joven.

A veces es mejor la muerte que la vida.

No digas eso. Me esperan. Mi madre me busca.

A ver si te enteras. No importamos, somos pobres.

¿Y quién no lo es?

Ellos. Los que comercian con nuestro cuerpo. Tienen un banco sin fondo.

¿Qué debo hacer para que me dejen ir?

Algo muy fácil de entender: cumplir los códigos. No mirar a los clientes a la cara, ganar dinero, sentarte en los muslos de los clientes y hacer lo que te pidan sin poner cara de asco. Mi primer mandamiento es: aprieta los dientes y al siguiente.

Mis mandamientos vienen solo de Dios.

Dios. Todo el clan adora a la Virgen. Ese es el Dios del que me hablas. No hay más que pasar un día en Los Caramelos para darse cuenta de que Dios no está.

Me acerco, la agarro de los hombros y la miro a los ojos. No me ve. Está drogada, suda y su respiración es corta y veloz.

Soy joven y tengo sueños por cumplir. Mi madre vendrá.

Ángela, me dice, hay que dejar en paz a los muertos y los sueños.

24

—Vamos a seguir la pista de la carretera interoceánica que va desde Cuzco hasta Puerto Maldonado —le comentó Thomas una vez en el taxi.

—¿Cuál es la idea?

—Comenzar por el principio. La calle Belén es la zona de captación de víctimas de trata en Cuzco. Enseñaremos la foto de Dolores, la de George y la de los dos juntos en la piscina.

Laura pensó que también enseñaría la fotografía de Ángela María, no perdía nada.

Se trataba de una calle de comercios con persianas metálicas azules, todas bajadas salvo la de un local con música estridente donde una larga fila de personas esperaban para entrar. Las paredes estaban forradas con anuncios en los que se demandaban mujeres y hombres para trabajar.

Laura oyó a un hombre explicar una oferta de trabajo a una joven que llevaba un bebé:

—Se pagan los trescientos soles. Estamos invirtiendo, y luego queremos recuperarlo. Ese dinero hay que recuperarlo.

Leyó el cartel del que hablaban: «Atención en disco bar, buen sueldo. Al 50 %. Doy alimentación, vivienda y pasajes pagados». Pero cerca de esa pared había otra con otro tipo de carteles: «Se busca a Teny Alejo y a Sandra Roxana, de 15 años, desaparecidas, así como a Erika Yucra y a Anabel Aguilar, de 13 años». Ambas aparecían en la foto con su uniforme escolar. Sus ojos de niñas la miraron.

—¿A quién va a importarle dónde está George, o Dolores, o Ángela María? —preguntó Laura en voz alta.

—No me puedo creer que todos estos carteles sean de personas desaparecidas —dijo Thomas con estupor—. Esta pared parece sacada de una película de terror.

Enseñaron las fotografías desanimados. Laura preguntó por algún hotel o urbanización con piscina cerca de la carretera, pero solo recibió respuestas negativas.

Se sentaron en la acera, cerca de un autobús en el que se leía la palabra Ocongate. A su lado, mujeres indígenas vestidas de vivos colores, con largas trenzas y sombreros diminutos, charlaban entre murmullos con los niños colgando a sus espaldas, esperando no se sabía qué. Laura se dirigió a ellas con las fotografías.

Thomas se fijó en que un chico —no tendría más de quince años— se sentaba a su lado.

—¿De dónde son ustedes? —le preguntó en inglés—. Gringos, ¿no?

—¿Dónde has aprendido mi idioma? —dijo Thomas.

El chico aplaudió con ganas.

—¡Lo sabía! Se les nota un montón. Parecen polis.

Thomas decidió cambiar de táctica.

—Has acertado: somos policías. ¿Qué haces aquí?

—Me voy para Ocongate.

—¿Estudias allí? Hablas muy bien inglés.

Parecía un buen chico. El típico estudiante de clase media. Llevaba el pelo peinado a un lado, aunque un remolino rebelde se alzaba al final de la raya al estilo Tom Sawyer.

—Soy minero. Trabajo desde los nueve años. Mi patrón es un gringo que no habla palabra de español.

Ese rostro de niño le hablaba como un adulto. Thomas se fijó mejor y reparó en sus dedos destrozados, sin uñas, en las quemaduras de los brazos; los pies estaban aún peor, con sus costras a medio curar, algunas infectadas.

—Deberías ir al médico. Esas heridas tienen muy mala pinta.

—No hay nada que hacer, aunque se curen se vuelven a abrir. Con estas chancletas al menos les da el aire y parece que mejoran.

—¿Cómo te las hiciste?

—Con el bidón. Llenamos un bidón metálico de agua y añadimos unos cuatro o cinco kilos de arena. A la mezcla se le echan dos tapones de mercurio. Mire, lo llevo para la mina.

El chico abrió su mochila y le mostró varios botes transparentes con tapones negros. Llevaban impresas las palabras «el español» en letras negras y la foto de un torero con un toro; el capote era de un rojo muy vivo.

—El mercurio se disuelve con el oro en polvo formando una mezcla. Un minero debe meter su pierna desnuda en el bidón y remover en círculos durante una hora, aproximadamente.

—¿Y por qué no se hace con un palo?

—Al parecer tiene que ser así porque el pie debe hacer mucha presión sobre el fondo, donde se encuentran la arena, el oro y el mercurio. Todo el polvo de oro debe fundirse con el mercurio. El patrón manda.

—¿Y cuánto ganas?

—Nueve lucas.

Thomas frunció el ceño. No entendía.

—Unos nueve mil soles —aclaró el chico con orgullo.

Thomas tampoco sabía si eso era mucho o poco dinero.

—Dos mil ochocientos dólares.

—¡Guau, es una barbaridad!

—Lo que hace la mayoría es gastárselo; pueden aguantar una semana o dos hasta que se lo gastan en el bar. Por eso lo llaman banco bar. Son idiotas.

—¿Y tú?

Un autobús expulsó una nube de humo que los alcanzó de lleno. Se levantaron y se sentaron en un banco de la plaza rodeados de niños y mujeres que viajaban con unas telas multicolores anudadas a la espalda que hacían las veces de maleta. Observaron el trajín de autobuses, coches particulares y camionetas.

—Yo lo ahorro.

—¿Y qué quieres hacer con el dinero?

—Espero a unas chicas que desde los catorce años están chambeando y que llegan ahora, en la época de vacaciones. Vienen de la universidad por un mes, lo que son sus vacaciones, vamos, y oiga, hacen un poco de dinero y ya solventan sus gastos para sus estudios, y yo de paso me pago el viaje. Con el tiempo quiero montar mi propio bar con mis señoritas. Por eso trabajo y ahorro. Llegaré a ser alguien.

—¿Cuántos años tienes? —preguntó Thomas, incrédulo.

—Veintiuno. Calculo que dentro de unos tres años podré montar mi negocio.

Laura se sentó con ellos. Su gesto lo decía todo, no había habido suerte.

—Me llamo Roberto —dijo en inglés—. Un gusto, señorita.

—Encantada —respondió Laura en perfecto castellano—. Deberías curarte las piernas, alguna herida parece infectada.

—Gracias por su preocupación, pero soy una persona muy ocupada.

—Aun así, con que te dieras un poco de yodo mejoraría bastante.

Laura sentía curiosidad por el chico. Le dirigió a Thomas una mirada interrogativa y este hizo un gesto con una mano, dándole a entender que luego se lo explicaría.

—Creo que puedes ayudarme —le dijo Thomas al joven—. Veo que controlas este mundo de los bares y las señoritas. Estamos buscando a estas personas. —Le pidió las fotos a Laura y se las mostró.

Roberto sacó unas gafas de un bolsillo del pantalón antes de mirarlas con detenimiento.

—No, no sé... Pero hay alguien que tal vez les pueda ayudar. Puedo llevarlos en mi auto a Ocongate. En cuanto lleguen las señoritas nos vamos.

Las jóvenes se acomodaron en el asiento trasero, junto a Laura. Después de un escueto «buenas tardes» no volvieron a hablar y se dedicaron a mirar el móvil.

Laura observaba el paisaje medio adormecida. Dobló la bufanda y la colocó a modo de almohada en la ventanilla, donde se recostó. Tenía frío y estaba desanimada. ¿Por qué estaba allí? ¿Por qué había comenzado a leer los diarios? Se conocía lo suficiente como para saber que le afectarían, y aun así los seguía leyendo. Le había prometido a una persona que apenas había conocido durante unos minutos buscar a su hija, cuando ella misma no se ocupaba ni de su propio hijo. Era una locura. En realidad, pensó, la promesa se la había hecho a una persona que había muerto y bien podía no cumplirla. Nada la obligaba a hacerlo. Entonces, si su razonamiento era así de lógico, ¿por qué no se marchaba? ¿Por qué se destruía de esa manera y a su vez destruía su relación con Thomas? ¿Qué esperaba? Desconocía la respuesta. Sin embargo, de algo estaba segura: debía intentarlo. ¿Qué hacer si no? En cualquier momento podía tomar un avión y regresar en apenas unas horas a su mundo seguro: disfrutar de su preciosa casa con flores en el jardín, tirar la basura en el contenedor, sentarse en un banco y ver a los niños jugar en un parque limpio, saludar al policía que hacía su ronda en bicicleta, sacar un libro de la biblioteca, arrullar a su bebé, que olía a talco y a comodidad, nadar en la piscina climatizada, charlar con su vecino y darle las gracias cuando le regalara fruta, realizar una cata de vinos en alguna taberna, soñar con la próxima visita de Thomas... En definitiva, esa vida suya que tan bien conocía, toda muy educada y confortable. Y esa era la respuesta de plata: lo conocido resultaba confortable, pero «confortable» no era una palabra que se amoldara a ella. Le venía unas cuantas tallas pequeña. Suspiró con rabia; no había manera de que su cerebro se conformase.

Llegaron a Ocongate. El ruido del río que bordeaba la carretera era ensordecedor, el caudal del agua arrastraba las piedras.

Ante sus ojos desfilaron varias casas bajas pintadas de alegres colores y unidas con banderines rosas y amarillos a ambos lados de la calle.

—Este pueblo es uno de los más pobres de Perú. Los jóvenes emigran hacia las zonas mineras de Madre de Dios —dijo Roberto.

Se detuvieron frente a un local llamado California. Una mujer se hallaba sentada en una silla pelando unas vainas.

Roberto se dirigía exclusivamente a Thomas en inglés; Laura entendía a medias y optó por quedarse en el coche. Sus compañeras de viaje se despidieron de ella con un movimiento de cabeza, habían llegado a su destino.

Roberto le pidió a Thomas que esperara, dobló la esquina y desapareció con las jóvenes.

Él se quedó solo sin saber qué hacer. Optó por saludar a la señora.

—Buenas tardes. Hace frío –dijo en su pésimo español.

La mujer dejó los frijoles a un lado y se limpió las manos en el vestido.

—Veo que es usted amigo de Roberto, así que le haré un precio especial. Además, venga, pase, tengo buenas hembras, con pechos grandes; algunas incluso están criando y le pueden dar de mamar. También tengo de pechos chiquitos, como vírgenes requetebién bonitas. Mis chicas no tienen enfermedades, son limpias. Ande, entre.

La mujer descorrió la cortina de tela, invitándolo a pasar.

Thomas, que no había entendido una palabra, terminó por comprender lo que le ofrecía y optó por quedarse donde estaba, rechazando su invitación.

—Gracias. Yo esperar.

Echó un vistazo a Laura, que leía los diarios de Ángela María sentada en el coche.

—Esta señora ha sido denunciada por trata de personas. Igual nos puede ayudar –dijo Roberto. Había tardado poco. Se dirigió a la mujer–: Buenas tardes, señora Julieta. Tengo aquí a un amigo que está buscando a estas personas, tal vez usted las haya visto. No tenga temor, es de confianza. ¿Cómo va lo suyo con el juicio? ¿Ya sabe algo?

—Todo son tonterías y mentiras. Lo único que hice fue intentar hacer el bien. Encuentro a esa mujer por la calle que lleva una bolsa y un bebé muy pequeño. Ella me dice que si conozco alguna casa para trabajar. Me dice que quiere trabajar porque su marido la ha engañado y abandonado por otra mujer. Que necesita dinero para comprarle leche y ropa a su bebito.

—¿No se dio cuenta usted de que era menor de edad?

—De ninguna manera. Ella me dijo que tenía dieciocho años y que había venido en un camioncito. Soy yo la que ha perdido dinero y sufrido engaño. Todas mis chicas son de fiar, buena mercancía. Eso me pasa por ser buena y confiada.

—Tranquila, señora Julieta, ya verá como todo se soluciona. Y ahora igual me puede echar un vistazo a las fotos. Más que nada para ayudar a estos gringos. Siempre es buena cosa estar a bien con esta gente.

La mujer echó un vistazo, frunciendo el ceño.

—Eso mejor en Bajo Pukiri.

—Gracias, señora Julieta.

—Oye, Roberto, ¿podrías prestarme a una de tus chicas? Las mías están muy vistas. Te la devuelvo en una semana.

—Lo siento, ya las tengo comprometidas. La próxima vez.

Laura apareció de improviso con la fotografía de Ángela María en una mano.

—Buenas tardes, señora —dijo—. No quiero molestarla más, pero estoy buscando a esta niña. Bueno, ahora ya no es una niña, pero quizá le suene su cara, o lo que es más fácil, la marca de nacimiento que tiene en un antebrazo; como ve, parece la flor de la cantuta. Es muy importante que dé con ella, ya que su madre acaba de morir y estaría bien bonito que pudiera llevarle flores a su tumba.

Soltó su discurso de forma atropellada, creyendo que en cualquier momento la mujer daría media vuelta y entraría en la casa.

—Por favor, mírela bien —insistió—. Le llevará solo un momento.

El aspecto de la mujer recordaba a un puro habano, toda ella delgada, oscura; hasta el pelo formaba parte de esa espiga que era su cuerpo.

—A la niña no la reconozco —dijo, mirando bien la fotografía—, pero la flor de su antebrazo sí.

Laura abrió mucho los ojos. No se lo esperaba.

—Tendrá que cambiar la foto. No se parece en nada a como está ahora.

—¿Ahora? ¿Qué quiere decir? —Su cuerpo se tensó.

—Lo que le digo, que ahora está bien cambiada.

—¿Cuándo fue la última vez que la vio?

La mujer volvió a sentarse y retomó su tarea de extraer los frijoles de las vainas.

—Hará cosa de tres meses.

—¿Está segura? Quiero decir, ¿tenía esta marca en el antebrazo izquierdo?

—Sí, aquí —dijo, señalando la parte superior.

Laura se puso en cuclillas y quedó a su altura. Pese al frío, sudaba.

—¿De qué conoce a la chica?

—De vista. Nunca hemos hecho negocios juntas. Ángela se codea con personas poderosas que manejan mucha plata. Eso es bueno, porque gana dinero, pero también es malo, porque al menor descuido, matarile.

Sin duda se trataba de la hija de Rosa María. La mujer conocía su nombre. Laura notó la presencia de Thomas a su espalda. Le molestó. Debía concentrarse. Se volvió y, colocando una mano a modo de visera sobre los ojos, le pidió que la esperara en el coche.

—Perdone la interrupción, señora —le dijo a la mujer—. Me decía usted que no le gustaban las compañías de Ángela. ¿En qué clase de negocios anda metida?

—Ah, no, eso sí que no. Yo de eso no hablo. Aquí cada uno tiene sus cosas y sobrevive como puede. Y yo no voy a malograr mi negocio ni mi vida por una desconocida que me pide información. Faltaría más.

La mujer tiró las vainas a otro cesto y se levantó para entrar en la casa.

—Tiene razón, he sido muy indiscreta —dijo Laura incorporándose—. A fin de cuentas, yo me voy y usted se queda aquí. Solo una cosa más: ¿podría decirme dónde encontrarla? Estoy segura de que eso no implica nada malo; es más, seguro que se lo agradecería. La muerte de una madre no es algo menor que no se quiera saber.

La mujer se detuvo en el umbral de la puerta.

—Suele andar por Bajo Pukiri, en Delta 1. Si no, la encontrará en el kilómetro 108.

—Gracias, señora. Dios la tenga consigo.

Laura sintió ganas de llorar. Rosa María nunca pudo imaginar qué cerca había tenido a su hija. Otra cosa era por qué Ángela María no había regresado a casa desde su desaparición. Y eso era algo que ella estaba dispuesta a averiguar.

La niebla y la lluvia cubrían la montaña a su paso por Quincemil. Roberto se había empeñado en llevarlos en su coche. Le venía de paso, la zona minera de Madre de Dios comenzaba al final de la carretera.

—Cuando se construyó la interoceánica había bastante trabajo para todos. Aparecieron hoteles, restaurantes, negocios de todo tipo a ambos lados de la carretera. Terminaron la carretera y surgió la minería informal. Nadie quiere ganar quinientos o seiscientos soles, quieren mucho más, por eso van a la minería.

—¿Y qué pasa con los menores? Veo muchos niños solos —preguntó Thomas, todavía afectado por la información que le había dado Laura sobre el paradero de Ángela María.

—Un niño trabaja y de normal gana cincuenta o sesenta soles, unos dieciséis dólares mensuales. Aquí no hay ningún control, ¿y quién va a venir a estos sitios tan lejanos a controlarlos? Los bares han sido invadidos por chicas jóvenes que llegan de otros lugares como Arequipa o Lima, o incluso del norte. Hasta extranjeras, oiga. Son necesarias. Los hombres ya se han acostumbrado a este tipo de distracción. ¿Ve estos sitios a ambos lados de la carretera? Se les llama focos rojos, y a las chicas que trabajan allí les decimos foqueras. Nunca he visto que se haga ningún tipo de redada, y aquí hay muchísimas peleas y prostitución, pero de la mala.

—No sabía que hubiera buena o mala —intervino Laura, que entendía su explicación en inglés.

—Claro que la hay, señorita. Vienen engañadas con mentiras, o las raptan. Chicas que viven en el campo, de familias humildes. Les dicen que van a trabajar en un restaurante, pero no es así. Les pegan, las maltratan, les dan correazos. Algunas no tienen ni doce años.

Laura pensó que Rambo tendría mucho trabajo por esas tierras.

Llegaron al puente Inambari.

—Este lugar es muy importante. Es paso obligado para las más de cinco mil señoritas de compañía que trabajan en los campamentos mineros.

Thomas vio el control de la Policía que había antes de entrar en el puente, pero se dio cuenta de que había camiones que no pasaban por allí, sino por un camino a la izquierda. Nadie hacía parar a esos camiones ni les pedía la documentación. La existencia de atajos favorecía la impunidad. Ellos mostraron sus documentos y pasaron sin problemas.

—Si llevas menores, solo tienes que decirles a los policías que sois familia y darles un poquito de dinero. Así todos felices.

Pasaron junto a un edificio bajo sin ventanas con techo de uralita. Un cartel anunciaba que se trataba del videobar Mil Amores; junto a él, otro llamado Géminis —pintado de verde y naranja, con palmeras a ambos lados de la puerta— competía en extravagancia con el anterior. Desde Puerto Mazuco cruzaron el río rumbo a Delta 1.

—Muchos pasajeros usan nombres falsos en los cuadernos de control de los botes —siguió informando Roberto—. No existe presencia del Estado en esta parte del país.

Llegaron a Bajo Pukiri, donde, según les explicó Roberto, Madre de Dios era el tercer productor nacional de oro.

—¿Quiénes son los dueños de las minas? —preguntó Thomas.

—El noventa y nueve por ciento de las concesiones son ilegales. Se elige una región de la selva algo apartada de los núcleos urbanos, se talan los árboles y se elimina la vegetación. Según tengo entendido, la tierra suele pertenecer al Estado, aunque alguna vez el propietario es un particular a quien se soborna adecuadamente si amenaza con denunciar.

Entraron en una casa que se diferenciaba de las demás porque estaba construida con ladrillos. Los recibió el teniente de alcalde del centro poblado Bajo Pukiri. Saludó con un movimiento de cabeza a Roberto, parecían viejos conocidos. Lucía una vistosa pulsera de plata, demasiado ancha como para que quedase bien en un hombre. Les hizo pasar a su despacho, donde les invitó a tomar asiento.

—¿En qué puedo ayudarles?

—Nos han informado de que esta mujer suele andar por aquí —comentó Laura—. Por favor, no se fije demasiado en la fotografía, es de hace bastante tiempo. Ahora tendrá unos treinta años.

—¿Entonces en qué me fijo?

—En la marca del antebrazo. Tiene forma de flor acampanada, como su flor nacional.

—Verá, al principio este lugar no pasaba de unas pocas casas de poliestireno, entonces todos nos conocíamos. Pero eso ya no es así, hoy casi nadie se conoce. Siento no poder ayudarla.

—¿Cree que puede trabajar en algún bar?

—Aquí siempre se viene y se va. No creo que Cuzco, Lima o Trujillo no tengan sus bares, sus cantinas. Tienen, ¿no? Algunos bares cierran, pero se van de acá allá, cambian de nombre, de razón social, y todos tan contentos. Y ahora, si me disculpan, tengo mucho que hacer —dijo antes de levantarse y dar por terminada la conversación.

—Todavía no hemos terminado —dijo Laura sin moverse de su sitio—. Tenemos algunas fotografías más que mostrarle.

El teniente de alcalde la miró con impaciencia. Se quedó de pie, con los hombros tensos, martilleando con los dedos la superficie de la mesa.

—Deme. —Examinó la fotografía de George y la de Dolores—. No lo he visto nunca —dijo, devolviéndolas—. Y a ella tampoco.

—¿Y este lugar? ¿Podría decirme si se encuentra por aquí? —preguntó Laura, enseñándole ahora la fotografía de George y Dolores en la piscina.

—No voy a preguntar por qué los buscan. No es mi problema, y como no es mi problema no quiero problemas. ¿Estamos de acuerdo? —preguntó, mirando por encima de las gafas.

Laura y Roberto asintieron. Thomas permanecía al margen de la conversación, que discurría en español.

—Esta foto está tomada en la piscina del hotel Sueños Felices. En el kilómetro 108.

Abandono el cuarto. Ahí se queda mi inocencia y alguna otra cosa que todavía no comprendo. Queda por saber cuántas habitaciones tendré que visitar aún, y qué dejaré en cada una de ellas. Obedezco y sigo a una nuca.

Estoy en un patio grande donde se amontona ropa en una pila. Faldas diminutas, remeras, bombachas, corpiños. Una mujer mayor tiende las prendas en una cuerda colgada entre dos muros.

Miro un trozo de cielo por primera vez en semanas y me pregunto qué tiempo hará hoy. A mi madre le gustaba pasear por el muelle y observar el paso de las barcazas. A veces la acompañaba. Me imagino los rayos del sol y el cielo sin nubes. Habríamos ido por la dársena sur y hubiésemos visto cómo desembarcaban los pasajeros del lago Titicaca. También nos habríamos acercado al mercado, a comprar pescado para preparar ceviche. Las dos tomadas del brazo, meciéndonos en un compás tranquilo, atrapando nuestra alegría y la de los demás.

Pero hoy no es mi madre quien se apoya en mi brazo. Son otros a quienes no conozco, a quienes les importa una mierda si hace sol o si diluvia.

Entro en una sala enorme. Una barra con taburetes amarillos. La pintura que cubre sus patas está desgastada por los golpes de los tacones y el roce de los zapatos, los asientos conservan la forma del peso de los traseros. No sé por qué me fijo en esos detalles, por qué me importan. En el centro hay una pista cuadrada, unas luces en movimiento proyectan destellos en el suelo y las paredes creando un caleidoscopio de colores. Los muros desnudos de la sala están pintados de negro y no tienen ventanas ni elementos decorativos, solo unos farolillos. El suelo de baldosa barata está tatuado por rayas negras como las que dejan las ruedas en los aparcamientos, solo que en lugar de neumáticos son tapas de tacones.

Hace calor.

Me llevan por unas escaleras hasta un pasillo largo. La mayoría de las chicas con las que me cruzo visten ropa deportiva.

Me miran, las miro.

Se ríen. No entiendo sus risas. Luego me entero de que pertenecen a otra clase de putas: aquellas a quienes las drogas, la avaricia, el engaño, la escasez, la incultura, el novio, la madre, el padre o todo junto las ha llevado a meterse en el negocio.

Hay una puerta con mirilla y doble cerradura. Entro en otro pasillo. Menos puertas, chicas más jóvenes.

Me miran, las miro.

Estas no se ríen.

25

El kilómetro 108 de la carretera interoceánica era el punto de ingreso y abastecimiento para los campamentos mineros ilegales en La Pampa. Después de preguntar a varias personas llegaron a su destino. El hotel aparecía rodeado por un muro bastante alto. A su derecha se alzaba una clínica de pequeñas dimensiones camuflada entre árboles de gran envergadura.

Laura estaba agotada. Necesitaba descansar, una ducha y un baño en la piscina.

—Podría tirarme vestida. Hace tanto calor que apenas se puede respirar.

Roberto se despidió en el vestíbulo del hotel; continuaba su camino hacia el interior de la selva.

—Cuídense —dijo—. Para lo que necesiten tienen mi número.

—Llévate una copia de las fotos, puede que alguien sepa algo —sugirió Thomas antes de pasarle un rollito de billetes.

—Claro que sí, jefe.

El ventilador del techo de la recepción sonaba como las aspas de un helicóptero lejano. Un pequeño chasquido anunciaba cada nueva vuelta.

—Siento decirles que solo queda una habitación doble con dos camas. Estamos completos.

Laura se preguntó quién narices querría alojarse en un lugar así, en medio de la nada, a caballo entre la selva y el río.

—De acuerdo, nos la quedamos durante un par de días —decidió Thomas.

El hotel era un edificio en forma de C con dos plantas de habitaciones con balcón y vistas a la piscina. Más allá de sus muros se agolpaba la espesa vegetación.

El recepcionista les asignó una habitación en la planta baja, cerca de la punta de la C. En el pasillo se cruzaron con una mujer en albornoz que llevaba gafas de sol y una venda en la nariz.

La terraza de la habitación y la piscina compartían el mismo suelo, delimitado solo por una baranda cubierta por un seto para dar un poco de intimidad.

Se dieron una ducha manteniendo las distancias, uno después de otro, cerrando la puerta del baño. Retiraron las colchas de las camas. Laura la tiró a una esquina —su tono marrón oscuro la hacía sospechosa de albergar toda una colonia marciana— y se tumbó encima de la sábana blanca, que olía a limpio.

—Solo cinco minutos y empezamos a enseñar las fotos al personal.

Thomas aprovechó para contarle a Laura a qué se dedicaba Roberto. Cuando lo supo, ella torció el gesto.

—Si lo llego a saber me bajo del coche.

—¿Bromeas?

—En absoluto.

—En ocasiones, para llegar a C hay que pasar por A y por B. Lo que opine yo sobre lo que hace para sacarse un dinero o sobre sus planes de futuro me lo reservo, porque mi opinión o mi posicionamiento no va a cambiar en absoluto la realidad, pero de todo lo malo puedo sacar algo bueno. Como, por ejemplo, el paradero de George.

Laura levantó la cabeza de la almohada.

—Comercia con mujeres. Gana dinero con sus cuerpos. Es asqueroso.

—Así es la vida.

—Te equivocas. Así no es la vida: así son sus vidas. ¿Te has parado a pensar qué será de las chicas que iban en el coche con nosotros? Ni por un momento se te ha ocurrido ayudarlas.

Thomas se sentó en la cama.

—Creo que me voy a nadar. Es de locos perder el tiempo en esta habitación con esa piscina tan apetecible.

—Tantas vidas destrozadas por culpa de los hombres... —dijo Laura resentida.

—Dirás de algunos hombres.

—Si los hombres no pagaran por el sexo, el tráfico desaparecería.

—Habría otras cosas.

—Otras cosas, pero no esto. Se me revuelve el estómago. ¿Cómo se puede pagar por usar a una mujer? ¿Tú lo has hecho alguna vez?

Laura se sentó en la cama frente a él.

—Apostaría a que sí.

—No me avergüenzo de ello. Nunca he elegido a nadie de la calle.

—¿Y cómo lo haces entonces?

—Ha sido en contadas ocasiones, siempre estando de viaje. La he pedido al recepcionista del hotel.

—Ya veo, igual que una pizza.

—No lo entiendes. Ahora estás condicionada por el entorno, pero las prostitutas con las que he tratado no tienen nada que ver.

—¿Por qué?

—Lo dicho, me voy a dar un baño.

—¿Tienes la certeza de que lo hacen como mujeres libres? ¿Tienes la certeza de que disfrutan? ¿Crees que porque pagues más dinero, ese dinero no está comprando el cuerpo de una mujer que no te ha elegido libremente?

Thomas se levantó y rebuscó en la maleta hasta encontrar su bañador.

—¿Alguna vez les has preguntado quiénes son, cómo han llegado a esa situación, si realmente quieren estar contigo?

—En lugar de hablar tanto deberías acompañarme. Luego te arrepentirás —dijo entrando en el baño.

—Estás huyendo. No me puedo creer que cambies de tema como si tal cosa. Que pagues por sexo te hace cómplice. Que mires a otro lado te hace cómplice. ¡Eres un cobarde! —sentenció Laura levantando la voz.

La puerta del baño se abrió de golpe.

—¿Cobarde? ¿Quieres que hablemos de cobardía? ¿Me puedes decir cuándo ha sido la última vez que has llamado a Lupe para preguntar por tu hijo?

—No estamos hablando de ese tema.

—¿Ah, no? ¿Es que la señorita debe marcar los temas de discusión? La pregunta que te he hecho es bien sencilla.

—No he llamado.

—¿Cómo? Me parece que no te he oído.

—No he llamado ni un solo día desde que estoy aquí. Soy una mierda de madre. ¿Satisfecho? He conocido a una madre que llevaba dieciséis años buscando a su hija y que ha perdido la vida en ello. Y yo, que en los últimos años lo que más deseaba era tener un hijo, en cuanto tengo la oportunidad lo abandono. Y no he sido capaz de hablar con la niñera porque sé, por boca tuya, que Mario está de maravilla, que duerme, que come, que ríe, que es un niño feliz, que no me necesita para nada, y que si yo no existiera no pasaría nada, porque soy una mala madre —murmuró, bajando la cabeza—. Pero me engaño, porque así es más fácil. ¿Para qué voy a llamarla y confirmar lo que ya sospechaba, que esto de la maternidad me viene muy grande? Espero haber respondido a tu pregunta.

—Perdona, no quería ser cruel —dijo Thomas caminando hasta ella y sentándose a su lado.

Permanecieron unos segundos en silencio. Parecía que ninguno de los dos tenía nada más que decir.

—Oye, Laura, esto no funciona. Lo cierto es que me agobias. Creo que sería mejor que te marcharas.

Laura bajó aún más la cabeza y la espesa melena cubrió su rostro. Ella también se sentía así.

—Lo sé. Pasado mañana acaba el plazo dado a la mujer de George. Miraré el primer vuelo a Lima.

—Perfecto. Me voy a hacer unos largos.

Thomas salió por la puerta de la terraza a la piscina y Laura corrió las cortinas y lloró. Intentó hacerlo limpiamente, dejando que las lágrimas cayeran por las mejillas, reprimiendo las ganas de retirarlas con la palma de la mano. Después se lavó la cara y se secó cuidadosamente con la toalla. Oyó el chapoteo que llegaba desde la piscina. Ojeó el exterior de manera discreta, intentando no ser descubierta. Thomas surcaba el agua con elegancia, en silencio. Contempló el dibujo de sus músculos, de su espalda, sus largos brazos se deslizaban, su cuerpo partía la piscina en dos mitades.

Abrió su maleta y revolvió en el interior, aunque sabía que era un gesto inútil; no encontraría un bañador. Pensó que con una braga y un sujetador negro valdría. Se miró en el espejo: de ninguna manera saldría con esa tripa al aire. Se quitó el sujetador y lo sustituyó por una camiseta de tirantes ajustada. Mucho mejor. Su nuevo aspecto la tranquilizó. Pensó en llamar a Lupe antes de ir a nadar. Calculó siete horas más, demasiado tarde. Llamaría por la noche. O mejor por la mañana temprano. Y si no un mensaje. Se tumbó en la cama y encendió el aire acondicionado. El sopor la invadió. Se quedó dormida.

Entra en una habitación fría y débilmente iluminada por la luz sucia del atardecer. Oye ruidos en el interior del armario, enseguida reconoce los pasos pesados de su madre, que busca algo entre las perchas. Laura la mira sobresaltada, pero logra articular una sonrisa forzada; desde que enfermó ha aprendido a fingir que todo va bien, que nada pasa. Su madre lo sabe y rehúye su mirada. Laura disimula, estirando las sábanas de la cama en una calma tensa; de reojo ve cómo ella prosigue la búsqueda y la ignora. Al final su madre se deja caer con pesadez en la silla de mimbre y la mira como si fuera una desconocida. Laura se queda de pie y luego retrocede hasta que su espalda toca la puerta cerrada de la habitación. Su madre está ahí, en silencio, frente a ella, pero el vaho no sale de su boca; tiene la tez pálida y sus ojos son brillantes y negros como pepitas de sandía. Permanece inmóvil y la observa recelosa, una sombra de odio atraviesa las comisuras de sus labios, su crudeza la sorprende. Laura se acerca con la esperanza de que la reconozca. Los párpados de su madre le cuelgan cual pesadas cortinas sobre los ojos húmedos y vacíos. El color azulado de la muerte tiñe sus labios agrietados, regueros de sangre con su leve olor dulzón resbalan por la piel de cera. Laura quisiera oír su voz, quisiera que le hablara, pero ella permanece quieta, inmóvil, con la mano inerte moviéndose como un péndulo. De ella caen unas cartas. El viento silba con fuerza entre las maderas de la puerta y las empuja debajo del armario.

Laura se despertó sin saber dónde estaba. Luego recordó el hotel cerca de Madre de Dios. La crudeza del sueño la rompió, y ella gimió mientras se apretaba el vientre como si estuviera herida. Hacía mucho tiempo que no soñaba con su madre. Miró el reloj: había transcurrido poco tiempo desde que se había quedado dormida. Se calzó con rapidez unas chanclas, tomó una toalla y, sin pensar, salió por la puerta que daba al pasillo. En su huida hacia la piscina no se dio cuenta de que no había cogido las llaves, ni de que era más rápido salir por la terraza. Trataba de no pensar en el sueño, y en ese afán no vio el carrito de la limpieza que estaba en su camino. Chocó con él y unos botes de limpieza y de gel de ducha cayeron al suelo. Laura maldijo mientras se agachaba a recogerlos. Alguien se arrodilló a su lado, y una voz femenina le preguntó si estaba bien. Cuando alzó la vista para responder, contempló un rostro que le era familiar: tenía delante a Dolores Menchero.

Pablo se presenta una tarde en Los Caramelos. Entra en mi habitación y me lleva con él. La Víbora va tras nosotros. Alejandra, que está en el patio, nos sale al paso.

¿Qué haces aquí?, le pregunta.

Vengo a llevarme a la escritora.

No sabes lo que dices. Nos da mucha plata.

Ya me has oído. Buscaos a otra. La ciudad está llena de estudiantes.

No lo permitiré. No me hagas llamar a los chicos.

Me tocas los cojones y no estoy de humor. He dicho que me llevo a la chica.

Me ha costado mucha plata.

No me tomes por estúpido. Ya has recuperado con creces lo que te costó.

Tu padre no va a permitirlo. En cuanto se entere irá a por ti.

No creo que lo haga.

Eso lo veremos.

No sabes una mierda. La poeta va a tener un hijo mío.

Alejandra hizo un gesto de sorpresa, seguido de otro de asco.

Carol se vuelve y me pregunta: ¿Es eso verdad?

Yo sabía que era suyo. Me controló el ciclo y me prohibió que tuviera relaciones sexuales sin protección.

No contesto.

Carol, la Víbora, me pega una bofetada que me deja la cara ardiendo.

Alejandra grita: ¿Cómo sabes que el hijo es tuyo?

A ti qué te jode, le contesta Pablo.

Alejandra suelta una carcajada.

Eres un idiota si crees que ese niño lleva tu sangre.

Ya. Lo dices por experiencia. Yo también me pregunto si realmente somos hijos del Don.

Su madre le escupe: *Lástima no haberte abortado.*

Pablo cierra los puños y se acerca tan rápido que Alejandra da un paso hacia atrás.

A esta no le vas a meter el gancho. Mi hijo no va a morir.

Alejandra recupera su descaro.

Cuando nazca el niño me la traes de vuelta. Tú te quedas con el caramelo y yo con el envoltorio.

26

—¿Es usted la que aparece en esta foto?

Laura le mostró la fotografía de George en la piscina. La mujer asintió.

—Carmen, por favor, debe dejar limpia la habitación 6 en media hora. El cliente no tardará en llegar.

La dueña de la voz apareció desde el fondo del pasillo.

—¿Algún problema? —preguntó en español una joven mientras se recogía la espesa melena negra en una cola de caballo.

—Ninguno, señorita. La huésped ha chocado sin querer contra el carro. Ya casi he terminado la habitación, solo falta fregar el suelo.

—Mc llamo Angie y soy la gerente del hotel. ¿Está bien? —preguntó preocupada a la vez que, solícita, ayudaba a Laura a levantarse.

Laura contempló con envidia aquella belleza indígena que le sujetaba el brazo, su cuerpo ágil y delgado. Tenía algo de pantera.

—Sí, estoy bien —contestó—. Ha sido culpa mía. Iba distraída.

—Cualquier cosa que necesite, no dude en pedirla.

La pantera desapareció por donde había llegado. Laura aprovechó para retomar la conversación.

—Estoy buscando a un amigo que estuvo alojado aquí hará cosa de un mes. Ha desaparecido, y creo que tú tienes mucho que ver en ello.

La asistenta puso cara de sorpresa.

—¿Yo? No sé de qué me habla.

—Vamos a dejarnos de tonterías. Tú eres Dolores Menchero Santina. No sé qué te traes entre manos, pero la persona con la que te fotografiaste ha desaparecido y esta imagen prueba que os conocíais.

Laura volvió a mostrársela.

—Perdone que la contradiga, pero yo no conocía a este señor —repuso la otra—. Era mi día libre y me dejaron tomar un baño. El señor estaba en la piscina y su acompañante sacó una foto. Yo accedí, porque una ya está más que acostumbrada a las peticiones de los huéspedes. No le di importancia.

—Pero... —murmuró Laura, confundida. No podía creer que Dolores Menchero no fuera la mujer de la piscina, lo habían dado por hecho sin dudarlo. De pronto, una idea rondó su cabeza—. ¿Recuerdas el nombre de su acompañante?

La mujer escurrió la fregona y, entrando en la habitación número 6, respondió:

—Puede que sea una casualidad, pero el hombre la llamaba Dolores.

—Esto no tiene sentido —dijo Thomas bebiendo una cerveza fría junto a la piscina—. La prostituta del Banco de Oro recibió la foto del móvil de Dolores.

Laura se removió en la tumbona contigua. Con una mano llamó al camarero y le pidió que le trajera un refresco.

—La prostituta se llamaba Elsa. Tenía alergia al frío. Su marido había muerto hacía poco en la mina.

—De acuerdo, lo he pillado, tranquila. El hecho es que... Elsa —Thomas alargó las letras del nombre— dijo que era una foto de Dolores.

—¿Estás seguro? Es importante que recuerdes sus palabras con exactitud.

Thomas inmovilizó la botella de cerveza a medio camino de su boca y dijo:

—Me dijo que le había enviado la foto para darle envidia. Que Dolores seguía siendo la misma zorra de siempre. En los últimos años solo habían intercambiado unos diez mensajes.

También le pregunté si reconocía al hombre de la foto, y me dijo que no.

—¿Le preguntaste si la de la piscina era Dolores?

—No —respondió Thomas cerrando los ojos—. Joder, lo di por hecho.

—¿Te dijo ella en algún momento que era Dolores?

Thomas negó con la cabeza.

—¿No te parece de lo más extraño que Elsa recibiera un mensaje de Dolores justo en el momento en que buscábamos a George? —preguntó Laura mientras le daba las gracias al camarero—. Según ella misma, en tres años le había mandado muy pocos mensajes.

—Estoy demasiado cansado y desconcertado como para contestar a esa pregunta. Tampoco se me ocurrió pedirle una foto actual de Dolores. Ahora que lo pienso, la foto que tenemos de ella no se parece demasiado a la mujer que estaba en la piscina.

—El problema es que estamos hablando de mujeres indígenas; son fotos de poca calidad, y si a eso le sumamos que para nosotros son muy parecidas, es bastante fácil encontrar similitudes.

—Tienes razón. Pasa lo mismo que con las personas asiáticas. Todas tienen un aire.

—Bien —dijo Laura sentándose en la tumbona—. Recapitulemos. Ángela María y Dolores traban amistad durante su estancia en La Rinconada. Después de la redada de 2013 desaparecen. Dolores vuelve a aparecer en Brasil y hace poco en la República Dominicana. Está herida. Tenemos una foto de ella en el hospital, pero no la confirmación de que se trata de Dolores Menchero Santina. Interpol habla de una Dolores Santina. Hace un par de meses, tu amigo George desaparece. La semana pasada, su mujer recibe una llamada anunciándole que ha sido secuestrado y una foto como prueba de vida; en ella se le puede ver con un periódico de Perú. Los secuestradores no quieren dinero: lo liberarán a cambio de que se les entregue a Dolores. Nosotros llegamos a La Rinconada, y da la casualidad de que la madre de Ángela María ha recibido un correo electrónico en el que se le dice que su hija está allí. Al día siguiente de nuestra llegada, la mujer aparece muerta.

—Y no olvides lo que te dijo la mujer de Ocongate. Reconoció la flor de la cantuta y te comentó que su dueña vivía en la zona, que no era trigo limpio y que estaba bastante cambiada respecto a la de la foto que le mostramos. Es decir, que Ángela María y Dolores pululan por aquí y quizá tengan negocios algo turbios.

—Cierto. La única pista que encontramos sobre Dolores y George es una foto en una piscina que nos ha proporcionado Elsa. Según ella, se la ha enviado Dolores, la mujer a quien buscamos. —Laura guardó silencio unos segundos, esperando una reacción de Thomas o alguna puntualización. Como no la hizo, continuó—: Ahora nos hallamos en el hotel donde se hizo esa foto, pero en lugar de aclararnos todo, la cosa se enrarece más: resulta que la mujer que nosotros pensábamos que era Dolores es una empleada que al parecer no tiene nada que ver. ¿Qué opinas?

—Estoy perdido —admitió Thomas—. No sé qué hacer. Pasado mañana acaba el plazo dado por los secuestradores. Me da la impresión de que no tenemos nada y de que alguien nos está manejando.

—Yo no diría que no hemos encontrado nada. Estamos en el hotel en el que se alojó George con Dolores. Y creo que donde va Dolores va Ángela María.

—Solo hay que seguir su rastro. Se supone que se alojaron aquí hace unos veinte días, con alguien tuvieron que hablar. Para salir tomarían un taxi, o alquilarían un coche. ¿Qué hacían aquí? ¿Por qué alojarse en este lugar? Son las preguntas para las que debemos encontrar respuestas.

Laura se levantó con energía.

—Tienes razón. Si huían de alguien, este hotel no es tan grande como para que dos personas pasen desapercibidas. Descartada la huida, solo queda que era su nidito de amor. Y creo que en algún momento las cosas se torcieron, y se torcieron aquí.

Pablo me mete en el coche. Se quita la camiseta y me la tira a la cara. Arranca el vehículo y dejamos atrás la que ha sido mi cárcel. Me giro y veo cómo es la puerta que hasta ahora solo había visto por el otro lado.

Tiene el ánimo acelerado, la cara desencajada y la lengua llena de palabras soeces y violentas. Solo habla para insultarme. Pienso en nuestro futuro hijo, en cómo han sido educados los mellizos.

Pablo se ha enfrentado a su madre y al clan. El Don se va a enfadar. El hijo a quien intentó matar no solo sobrevivió a su propia muerte, sino que además cuestiona su autoridad años después. Puede ser el fin para los tres.

Durante el trayecto elige una música machacona, de esas que en un ambiente apropiado hacen que saltes sin parar. Sube el volumen hasta que el auto se convierte en una especie de caja de resonancia. Canciones que repiten las notas, solo que en otras escalas, los mismos acordes, sin voces que las armonicen. Pablo mueve la cabeza adelante y atrás, como si fuese el miembro principal de la banda.

Me tapo los oídos. La música sale de los altavoces de gama alta y acelera mis pulsaciones hasta acoplarlas al ritmo de la canción.

De repente Pablo se detiene en un lado de la carretera y para el motor, baja del coche y no me mira al alejarse. Se baja la bragueta y mea. No deja de mover la cabeza al ritmo de la música mientras su fluido se filtra y desaparece en la tierra seca. Pienso en escapar. Las llaves del coche están puestas. No sé conducir, puede que no sea difícil. Fantaseo con la idea, pero es solo eso, una fantasía.

Sube y me mira los pechos.

No se te nota que estás embarazada.

Se va a enfadar. Porque se enfada por cualquier cosa que no entiende.

Donde vas tendrás la comida que quieras, pero más vale que traigas un niño sano o matarile a los dos.

Me encojo como un bicho bola. Pablo arranca el coche y rezo para que la Policía nos dé el alto. Antes de salir de la carretera principal y tomar un camino rodeado de sauces, apaga la música.

Aparece una alambrada de espinos y una puerta de metal. Pablo baja la ventanilla y llama por un audífono que se encuentra en lo alto de un poste, junto a una cámara y un foco. La puerta se abre. El coche recorre unos metros y después de una curva veo el club.

La casa es moderna. Paredes blancas, ventanas de aluminio y tejado con solárium. A los lados, un jardín con bancos de metal y un pequeño estanque rodeado de vegetación. Deja el coche en una enorme solera de hormigón cubierta por una estructura de chapa pintada de azul. La whiskería, como he sabido esta tarde, es frecuentada solo por gente vip. Una categoría distinta a la de Los Caramelos. Si hubiese que puntuar los burdeles, le daría cinco estrellas.

Soy mi propia carcelera. ¿Por qué no he huido?

27

Thomas le dio una generosa propina al camarero de la piscina cuando le llevó su cerveza fría. El hombre, de mediana edad, bajo, de manos pequeñas, se lo agradeció de forma efusiva.

—Por cierto, quizá pueda usted ayudarme —dijo Thomas con despreocupación—. Verá, había quedado en este hotel con un amigo de Estados Unidos. Lo cierto es que nuestro vuelo se retrasó. Somos inversores y queremos adquirir los derechos de extracción de una mina. Igual llegó antes y, cansado de esperarnos, se marchó para Madre de Dios. —Thomas había acordado con Laura contar una historia que resultara creíble. No querían que su búsqueda levantara sospechas.

—¿Ha probado a llamarle al móvil? —preguntó de forma sensata el camarero.

—Nada. Dice que está apagado o fuera de cobertura. Le voy a enseñar su foto.

El hombre, sin dejar de sujetar la bandeja metálica, asintió.

—Sí, lo vi una noche —dijo—. Yo servía copas en el bar. Su socio estaba solo. Pero, señor, ustedes vienen con mucho retraso, porque de eso hará tres semanas.

—¿Tres semanas? ¿Está seguro? Por favor, haga memoria. La fecha es muy importante.

—Estoy seguro de ello. Nos rotamos en los puestos. Esta semana, por ejemplo, me toca piscina. La semana pasada, restaurante; la anterior, bar.

—De acuerdo. ¿Dice usted que mi amigo estaba solo?

—Así es, señor. Por lo menos esa noche no le vi acompañado. Se tomó un par de whiskies.

—¿Qué aspecto tenía?

—¿Perdone?

—Quiero decir si le pareció que estaba contento o preocupado. ¿Cuál fue su impresión?

—Yo diría que más bien abatido. Se notaba que lo estaba pasando mal. Pero no sé, aquí eso es normal.

Thomas le interrogó con la mirada.

—La mayoría de los huéspedes son pacientes de la clínica —explicó el camarero—. Se alojan aquí durante el preoperatorio y después de la cirugía. Por eso es bien fácil ver gente desanimada y dolorida.

—Entiendo. ¿Y qué tipo de operaciones realiza la clínica?

El hombre se pasó la bandeja a la otra mano.

—Sobre todo cirugía estética. Aquí tenemos lo que se llama turismo médico.

Thomas desvió la mirada hasta un balcón de la segunda planta. Sus ojos confirmaron lo que le contaba el camarero: una mujer leía una revista con el torso vendado.

—Entonces supongo que habrá clientes de larga duración.

—Supone bien, señor.

—Quizá pueda hablar con alguien que se alojara en la misma época que mi amigo.

—Ya lo creo. No tiene que ir muy lejos: la habitación contigua a la suya. Creo que es músico. Pero, por favor, señor, no me busque problemas. Yo no le he dicho nada.

—No se preocupe, amigo. Mis labios están sellados —respondió Thomas antes de deslizarle otro billete.

Laura sacó de la maleta el segundo y último cuaderno del diario de Ángela María. Intentaba encontrar alguna pista de su relación con Dolores. Comenzó a leer la última página escrita:

> Ser una puta no tiene ningún encanto y carece del glamur con el que lo pintan en las películas. A veces juego con Dolores a la vida bella, y en ocasiones me creo el juego; es fácil dejarse llevar en la oscuridad y que la realidad se destiña. Dolores me dice que me ayudará a encontrar a mi hijo. Dice que debo ser inteligente, usar la cara y el cuerpo que Dios me

ha dado. Pero lo cierto es que Dios no tiene nada que ver con esto, y si tiene que ver, entonces es un proxeneta.

Dolores me dice que tengo que ser una leona poderosa, ver a los clientes como meras presas, instrumentos para saciar mi hambre. Pero ella no sabe que mi hambre no tiene que ver con una necesidad física: mi hambre es profunda y difícil de saciar, y esta soledad no hace más que agrandarla.

Entra un hombre.

Me pregunto qué tipo de presa será.

Se quita el casco de minero. Tiene la cara desencajada por el alcohol. Un tipo anónimo, fotocopia de tantos otros. A veces me parece que me acuesto siempre con el mismo hombre: mismos olores, mismo tacto, mismas palabras. La leona se alimenta de la misma carne.

Me resulta difícil saber quién es el cazador y quién la presa.

Dolores entra en la habitación. Dice que habrá redada, y de las gordas. La noticia me deja paralizada. Es un chivatazo. Será mañana. Nos entra un frenesí de ratas por hacer todo y nada, por planear con urgencia nuestros movimientos para mañana.

Laura cerró el cuaderno y lo apoyó sobre el pecho. Miró fijamente el ventilador del techo, tenía algo hipnótico. Una idea comenzó a rondarle la cabeza. ¿Y si Dolores y Ángela María eran la misma persona? ¿Qué pruebas tenían de que no lo eran? Abrió las fotografías del móvil y amplió con los dedos la de Ángela María de adolescente, la que su madre enseñaba durante su búsqueda; después hizo lo mismo con la de Dolores en el hospital. Resultaba difícil encontrar una similitud o una diferencia creíble –la calidad era deficiente–, así como precisar el tiempo transcurrido entre ambas fotografías. Por supuesto que era posible: las dos tenían rasgos indígenas, rostro anguloso, piel oscura, cabello largo y liso, ojos rasgados y oscuros... Se detuvo en la nariz y los labios, eran similares. Podría ser..., pensó, dudosa.

Thomas alcanzó a la gerente antes de que ella saliera por la puerta principal.

—Perdone, ¿podría hablar un momento con usted?

La mujer se volvió con gesto asustado.

—Lo siento, no pretendía incomodarla —aseguró Thomas.

—¿En qué puedo ayudarle? —preguntó ella, ya recompuesta.

—Por favor, tome una copa conmigo —dijo él señalando el restaurante—. Solo quiero hacerle unas preguntas. Es usted la gerente, ¿no es así?

—Sí. Pero yo ya he acabado mi turno. Tiene a mi sustituto a su disposición.

—Será solo un momento.

—Supongo que ustedes son los huéspedes que han llegado a última hora de la tarde...

Los animales nocturnos entonaban la banda sonora en los alrededores de las puertas del hotel. Unos pasos más allá, la oscuridad era absoluta.

La mujer retrocedió, y al pasar al lado de Thomas rumbo al restaurante sus brazos se rozaron un segundo. Thomas lo retiró en un gesto involuntario; una corriente de aire frío lamió su piel.

Pidieron una cerveza. Salvo por una mesa en la que una persona ojeaba su móvil, el aspecto de la sala era de retirada. El hilo musical apenas era audible, como si las notas procedieran del exterior del edificio.

—Me llamo Angie —dijo ella—. Y después de doce horas no soy ni gerente ni persona. Pregunte.

Thomas sonrió. Era difícil adivinar su edad. Tenía un rostro sensual, los pómulos marcados, los labios carnosos... En ese momento ella se introdujo el morro de la botella en la boca. Thomas desvió la mirada a su móvil.

—Quisiera saber si reconoce a este hombre.

La mujer miró la fotografía con interés.

—Fue nuestro huésped. Se alojó con una mujer durante... —dudó un instante— unos cuatro días. Ella se fue antes, y él un día después.

—¿Pagó la cuenta o desapareció?

—No entiendo. Abonó la factura y se marchó —respondió mientras retiraba un mechón de pelo detrás de la oreja. El aro de plata que colgaba de ella se balanceó.

—¿Qué transporte utilizó?

—Lo desconozco.

—¿Estaba usted presente cuando hizo el *check out*?

—No. Para eso está el recepcionista.

—¿Podría ver el libro de registros?

—¿Para qué? —El rostro de la mujer se endureció.

—Perdone, ya sé que esto parece un interrogatorio, pero mi amigo ha desaparecido y necesito encontrarlo. —Thomas decidió ser sincero—. No quiero perjudicar al hotel, se trata de algo personal. Temo por la vida de mi amigo, creo que ha sido secuestrado y que está en algún lugar en la selva, en Madre de Dios. Tal vez sea la última pista antes de que desapareciera.

—Espere.

Con el movimiento de una pierna, la mujer retiró la silla. Thomas no pudo apartar la vista del balanceo de sus caderas y de su trasero prieto y redondo. La mantuvo ahí hasta que ella salió de su campo de visión.

Thomas le dio un trago a su cerveza. La gerente no tardó en regresar al restaurante.

—La huésped se llamaba Dolores Menchero Santina, natural de La Rinconada —dijo.

—¿Alguna vez coincidió con los dos?

La joven asintió.

—En varias ocasiones.

—¿Y cuál es su impresión?

—No le entiendo.

—¿Le pareció que eran pareja, que se llevaban bien?

—¿Quiere que le hable con franqueza?

—Por favor.

Angie apoyó los brazos bien torneados y el peso de su cuerpo sobre la mesa, adoptando una posición de confidencia. Su blusa blanca se abrió ligeramente, dejando ver el encaje del sujetador entre la abertura de los botones.

—Parecía una de esas parejas en las que la mujer domina al hombre y su entorno. Él parecía un burro detrás de la zanahoria. En ningún momento advertí un gesto de cariño por parte de ella.

—¿Podría describirme su aspecto físico?

—Con tacones metro sesenta, pelo negro, veintimuchos años. Guapa. No sé, la típica mujer indígena despampanante.

—Como usted. —Thomas se arrepintió al instante de haberlo dicho.

—Gracias, será mejor que nos tuteemos. Ahora no estoy trabajando —dijo ella sin dejar de mirarle a los ojos, antes de echar un trago a su cerveza.

Thomas hizo lo mismo para disimular.

—Entonces, ¿cuál crees que era el motivo de que se alojaran aquí?

—Te diría que algo se traían entre manos. Ella andaba siempre con el teléfono... No sé, supongo que si quieres encontrar a tu amigo tendrás que encontrarla a ella.

—Sí, eso es lo que hemos pensado.

—¿Tu mujer y tú?

—Amigos. Somos amigos, nada más.

En esta ocasión, Thomas no apartó la mirada. Luego la deslizó por la curva de su mejilla de color canela.

La primera semana en la casa crea la falsa ilusión de que soy libre. Mi habitación es grande y en ella entra el sol durante la mañana. He colocado la cama debajo de la ventana, que da a un patio interior con un rectángulo de hierba. El pequeño jardín es llano, salvo por una protuberancia alargada en uno de sus extremos. Pablo me dice que es una tumba entre la hierba.
 ¿De quién?, le pregunto.
 No llevo la cuenta.
 ¿Te refieres a chicas?
 Me agarra del pelo y me hace mirar.
 Si te fijas bien, la hierba es más oscura en esa parte. Toma el color de la sangre.
 Pienso que es mentira, pero hago unas cortinas con unas sábanas y no vuelvo a mirar por la ventana. Con el sol sobre mi cara tengo los sueños más bonitos. Sueño que soy astrónoma y que vivo en el campo. El observatorio está en lo alto de una montaña y por la noche veo con mi telescopio los planetas, las galaxias, las estrellas: algunas blancas, ya moribundas; otras azules, recién salidas del cascarón, o rojas, las más grandes. De día hablo con los ancianos que se sientan debajo de una higuera, tienen las manos apoyadas en la garrota y la boina calada hasta los ojos. Mi hija juega en el río, tira piedras y ramitas que arrastra la corriente. El perro ladra a los pájaros. Merendamos en la hierba, encima de un mantel de cuadros rojos y blancos, y mi madre me sonríe mientras pela una chirimoya. Tengo el pelo mojado y me tumbo al sol. Me quedo dormida y sueño que no es un sueño.

28

Laura compartió con Thomas sus sospechas de que Ángela María y Dolores pudieran ser la misma persona. Él la hizo partícipe de sus hallazgos. Cuando le habló de su conversación con la gerente, Laura sintió una punzada de celos: todavía recordaba su aspecto de pantera. El cansancio del largo día hacía estragos en los dos, y ambos estuvieron de acuerdo en cenar algo ligero en la habitación y dormirse pronto para aprovechar la mañana siguiente. Era noche cerrada y había poco que hacer.

—Mañana deberíamos preguntar a los taxistas de la zona o en las empresas de alquiler de coches —comentó Laura entre bostezos.

—También llamaré a Roberto por si ha averiguado algo en la zona de las minas, y al oficial de Interpol en Monterrey —dijo Thomas.

Estaba agotado, pero era precisamente ese cansancio la causa de su insomnio. De lejos le llegó el sonido de una melodía. Miró a través de la terraza; a su derecha, la luz dibujaba una zona triangular sobre el suelo. Pensó que era mejor esperar al día siguiente para hablar con el músico y tratar de dormir.

A los cinco minutos, sin embargo, abandonó la idea. La música se colaba en sus oídos. Parecía que Laura ni siquiera lo notaba, su respiración era lenta y regular.

Golpeó con suavidad la puerta de la terraza de donde provenía la música. Nada. Volvió a golpear, esta vez con más fuerza. Cuando ya se marchaba, la puerta se abrió.

—Disculpe —dijo—. Me alojo en la habitación de al lado.

—¿Te he molestado? —preguntó un hombre en inglés. Iba vestido con unos pantalones pitillo muy ajustados y una camiseta de Iron Maiden. Tenía el pelo largo y ondulado.

—Insomnio.

El hombre se hizo a un lado y le invitó a pasar.

—No sabes cuánto agradezco una visita —dijo el rockero, ofreciéndole a Thomas algo de beber—. Yo no suelo dormir mucho. Le doy vueltas a la cabeza. Demasiadas. Intento que la música me haga pensar en otra cosa.

—La noche nunca ayuda. El día hace que veamos las cosas de manera diferente.

—Me llamo Jon, de Miami.

—Miami. Un poco lejos.

—Ya lo creo.

—Thomas, de muchos lugares. En la actualidad vivo en Lyon, antes en Nueva York, antes en Washington, antes en Irlanda.

Jon punteaba las cuerdas de un bajo con agilidad. Su sonido apenas era perceptible.

—¿Llevas mucho tiempo alojado aquí? —preguntó Thomas.

—Varios meses. Cuando golpeaste el cristal pensé..., bueno, más bien deseé que fuera Angie. Está buena que te cagas. Supongo que ya te habrás dado cuenta de quién hablo, es difícil que la gerente pase inadvertida —dijo, atando su melena rubia con una goma.

—Cierto. Me recuerda esa película, *La mujer pantera*. Difícil quitársela de la cabeza.

—Alguna vez hemos cenado juntos, y cuando tiene bastante jaleo se queda a dormir en el hotel. Solo pensar que está cerca me pone de los nervios. Un revolcón no me vendría nada mal.

Thomas sonrió ante la franqueza del músico.

—Me parece que en este lugar eso es bastante fácil.

—Solo si pagas, o si prometes que te la llevarás a tu país. Pero yo paso, no soy de esos. Toda la libido se esfuma cuando media dinero. Me parece una vuelta a la esclavitud, es asqueroso.

—Ya... ¿Piensas marcharte pronto?

—Para nada, tío. Nunca había sido tan creativo. Después de arrastrar un par de años malos, llegué aquí y la cosa cambió. Mira qué garito tengo.

Eran dos habitaciones unidas: una daba a la piscina y era por donde Thomas había entrado; la otra era una especie de salón que conducía a un espectacular jardín tropical cuyo límite era el muro que rodeaba el hotel.

—Te has montado un estudio increíble —dijo Thomas asombrado.

—Sí, tío, me lo he currado de lo lindo.

—¿Y cómo has acabado aquí? En este lugar del mundo tan alejado de la civilización...

—Por la tele. Vi un programa que te cagas de este sitio. Era un documental de la cadena Fox sobre los lugares más terroríficos del planeta. Yo estaba apoltronado en mi casa de Miami, limpiando el polvo del marco de cuando fui portada de la revista *Rolling Stone,* cuando vi cómo entraban en la zona de Madre de Dios con cámaras, infrarrojos y toda la parafernalia. El programa acojonaba. Imagínate en la selva, con los machetes, el calor... De repente sacan un jaguar o una serpiente que se desliza entre las hojas. Hablaron sobre *La puntuación del diablo.* Entonces..., joder, tío, recuerdo que pegué un bote en el sofá y me dije que tenía que ir a ese sitio cagando leches.

Jon movió su larga melena rubia mientras asentía con la cabeza.

—¿Qué es *La puntuación del diablo?*

Jon acercó su silla a la de Thomas y, como si se tratase de un secreto, le susurró:

—En la Reserva Comunal Amarakaeri, cerca de la roca con el rostro harakbut, hay una iglesia. Se supone que data de la época de los conquistadores españoles. Entre las decoraciones que se han conservado en el santuario, justo encima de la puerta principal, hay pintado un fresco que, entre otras cosas, representa un órgano de tubos y una puntuación. En el centro de ese diseño hay dibujada una estrella de cinco puntas cuyas líneas y notas todavía son legibles. Es conocida como la música del diablo. La leyenda dice que tiene propiedades mágicas y esotéricas. La melodía hace que la presencia demoníaca quede atrapada en unos agujeros del suelo, pero si se toca al revés permite la liberación.

Las palmeras del jardín se movieron, y sus puntas rozaron el cristal como uñas afiladas. Los dos volvieron la mirada.

—Eso me pone los nervios de punta —aseguró Thomas.

El sonido de cuchillos volvió.

—Tienen que podarlas. Las hojas han crecido demasiado.

Thomas consideró que era un buen momento para preguntarle por George.

—Dime, ¿conoces a este hombre? —preguntó, mostrándole la pantalla de su teléfono.

—Ya lo creo —respondió el otro—. El bueno de George. En cuanto llegó trabé una gran amistad con él. No hablaba una palabra de español, y creo que se sintió aliviado cuando encontró a un compatriota. Le conté mi proyecto de obtener toda la información posible sobre la partitura del diablo e introducirla en alguna de mis canciones. Se ofreció a ayudarme.

—¿Ah, sí? ¿No te pareció extraño que se involucrara en tu proyecto? ¿No tenía otra cosa mejor que hacer?

—Pues no sé, tío. Me dijo que estaba con su mujer y que su viaje era de negocios.

—¿Utilizó esa palabra?

—Sí, ¿por qué?

—Porque ha desaparecido, y su pista se pierde aquí.

—Joder, qué mal rollo. Pues no sé qué decirte.

—Haz memoria. Cuéntame lo que sepas.

Salieron al exterior esquivando las hojas de las palmeras y se sentaron en unas sillas apoyadas en un par de troncos. Había refrescado, aunque la noche seguía siendo cálida. Thomas bebió un trago de inca kola, estaba bien fría, sabía a limón. Pensó que en otras circunstancias esa noche era para disfrutarla.

—Lo primero que hice nada más conocerle fue invitarle a mi habitación. Se sentó en esa misma silla en la que estás tú ahora. Al principio no hablaba de él, le dábamos vueltas a la misteriosa pieza. Se interesó por el compositor que creía que su melodía podía aprisionar al demonio.

—Ya, una especie de sello. ¿Y eso le interesaba a George? —preguntó Thomas incrédulo.

—Sí. Sobre todo cuando le conté que el investigador Carlo Banoli, de la Asociación Misterios del Perú, sacó unas fotos del fresco y encargó un estudio a un experto en música antigua y litúrgica. Quería saber si ese dibujo en la pared frontal tenía algo que ver con la leyenda. El estudioso reemplazó las notas por letras, como un sistema de cifrado, y aparecieron tres palabras: Dios, fe y abadía...

Thomas aceptó un chupito de whisky. Estaba fuerte. Un remolino inexplicable giraba en torno a su pecho. No le abandonaba esa sensación de intranquilidad, ese sexto sentido que le decía que todo aquel asunto acabaría mal. Se reprendió cuando se acordó de Laura; seguro que se reiría de sus malos presagios.

—... Explicó que los tres acordes iniciales eran de lo más inusuales, porque no se utilizaban para cerrar la melodía sino al comienzo de la canción. Un poco como si hubiera sido pintada al revés. Fue capaz de reproducir la canción, que se puede leer en dos versiones: tradicional e inversa. Está colgada en YouTube. ¿Quieres que te la ponga?

El primer pensamiento que cruzó por la cabeza de Thomas fue decir que no. De ninguna manera quería escuchar esa melodía, lo único que quería era que le hablara de George, y no de esas estupideces. Pero antes de que pudiera contestar comenzó a oírla.

—Vamos a escucharla en sentido inverso —comentó el músico dándole al *play*.

El sonido que le llegaba parecía sacado de algún tema barroco, pero le faltaba musicalidad. El ritmo era rápido, no tenía nada que ver con las bandas sonoras de terror. Se sintió defraudado.

—¿Sientes la gravedad de los tres primeros acordes? —preguntó Jon emocionado—. Se nota que es para cerrar una melodía.

—¿Y qué opinaba George?

—Se lo tomó como un juego, un entretenimiento. Estaba decaído. Me contó que llevaba un tiempo mal en casa, ya sabes, tío, con la parienta, algo agobiado, y que su acompañante no era su mujer. Yo ya lo suponía. Creo que lo mío era una excusa para mantenerse ocupado.

Jon tocaba el bajo mientras hablaba. Parecía una de esas personas que ponían pasión en todo, era fácil contagiarse.

—¿Qué me puedes decir de su acompañante?

—No sé, parecía buena chica. Siempre nerviosa, mirando el móvil, se comía las uñas, no paraba quieta, andaba tras algo. Vestía de manera discreta, y en alguna ocasión me pareció que acababa de llorar. Un día nos acompañó en la piscina.

—¿Qué pensaste? Di lo primero que se te ocurrió.

—Pues... pensé que habían secuestrado a alguien muy próximo y que estaban allí para pagar el rescate. Ya sé que suena ridículo, a película, pero me pareció la explicación.

—¿Solían estar juntos?

—Para nada. Yo solo los vi en la piscina y al tercer día. Por la noche me pareció escuchar unos gemidos. Puede que fueran de algún animal, no sé. Pero parecían provenir de una persona, no en plan zombi, ya sabes, sino en plan me estoy muriendo, que alguien me ayude. Me asomé y vi a la mujer que acompañaba a tu amigo, creo que la llamaba Dolores, entrar en una habitación que no era la suya.

Thomas se quedó pensativo.

—Quizá se equivocó y no llegó a entrar.

—Sí que lo hizo, tío, y sin llamar. Con su propia llave.

Thomas le vio sonreír con un gesto de satisfacción. Le interrogó con la mirada.

—No te creas que era fácil con la que estaba cayendo, y además llevaba un vestido negro que se fundía con el entorno, pero la seguí con la vista hasta que entró en la habitación de nuestra pantera favorita.

Thomas seguía sin poder dormir. Le reconfortaba la respiración pausada y constante de Laura. Se levantó todo lo despacio que pudo, se abrigó con una sudadera y fue hasta la terraza. No se oía música en la habitación contigua.

Se habrá cansado de perseguir al diablo, pensó.

Desde hacía una hora la lluvia caía con fuerza, sus hilos de plata formaban una cortina delante de las farolas. Parecía más tarde que las doce de la noche. Tomó el ordenador y trasladó la silla hasta pegarla a la pared, el balcón del piso superior hacía de porche y le protegía del agua. Se puso los auriculares para ver una película.

Oyó unos golpes cortos y secos sobre la barandilla.

Thomas se quitó los cascos con prontitud y se asomó.

Angie apareció en el umbral. Llevaba un batín de raso con capucha. Apenas se adivinaba su rostro. Accedió a la terraza sin mediar palabra, miró alrededor y entró con sigilo en la habitación donde dormía Laura, sonrió y salió cerrando la puerta corredera muy despacio. Se volvió hacia Thomas y dejó que el raso resbalara a sus pies. Cayó con un golpe sordo, como si fuera muy pesado.

Estaba desnuda. Su piel brillaba y era de color canela.

La pantera le miró con ojos llenos de deseo, su boca lujuriosa se abrió buscando la de él. No hablaron. Le desnudó con avidez y recorrió su cuello con la lengua, ansiosa.

Él quería detenerla, sabía que Laura dormía en la habitación, que aquello no estaba bien, pero era incapaz de parar. Articuló un sonido ronco de rendición cuando ella se sentó encima de él. Le sonrió antes de separar las piernas. Thomas la poseyó con furia, mordiendo su cuello.

Angie gemía en su oído: le hacía saber que estaba viva y que era suya.

Pero mentía.

Thomas lo supo en ese preciso momento. Ni era suya ni estaba viva. Con horror vio cómo se formaban escamas sobre su piel y caían sobre él. Su rostro se volvió hielo azulado. Tenía la boca cosida, y entre las pequeñas aberturas se escapaba una melodía: la canción del diablo.

Thomas despertó. Sudaba copiosamente. La película todavía no había terminado. Miró el reloj, era la 1.35. Tenía sed. Todavía temblando, se dirigió al interior por una botella de agua. La excitación y el terror seguían en su cuerpo. Dentro nada parecía alterado, incluso Laura dormía en la misma postura en que la dejó.

Fuera había dejado de llover.

En esta habitación he conocido clientes de corazón plano, del tipo, tamaño y grosor de una postal. Parecen carecer de arterias y músculos. Si acercas tu oído a su pecho no hay música, ni ritmo, ni nada que te reconforte.

Ricardo es diferente: amable, pausado. Le gusta que esté embarazada. Suele acudir los domingos por la tarde peinado con la raya a un lado, la camisa planchada y los zapatos brillantes. Y con flores, un pequeño ramo de flores. En la soledad de la mañana las huelo, las beso, me restriego la cara con sus pétalos, las coloco muy cerca de la almohada para imaginar otra realidad. La magia es fácil cuando no tienes nada y te dan algo.

Decido pedirle ayuda. Le digo que me tienen secuestrada, que me ayude a escapar. Su boca de girasol expulsa pipas que me golpean los muslos, la frente, los labios.

A solas, la esperanza me mira con desdén antes de marcharse con el trabajo cumplido y el serrucho en la mano.

El aire se vuelve tan denso que me golpeo contra sus esquinas.

29

—Hola, Roberto, ¿cómo te va? Llamaba para saber si has averiguado algo sobre el paradero de mi amigo.

—¡No oigo nada! —Un ruido ensordecedor tapaba cualquier intento de conversación—. En un rato te llamo.

Thomas se dirigió al exterior, donde Laura hablaba con los taxistas. Después de enseñar las fotografías se volvió con gesto derrotado.

—Entonces, alguien tuvo que recoger a George —apuntó Thomas.

—Exacto.

—Vaya mierda. ¿Y a ella? Según la gerente, Dolores se marchó un día antes.

—El problema es que no tenemos una foto para mostrar —objetó Laura.

—Pero tenemos su descripción. Por lo que dijo Angie...

—Oh, vaya confianzas —le interrumpió—. Ya no es la gerente, de un salto ha pasado a ser Angie. Vaya con nuestra pantera de la selva, se ve que no pierde el tiempo.

—Como te decía, según la... gerente —Thomas pronunció la palabra como si mordiera—, Dolores es una chica espectacular. No creo que pase desapercibida.

Laura sintió espinas en el centro de su pecho. Se sorprendió por el dolor y el sentimiento de ira que le producían unos celos inesperados. Respiró varias veces e intentó controlarse.

—Tienes razón, probemos.

De los tres taxistas que esperaban junto a sus vehículos aparcados, el último, un hombre grueso con una barriga prominente, les confirmó que hacía unas tres semanas había llevado a una mujer de esas características a la zona minera.

Sin pensarlo, Laura y Thomas se introdujeron en el taxi ignorando las protestas de los otros.

—Es importante que haga el mismo camino —le pidió ella en español.

Detrás de la cortina de vegetación tupida y árboles inmensos existía otro mundo, un mundo de barro y suciedad. Dejaron atrás el color verde para entrar en un paisaje marrón. Casas improvisadas con troncos y plásticos, ropa tendida esperando a secarse entre la lluvia. La pista bordeaba una especie de laguna. Varios motores viejos extraían agua y arena, los tubos de combustible que los alimentaban estaban agrietados, el gasóleo se extendía por el suelo y caía al agua.

En las proximidades de la zona de extracción se había erigido un campamento. No contaban con servicios higiénicos, agua corriente o sistema de recogida de basuras. Simplemente arrojaban los desperdicios a otro lago que no estaba en uso.

—¿Durante cuánto tiempo viven en un campamento minero? —preguntó Laura.

—Al cabo de unos pocos meses lo abandonan, llevándose consigo lo que necesitan para montar el siguiente y dejando atrás lo inservible —respondió el taxista—. Durante los meses que pasan en cada campamento, los trabajadores conviven con gran cantidad de basuras y se enferman. Pasado ese tiempo desmontan las viviendas y los comercios, y el campamento se traslada a otra zona de selva virgen para volver a empezar.

Laura no se podía creer que montaran incluso bares.

—El que hemos pasado era pequeño, pero hay algunos tan grandes como pueblos. La diferencia son los precios: en el campamento son desorbitados en comparación con la realidad peruana. Espere que se lo diga en euros. Porque usted viene de Europa, ¿no? Allí sí que se vive bien. —El conductor usó una calculadora—. Cada tienda paga unos diez euros al día por disponer de electricidad. En los establecimientos del campamento una botella de agua cuesta unos tres euros, y una cerveza unos seis. Para recreo de los mineros el campamento dispone de muchos bares y prostíbulos.

El paisaje era desolador. Un río color marrón chocolate corría paralelo a ellos. La ausencia de verde hacía que su viaje pareciera un rally por el desierto. Una máquina muy pesada cavaba un boquete en forma de cráter con un diámetro de unas pocas decenas de metros.

—A poca profundidad se suelen encontrar acuíferos, por lo que los boquetes se van rellenando de agua de forma natural —explicó el taxista.

Llegaron a un campamento construido en medio de una explanada. A su alrededor solo quedaban reliquias del bosque: troncos esparcidos, esqueletos secos y retorcidos.

Thomas calculó unas doscientas cabañas de plástico y madera.

—Aquí dejé a la señorita —informó el conductor.

—¿Le pidió que la esperara?

—No. —Sus grandes mofletes se movieron al compás de su rostro—. Yo insistí, no era lugar para una chica como ella, a no ser que quisiera ser señorita de compañía; entonces sí que era el sitio adecuado. Los mineros tienen oro para gastar y se les engaña fácil. Supuse que era de esas y me marché.

—¿Hacia dónde se dirigió?

—No tiene pérdida: la cantina en la que pone Beach.

Laura le resumió a Thomas la conversación.

—No se vaya. Ahora volvemos.

La comida transcurría en silencio, cada uno sumido en sus propios pensamientos. A diferencia de la noche anterior, el restaurante se hallaba completo. Laura observaba a los comensales; le sorprendió ver a un par de personas con la piel de color amarillo.

—Sufren daño renal —dijo—. Se debe a la acumulación de urocromo, sustancias de desecho que, al no ser eliminadas por los riñones, son devueltas al torrente sanguíneo. El desecho se acumula en la piel.

—Puede ser que tengan el hígado hecho polvo de beber.

—El urocromo deja rastros de polvo en el cuerpo después de sudar. Fíjate, verás como tengo razón.

—Es verdad. Parece la sala de espera de un hospital.

—Mañana salgo para Lima a las once de la mañana.

Thomas se sintió mal. Era como si la echara.

—Estoy deseando llegar a casa y olvidarme de este sitio. Me ha hecho valorar lo que tengo, debo dejar de comportarme como una niña estúpida y consentida —añadió.

—No hace falta que seas tan dura contigo misma. Eres como un balancín: te mueves por los extremos.

Una mujer de mediana edad de aspecto escandinavo pasó acompañada de un joven indígena.

—Esto es raro de narices —comentó Laura.

—¿A qué te refieres?

—No lo sé... Es solo un sentimiento. No me gusta este sitio.

Laura volvió a mirar la puerta. De momento no había rastro de la pantera.

—Es una pena que no hayamos sacado nada del sitio adonde fue Dolores.

—Sabemos lo que buscaba.

—Cierto.

—Lo que no sabemos es qué relación tiene ese niño con ella.

—Yo creo que sí. Ese niño tiene que ser el hijo de Ángela María.

Siguieron comiendo. La luz menguó de manera abrupta. Thomas se dirigió al baño del restaurante. Mientras se lavaba las manos miró por la ventana hacia el cielo negro y se dio un susto de muerte cuando una sombra cruzó frente a él. De manera refleja se apartó. Tras unos segundos se repuso y se situó en un lateral de la cortina. Levantó el borde unos centímetros, lo justo para ver la escena a través del cristal: la mujer escandinava de antes, ataviada con una especie de abrigo —cómo diablos podía vestir de esa manera con aquel calor sofocante, pensó Thomas—, enterraba algo pequeño en el jardín lateral. Después hizo la señal de la cruz y se marchó.

Thomas no perdió el tiempo. Miró varias veces a través de las cortinas, comprobó que no había nadie y, en lugar de entrar de nuevo en el restaurante, salió al jardín. Una vez fuera maldijo su falta de previsión por no haber llevado algo para cavar. Intentó desenterrar el objeto, pero la tierra estaba pisoteada. Buscó a su alrededor un palo y removió el terreno. El objeto en cuestión no estaba a mucha profundidad, lo extrajo con celeridad. Un diminuto saco de tela apareció ante sus ojos. Lo sacudió para quitarle los restos de suciedad y volvió a tapar el hoyo ayudándose con los pies. Cuando comprobó satisfecho el resultado, entró otra vez en el baño. Colocó en el mármol la bolsita y la abrió. Dentro había dos estampas de santos, unas pocas hierbas, algunas páginas arrancadas —aunque estaban escritas en español, se dio cuenta de que contenían capítulos y versículos, de modo que supuso que eran de la Biblia—, un trozo de lo que le pareció que era madera, cabellos y un puñado de tierra. Lo colocó todo con cuidado y sacó una fotografía de cada objeto. Luego las mandó por correo electrónico al laboratorio de Interpol Lyon, a la atención de Stefan, un auténtico loco de la historia antigua. Le avisó de que se trataba de un caso privado, sin más trascendencia que la mera curiosidad.

Thomas regresó al comedor. Recibió la respuesta durante los postres.

—¿Te acuerdas de la mujer de aspecto nórdico que ha pasado hace un rato con el indígena? —preguntó.

Laura asintió.

—Bien, pues la he visto enterrando esto —dijo a la vez que le pasaba la bolsita de tela por debajo de la mesa—. Reconozco que he actuado de manera impetuosa, no sé, sin pensar. Me voy pareciendo a ti. He sacado fotos del contenido y se las he mandado a un tipo friki que conozco. Esta es su respuesta: «Documentos de la época demuestran que algunos novicios fueron liberados de las influencias del Maligno usando magia como la que muestra la foto: bolsas de tela en cuyo interior se introducían imágenes sagradas, hierbas, copias de cartas pastorales, fragmentos de reliquias y tierra de santuarios. Me juego el cuello a que lo que en la foto parece un trozo de madera pertenece a alguna reliquia. Todo debía hacerse durante una noche de luna llena. El ritual es tradición mágica que se remonta a tiempos precristianos».

—Esto no me gusta una mierda.

—Esa boca, doctora –la reprendió Thomas–. Pero estoy de acuerdo contigo. Cada vez estoy más convencido de que hay algo malsano en este sitio.

Tengo que dejar la droga. En un giro del destino pido ayuda a quien me enganchó. Desde su piel de lagarto Pablo está de acuerdo: la vida de su hijo peligra.

Reduce la dosis hasta que elimina por completo mi chute diario. Ese día me ata a la cama para que no intente nada raro.

Los huesos crujen a cada movimiento. Intento quedarme inmóvil y que no se rompan. Un gusano verde repta sobre la colcha y se introduce dentro de una de las uñas del pie. Grito. Lloro. Suplico. Muevo el pie lo poco que puedo, trato de echarlo de mi cuerpo. Con el movimiento, algunos huesos se rompen. Chillo de dolor. Pido ayuda. Nadie. Quiero morir. El gusano sube por mi muslo, su forma se adivina bajo mi piel. Quiero vivir. Mi voz suena falsa. Quiero vivir. Esta vez Ángela María me convence. Si cierro los ojos no veo al gusano que se introduce en mi vagina, si cierro los ojos veo a Ángela que me mira sin pronunciar palabra, está dormida en la habitación azul con estrellas en el techo, tapada con la colcha de punto tejida por su madre. Tiene miedo. En su pesadilla no está en la habitación agarrada a sus peluches, está a una vida de distancia, en una casa blanca con barrotes en las ventanas atada a una cama muriendo lentamente.

30

La piscina estaba desierta, envuelta en un sudario azul. Tan solo una persona permanecía en ella. Thomas bajó la tapa del ordenador y la contempló a través del cristal de su habitación. Allí estaba, sola, dejando que la lluvia la empapase por completo. Era una escena de absoluta intimidad y belleza. Thomas no pudo reprimir el impulso y, sin pensarlo demasiado, salió. La lluvia era tan atroz que le costaba mantener los ojos abiertos. El agua se deslizaba por el rostro de Angie y arrastraba su maquillaje. Había algo de magia y de infancia en esa imagen.

El viento soltaba su voz afilada y dulce, como una flauta lejana.

Thomas se subió el cuello del chubasquero y hundió el rostro en él. A mitad de camino se paró y cambió de opinión; dio media vuelta, bordeando la piscina en dirección a su habitación. Angie le cerró el paso con el cuerpo y con los ojos, y Thomas no pudo hacer otra cosa que obedecer y detenerse. Una insolente máscara de sensualidad cubría su rostro. Aun así, algo puro, melancólico, brillaba en sus ojos. Esa mirada abstracta hacía que Thomas siguiera paralizado; le intrigaba ese cuerpo, ese pelo, ese rostro interrogante, orgulloso, plantado en medio de la lluvia como una diosa inca. Parecía que la estuviera viendo en ese momento por primera vez. En ese instante no tuvo dudas, se acercó a ella y la tomó de la mano. En su cara apareció una sombra de timidez, una huida, una soledad que le conmovió.

Ella le guio hasta su habitación.

Nada más cerrar la puerta lamió con ansia su cuello frío. Como si se tratase de un helado que se saborea en una noche de verano, Thomas chupó su mejilla hasta que se derritió en su lengua. Con desesperación mordió cada trozo de piel que iba descubriendo: el vientre, los muslos, el cuello, los pechos. No se detuvo hasta consumar su deseo.

Laura se intentó animar pensando que tampoco estaba nada mal charlar y averiguar algo más sobre la clínica. Su cerebro lo necesitaba.

El restaurante era agradable, la temperatura perfecta. Se acomodó en el sillón de orejas y aprovechó para descalzarse emitiendo un sonido gutural de satisfacción. Lo cierto era que la otra opción resultaba menos apetecible: esperar a que se hiciera de día con Thomas por toda compañía. Lo imaginó solo en la habitación, absorto en su ordenador, y una pequeña punzada de remordimiento la acometió. Miró al rockero, que en ese momento entraba en el restaurante. Le saludó con la mano. Habían coincidido por la tarde en la piscina.

Jon dejó una taza de café en la mesa y se sonó la nariz con un pañuelo de papel con dibujos de Tom y Jerry. Laura sonrió para sus adentros; el contraste con el cuero y las tachuelas era sorprendente.

—Buenas noches, doctora.
—Forense. Soy forense.
—¿Y trabaja de eso?
Laura asintió con orgullo.
—Soy forense jefe en el hospital de Chablais, en Monthey.
—¿Y por dónde queda eso?
—Por Suiza.
—¿Y le mola eso de abrir cadáveres?
Laura volvió a asentir.
—Me mola un montón.
Los dos exhibieron una sonrisa cómplice. La distancia existente hasta el momento se disipó con celeridad. Jon acercó su butaca hasta que sus rodillas casi se tocaron. Tomó un sorbo de su café y lo depositó en la misma mesita que Laura.

—Puede que sea impresión mía, pero me parece que conforme pasan los minutos esto se vuelve más agradable. Bien, doctora...

—Llámame Laura.

—Bien, Laura, vamos al meollo de la cuestión. Si te puedo ayudar en algo, aquí me tienes. Por cierto..., ¿has pedido chocolate caliente?

—Así es. Una es de costumbres fijas. Ya sé que fuera hay veinticinco grados, pero veo la noche y la lluvia y mi cerebro me pide chocolate caliente.

—Creo que tienes razón, tomaré lo mismo. Hay que ser muy tonto para pedir café por la noche teniendo insomnio.

Laura soltó una carcajada.

—¿Qué tal va tu disco? Bueno, no sé si se puede llamar disco o cedé. Soy de la vieja escuela.

—Disco está bien. El trabajo marcha de maravilla. Me faltan un par de temas. He enviado el trabajo al productor y parece ser que va a formar parte de la banda sonora de la nueva entrega de *Terminator*.

—Guauuu. Me acuerdo de la canción de Guns N' Roses para la segunda parte.

—Sí. Estoy feliz. En este lugar he encontrado mi inspiración. ¿Sabes que antes era una extensa zona de pantano y bosque? Hacia el año 1650 fundaron la iglesia. Era un lugar insano, inhóspito, donde no crecía más que una espesa arboleda. Los curas deforestaron y cultivaron la tierra y luego canalizaron el agua para posibilitar el cultivo de arroz, planta entonces poco conocida que sin embargo llegó a sustituir al trigo, mucho más caro y escaso en nutrientes.

—Y ahora me dirás que algo terrible sucedió —añadió Laura. Echaba de menos ese tipo de conversaciones con Thomas.

—Exacto. En 1784 el Papa Pío VI ordenó su cierre porque desde hacía un siglo les llegaban noticias de rituales demoníacos, torturas, homicidios... La abadía se vendió y pasó a ser propiedad del virrey Agustín de Jáuregui y Aldecoa.

—No veo nada raro en eso. ¿Qué lugar con más de trescientos años no tiene una historia?

—Lo bueno es que la documentaron. Una noche de 1684, Lucifer corrompió el alma de los monjes. Los religiosos sustituyeron la típica homilía cristiana por prácticas satánicas, juicios que condenaban a los más pobres, torturas, asesinatos y un sinfín de atrocidades que duraron un siglo, hasta que el Papa envió desde Roma a un exorcista que, después de enfrentarse al demonio, lo encerró en las criptas de la abadía, donde sentó a las momias de los abades en un círculo para proteger el lugar de la presencia del mal. Luego expropió la abadía, echó a los monjes y la selló bajo la acusación de prácticas satánicas, prestaciones forzadas, abuso de poder, violación, relaciones contra natura y pedofilia.

—Bueno, yo creo que, si lo pensamos detenidamente, según cuentas, gracias al cultivo del arroz el monasterio llegó a ser muy floreciente. Un análisis más racional nos llevaría a suponer cuáles fueron las verdaderas razones de la excomunión. Al igual que ha ocurrido en otros muchos momentos de la historia, cuando un grupo llegaba a ser demasiado rico y poderoso el papado veía amenazada su posición e intentaba controlar el lugar.

—Cierto. Al final solo se trata de un movimiento político, sin olvidar que la excomunión suponía la confiscación de los bienes materiales.

—Y si a eso le sumamos personas analfabetas, supersticiosas y fácilmente influenciables, la leyenda estaba condenada a crecer.

En ese momento pasó una ambulancia camino de la clínica.

—Cambiando de tema —dijo Laura—, ¿qué me puedes contar de la clínica?

—No me esperaba esa pregunta —respondió el rockero—. Creí que nuestra conversación giraría en torno a George y su chica, aunque todo lo que sé se lo conté a tu amigo Thomas.

—Lo sé. Háblame de la clínica. Hay algo que no encaja.

—Deberías hablar con Angie, la gerente. Ella es la que hace y deshace. Me ayudó a montar el estudio de grabación. Se interesa por todo, es muy atenta. Incluso cuando tuve un percance con una huésped.

—¿Qué pasó?

—Le hablé de las antiguas leyendas, y ella se obsesionó de tal modo que terminé encerrándome con llave en el estudio. Estaba convencida de que yo había roto el sello que guardaba el mal en las criptas de la iglesia y de que los monjes custodios se vengarían. Angie le hizo entender que aquello no tenía lógica, que se trataba simplemente de leyendas que estaban muy bien para hacer un *reality show* o atraer a los turistas, pero poco más.

Laura observaba a Jon a hurtadillas. Le parecía una persona sensata, alguien que narraba los hechos con la distancia suficiente como para no implicarse demasiado. Había una buena dosis de reflexión y una necesidad de alejarse de los rumores.

—¿Ella era paciente de la clínica?

Sentado en la butaca, con el cuerpo curvado hacia delante y los brazos sobre las rodillas, parecía cansado. Como si no la hubiera oído, el músico ignoró la pregunta mientras observaba con gesto impasible la ventana.

—Parece que hoy va a llover toda la noche.

Laura miró a su espalda en un gesto reflejo; sobre el haz de luz del muro se veía caer el agua con violencia.

—Sí. Lo que nos faltaba.

El rockero juntó las manos como si se dispusiera a orar y luego las llevó hasta la frente. La imagen pareció detenerse, esperando a que una tecla la iniciase en el movimiento.

—Sé que te va a parecer horrible, pero esa mujer esperaba un trasplante.

—No creo que esa clínica esté preparada para eso.

—Te equivocas. Lo está.

—No puede ser. Los únicos órganos que se pueden donar en vida son el riñón y una parte del hígado. Para ser donante vivo hay que ser mayor de edad y superar un exhaustivo proceso de selección que garantice que se posee una buena salud física y mental.

—Ya, la teoría es una cosa, pero yo te estoy hablando de otra.
Laura se negaba a escuchar.
—También es necesaria la aprobación de un comité ético del hospital donde se vaya a efectuar la donación, así como la ratificación de un juez que verifique que la donación es totalmente voluntaria y altruista.

Laura se detuvo y le miró fijamente. Percibía en él tristeza y remordimiento, o algo más hondo: un sentimiento de culpa.

—¿Por qué estás tan seguro de ello?

—Porque hace unos meses recibí un trasplante de riñón. —El músico permaneció un momento en silencio, con la narración suspendida sobre un alambre; no con la intención de darle dramatismo, sino porque no sabía muy bien cómo seguir.

Después de la sorpresa inicial, Laura le animó a continuar tocando con una mano su rodilla.

—Sí, ya voy. Es que necesito ordenar las palabras antes de que salgan por mi boca, porque ya de por sí son bastante extrañas.

—Tranquilo, no hay prisa. —Intentó que su voz sonase pausada, pero por dentro los nervios la comían. Aprovechó para darle un sorbo al chocolate, que al enfriarse se había espesado.

—Yo andaba muy fastidiado. Me había destrozado los riñones gracias al sexo, las drogas y el rock and roll. —El músico miró a Laura para comprobar su reacción—. Bueno, solo gracias a las drogas y el alcohol. Me metí en una página web que me derivó a otra en Perú, y ahí comenzó la historia. Después de la operación me interesaron las leyendas, y me quedé.

—Pero..., no sé, tiene que existir un donante compatible.

—Cuando vieron que iba en serio y que tenía pasta, una persona viajó hasta Miami con el contrato y para que le pagara la mitad del dinero acordado.

—Y eso era...

—Cuarenta y cinco mil dólares. La otra mitad cuando encontraran un riñón.

—Sé que en China se realizan bastantes trasplantes porque los órganos los extraen de los presos ejecutados.

—Mira, me estuve informando y, según la Organización Mundial de la Salud, el diez por ciento de los trasplantes proceden del mercado negro.

—Pero... tú no le darías ninguna credibilidad a ese hombre, ¿no?

—Al principio me limité a tantear la situación, pero iba a diálisis a diario y no hacía más que empeorar, de modo que decidí lanzarme.

Era el rostro de un hombre intranquilo, confundido. Tenía la certeza de que iba a morir, y de que sería pronto. Nada de lo que hiciera conseguiría hacerle escapar a su destino. De repente había entendido que podía salir de ello con dinero y guardando silencio.

—¿Y cómo funciona? —preguntó Laura—. Porque se necesita una logística especial para que el órgano no muera o se contamine. Un riñón resiste unas veinte horas, un hígado doce... No hay mucho tiempo para trasplantarlo.

—Yo solo sé lo que he visto: un relaciones públicas, tres personas que hacen los exámenes de compatibilidad en el laboratorio, un intermediario a quien se le paga, un nefrólogo, un hepatólogo y un cirujano de apoyo.

—Pero trasplantar un órgano no es algo que pueda hacer cualquier médico. Existen muy pocos especialistas. Me extraña que un cirujano de esa categoría, que se forma en el extranjero, que tarda años en adquirir experiencia, acepte participar.

—Que yo sepa, solo vienen cuando hay una intervención. Puede ser un par de veces al mes, no sé...

—¿Sabes algo del donante?

El músico negó con la cabeza.

—Estuve seis días ingresado, y luego pasé aquí.

Laura le interrogó con la mirada. Jon giraba lentamente la base de su taza sobre el platito.

—Al principio me hice el tonto, me engañé, me decía que me importaba una mierda, que lo primero era que yo estara bien. Pero ahora no hago más que darle vueltas a quién sería el donante.

Al decirlo miró a Laura. Luego se encogió de hombros con una mueca de tristeza.

—Sabes que seguramente se tratará de alguien necesitado de dinero. —Laura trató de que su voz sonara lo más inexpresiva posible.

—Lo sé. —El músico se mordió el labio inferior—. Y eso me está matando, porque es algo que nunca sabré. —Se mesó la larga cabellera con nerviosismo—. Tía, puede que esté muerto, o muerta...

—No puedo consolarte, porque sonaría falso. Lo que has hecho me parece repugnante.

—Yo pienso lo mismo. Lo que pasa es que a veces la necesidad puede más que la conciencia.

Guardaron silencio unos segundos.

Había algo que no cuadraba. Laura intentaba encontrar la nota discordante, el mecanismo que al moverse producía ruido. Esa pieza mal encajada.

—Antes me has dicho que la tal Angie hace y deshace aquí. ¿Qué papel desempeña en el tráfico de órganos?

—Ella es la intermediaria. La que se lleva la pasta.

—Algo me decía que no debía fiarme de ella —murmuró Laura con gesto sombrío.

—No creo que sea una mala persona, más bien parece una superviviente. Una pieza más, movida por manos que están en las alturas.

—¿Sabes, Jon? Creo que debería darme una vuelta por esa clínica. Y nada mejor que esta noche para hacerlo.

Hoy ha nacido mi hijo.

Betty llegó hace una semana para ayudarme con el parto. Entra con un ramo de margaritas silvestres y hojas de hierba. Las deja sobre la cama. Reímos. El niño se pone a llorar y yo lloro con él. Enseguida encuentra el camino hacia mi pecho. Tiene los ojos abiertos y los puños cerrados, como si sospechara que tiene que estar alerta, preparado para la lucha.

Pablo llega dando golpes, con el perro tirando de él.

Sus botas retumban en el suelo.

Mi corazón se detiene y cambia de lugar. En su pequeño viaje arrastra venas, arterias, secciona nervios, desgarra músculos, aplasta huesos.

Suelta una carcajada antes de hablar.

Eres una puta, y las putas no tienen ni pasado ni presente ni futuro. Eres una puta de mi propiedad: comes mi comida, duermes en mi casa, en mi colchón, en mi cama, me pertenece hasta lo que cagas y meas; no te creas ni por un momento que vas a jugar a ser mamá, ese niño es mío. Métetelo en la cabeza, que también es mi cabeza.

Me habla y las palabras resbalan por mi piel y no dejan la más mínima huella. ¿Cómo puede ser si no? ¿Quién te prepara para entender lo que va a hacer?

Qué estamos, ¿de celebración?, dice mirando el ramo de flores. Agarra las flores y me las restriega por el sexo y después por la cara.

Nada queda.

Todo lleva.

A los días encuentro palabras: la habitación estaba oscura y yo estaba muerta, pero no olía a muerto, olía a vida detenida, como huele la sangre entre la hierba esparcida sobre la cama.

Mi madre siempre decía que la felicidad era blanca: un mueble de madera pintada, las sábanas secándose al sol, una sonrisa, una pared recién encalada. Veo la sangre sobre los pétalos blancos de las margaritas.

Ahora la entiendo.

31

Angie se enredó en el cuerpo de Thomas. Sus piernas eran brazaletes que se adaptaban a la perfección entre las suyas.

A través de la ventana de la habitación, Thomas pudo ver un cielo de un azul oscuro que se agrietaba por la lluvia; parecía una gran losa de mármol. Era un anochecer de una gran simplicidad, sin decorados. No había estrellas que mirar.

No se arrepentía.

Ya había pasado por esto otras veces. Era una película repetida en otros tiempos y en otros cuerpos. ¿Qué creía? ¿Qué imaginaba? ¿En algún momento pensó que podía cambiar y vivir una vida paralela?

La respuesta: sí. Lo creyó. Pensó que Laura era la elegida. Pero esa imagen duró poco, lo necesario. Ahora, la idea de convertirse en un ciudadano medio, con casa, hipoteca, niños, por supuesto una mujer a la que serle fiel y honrar y respetar hasta el fin de sus días, se difuminaba. ¿Dónde quedaba la caza, la sorpresa, la posesión de una piel con fecha de caducidad? Sintió que algo en él se liberaba, algo encerrado en una habitación oscura, y ese algo tenía luz y tenía color y tenía una mirada de niño subido a un árbol.

Angie nadaba hacia él con sus ruidosos pendientes de inspiración marroquí, movía la cabeza y dejaba notas musicales como la lluvia al viento. Thomas contempló las uñas pintadas de rojo hincadas en su piel, sus pechos redondos y firmes que subían y bajaban, y esa espesa melena que tomaba la forma de su cuerpo. Gimió.

Para nada se arrepentía.

—Es imposible acercarse por cualquiera de las tres entradas que tiene la clínica.

Jon tomó una servilleta de papel y dibujó con rapidez el perímetro del edificio.

—Está la entrada principal, la trasera, por donde entran las ambulancias, y una pequeña puerta lateral, pero no tengo ni idea de para qué es.

Había parado de llover. Ambos salieron un momento del restaurante, dejaron a la derecha la recepción y se encaminaron al exterior por la puerta de entrada del hotel.

—Mira, se ve desde aquí —dijo el rockero dando la espalda a la parada de taxis.

—No señales —le reprendió Laura con suavidad—. Creo que es por donde se abastece a la clínica de alimentos o medicamentos.

Se acercaron todo lo que pudieron sin levantar sospechas. Jon, disimulando, señalaba los árboles y la vegetación que escondía el edificio.

—No vas a poder entrar. Las dos entradas tienen guardias armados.

—Ya. Probemos con la lateral.

Para disgusto de Laura, tenía un código de acceso.

—Me marcho mañana —dijo Laura sin poder reprimir una mueca de contrariedad—. Tengo que meterme ahí como sea, y tiene que ser esta noche.

Volvieron al hotel. Laura lo hizo con un par de flores en la mano, como si hubieran dado un pequeño paseo.

—Tiene que haber alguna manera.

El rockero reprimió una sonrisa.

—Es muy fácil. Ya sé cómo te puedes colar.

El guardia de seguridad dejó entrar al hombre encorvado que se apoyaba en una mujer. No era la primera vez que lo veía, sabía que era un paciente. Era difícil olvidar aquellas pintas de mujer. No entendía cómo un hombre podía llevar el pelo tan largo, con mechas, y vestir de cuero negro. Despreciaba a los yanquis. En un gesto automático se miró los bíceps en el reflejo de la puerta de cristal que ahora se cerraba al paso del marica.

La mujer de la recepción salió del mostrador, solícita. Avisó con prontitud a un celador que en esos momentos veía un partido de fútbol en una salita habilitada para silla de ruedas y camillas.

Cuando estaban ocupados conduciendo a Jon a la consulta del médico de guardia, Laura se escabulló por el hueco de las escaleras.

Jon le había descrito lo poco que sabía de la distribución del centro médico. Comparada con el hospital de Chablais, donde ella trabajaba, la clínica parecía de juguete: solo dos plantas y un sótano. Enseguida descartó la principal; según Jon, estaba habilitada para las salas de consulta, los cuartos de curas y la farmacia. En el sótano había dos quirófanos y una sala de despertar.

Subió las escaleras. Abrió una puerta cortafuegos que daba a una sala de estar sin puertas que en ese momento se encontraba vacía. Aguzó el oído sin advertir ruido alguno, lo que indicaba que las enfermeras y auxiliares estaban en alguna habitación. También pensó que el poco personal que estuviera de turno de noche ya se habría reunido en alguna sala para conversar o cenar. Faltaba todavía una hora para la ronda nocturna. La sala de descanso se abría al pasillo y este se bifurcaba a derecha e izquierda. La única persona a la vista estaba tras el mostrador de recepción de la planta, sentada frente a un ordenador; se adivinaba un moño alto sujeto con múltiples horquillas.

Desde la protección de la pared, Laura intentó calcular cuántas habitaciones había en cada pasillo. Según Jon, unas ocho a cada lado. Supuso que las que no tenían un número en la puerta eran las que le interesaban. Se agachó para estar a salvo de la mirada de la enfermera, asomó la cabeza desde la sala de estar y echó un vistazo rápido a ambos lados. Pronto descubrió su objetivo: el pasillo derecho era más largo, y en una de las puertas del fondo pudo ver un cartel en el que se leía la palabra despacho.

Pensó que tal vez el turno de noche no contaba con más personal que una enfermera y varias auxiliares, además del celador y el médico de guardia. Al fin y al cabo, se trataba de una clínica muy pequeña que albergaba a pocos pacientes. Deseó que su conjetura fuera acertada y no toparse con nadie. Se acercó al umbral y echó una última mirada para cerciorarse de que pasaba inadvertida.

Caminó encorvada hasta el final del pasillo, donde se protegió detrás de una columna que sujetaba un extintor.

De repente oyó las ruedas de una silla y atisbó una mancha blanca que se movía en la recepción. La enfermera estaba ahora de pie, adjuntando una serie de informes a lo que parecían unas carpetas de historial médico. Con un golpe seco en el mostrador las igualó antes de cogerlas con ambas manos.

Laura miró desesperada a su alrededor, y casi le entra un ataque de pánico al descubrir que a su espalda había un despacho médico. Sin pensarlo dos veces entró en la habitación más próxima.

—¡Tengo hambre! –gritó Angie a la vez que se levantaba de la alfombra.

Thomas la contempló mientras se movía hacia el frigorífico. Llevaba una camiseta de manga corta. Exhibía el culo sin el menor pudor. Tarareaba una canción a la vez que miraba los estantes.

—No sé cocinar –dijo–. Pero me manejo de maravilla con la comida precocinada. Solo hay que levantar la tapa y al horno. Nada de microondas, no sabe igual.

—Creo que vas por buen camino. Sabes diferenciar entre el horno y el microondas, en poco tiempo serás una chef profesional –dijo Thomas con humor.

Un trapo de cocina le alcanzó en la cara.

—Que estés bueno no quiere decir que te tomes confianzas conmigo.

Angie comenzó a sacar botes de salsa, aceitunas, fiambre, queso, pollo... Lo depositó todo en la encimera de madera.

—Puedes ir poniéndolo en el suelo. Hoy tenemos pícnic.

Así lo hizo.

Angie sacó unos panecillos del congelador y los colocó en la tostadora.

—El fuego está demasiado alto, se van a quemar —avisó Thomas.

—Como tú y yo —susurró ella de manera sensual.

Thomas no pudo evitar una sonrisa.

—También.

Angie bajó el fuego.

—En cinco minutos estarán listos. Panecillos recién hechos, crujientes y sabrosos —anunció con satisfacción. Se dejó caer de rodillas sobre los cojines. Tomó una aceituna y se la puso en la boca a Thomas.

—Gracias. Por todo —dijo Thomas con voz pausada.

—De nada.

—Lo digo en serio. Has sido un regalo inesperado.

—Por ahí vas mal. No soy un objeto.

—No me malinterpretes. Quiero decir que les has dado un vuelco a muchas cosas que tenía ordenadas en una caja. Es más, tenía pensado guardarla hasta el fin de los tiempos en un trastero.

—O en el fondo del mar.

—Con cuatro candados. Pero has llegado y mi caja ha explotado. Ya no es posible recoger los restos.

—Me gustan los acertijos, pero no te sigo. ¿Tiene que ver con la doctora? ¿Tienes algo con ella? Te he visto mirar el teléfono un par de veces. Estoy segura de que era por ella.

—Creía que tenía algo.

—He visto una foto de un bebé. Eres el padre de...

—No.

—Entiendo. Has jugado a serlo.

—Tal vez llegué a pensarlo. Me resulta difícil admitir que esa idea llegó tan lejos, pero... tienes razón. —Se detuvo, pensativo—.

Fantaseé con que ella fuera mi último amor. Eres una chica muy lista, y muy *sexy* –Thomas se acercó a ella de manera sigilosa. El brillo de sus ojos no admitía dudas acerca de sus intenciones–, y muy interesante, y muy misteriosa...

Angie puso las manos en su pecho y le detuvo.

–No te desvíes. Me intrigas. Si por un momento creíste que era el Amor con mayúsculas, es que hubo, hay y habrá algo intenso, más allá de una discusión o un malentendido. Que ahora no sea el momento no quiere decir que no vaya a serlo siempre.

–Otra vez, gracias. Es más complicado que todo eso, pero lo tendré en cuenta. Y ahora te toca a ti.

–Tienes tiempo hasta que se haga el pan.

Thomas se envolvió con una sábana.

–Ya sé que hace calor, pero es que yo soy muy friolero.

Angie sonrió y lo besó con ternura. Fue a morder su labio inferior, pero Thomas se retiró.

–Ni hablar. No me vas a entretener. Quiero saber. Mi pregunta obligada es quién eres y qué haces aquí. Desprendes glamur y dinero. Para nada soy un entendido en cuestiones de decoración, pero esta habitación no tiene nada que ver con las otras. O tienes muy buen gusto o aquí se ha pagado a un buen decorador de interiores. Pocos muebles, pero elegantes y caros. No sabía que Armani diseñara también mantas y cojines, por no hablar de las copas de Donatella Versace.

–Te olvidas de esa *chaise longue* diseñada por Jean-Paul Gaultier.

–Has conseguido desviar mi atención de ese precioso culo. Soy todo oídos.

–Mi tía me dejó los muebles en herencia. Paso la mayor parte de mi tiempo libre en esta habitación, así que me los traje...

–Perdona –la interrumpió Thomas–, eso está muy visto.

–Si me interrumpes te vas a quedar con las ganas, porque calculo que a esos panes les queda un minuto.

Thomas hizo el gesto de cerrar la boca con una cremallera imaginaria.

—Bien, me queda claro que no eres una pobretona. Ahora la duda aumenta: ¿qué diablos haces aquí?

Angie gateó hasta la tostadora, se chupó los dedos y le dio la vuelta al pan. Adoptó la postura de la sirenita de Copenhague mientras contemplaba hipnotizada el vuelo de una polilla.

Thomas se deleitó con la visión de su cuerpo inmóvil.

—Me lie con un hombre casado. —Su voz se tornó lenta y oscura—. Ya sé, otra vez soy poco original. Una historia muy manida. Mi tía me animó a que me fuera durante un tiempo para olvidar el asunto, y aquí que me vine.

—Pero, ¿cómo puedes aguantar? Quiero decir, este lugar tan apartado, seguro que no tiene nada que ver contigo. Tú brillas. Aquí todo es tétrico.

Angie se volvió y se acercó a Thomas a cuatro patas.

—Eres un encanto. Es un buen trabajo. Tengo tiempo libre y hago trampas. Acabo de pasar dos semanas en las islas Maldivas, el mes pasado me fui a Nueva York, y hace cuatro meses tocó Miami.

—¿Y tu señor casado?

—¿Qué pasa con mi señor casado?

—¿Le echas de menos?

—Algo.

—¿Por qué la mujer que acompañaba a mi amigo George entró en esta habitación con su propia llave?

Angie soltó una carcajada.

—Ese cambio de sentido no ha estado nada mal. Te acabas de desviar de la carretera principal a un camino de cabras.

De manera ágil se puso de pie, cogió los panes y los tiró sobre un plato.

—Queman —dijo a la vez que se sacudía las yemas de los dedos. Miró la hora—. Casi las once. Una hora perfecta para cenar.

—Perdona, creo que mi pregunta entraba dentro del plazo establecido. La he hecho antes de que fueras a por el pan.

—Me pidió que le guardara algo.

—Se supone que cada habitación dispone de caja fuerte.

—Eso mismo le dije yo. Pero ella no quería tenerlo en su cuarto.

—¿De qué se trataba?

—No lo sé. Estaba envuelto en papel marrón. Parecía un libro. Me pidió discreción. Por supuesto, le dije que sí. El cliente paga y manda.

—¿Te pareció importante?

—No solo eso, sino que además entrañaba algún tipo de riesgo, puesto que no quería tenerlo consigo.

—¿Y por qué tenía la llave de tu habitación?

—Me estás interrogando otra vez.

—Mi amigo ha desaparecido. No sé si su acompañante es culpable. Descubro que ella ha guardado algo en la caja fuerte de tu habitación. Puedes llamarme loco, pero creo que tengo derecho a preguntar.

—Me dijo que no sabía cuándo iba a necesitar el paquete. Al día siguiente yo libraba, así que le di la llave.

Thomas la creyó. Vio cómo abría uno de los panecillos, extraía la miga y untaba con un dedo un poco de queso. Después puso encima todo tipo de alimentos: aceitunas, pepino, pollo, anchoas y cebolla fresca.

—¿Te vas a comer todo eso?

—Por supuesto. —E hizo una demostración. Agarró con las dos manos el bocadillo, se acercó un plato y lo mordió. Varias aceitunas, dos ruedas de pepino y medio aro de cebolla cayeron al plato.

Thomas observaba impresionado.

—¿Te preparo uno? —preguntó Angie con la boca llena.

—Sí, por favor. Si me muero, moriré feliz. Por cierto, ¿recogió el paquete?

—Supongo. El contenido de la caja fuerte desapareció, y ella con él.

Trabajo de ocho de la tarde a ocho de la mañana. El resto del tiempo lo paso en la habitación leyendo, escribiendo o esperando a que llegue la hora de trabajar.

La habitación donde me tienen encerrada está en la segunda planta. Es un habitáculo con una cama, un armario viejo de madera de roble, un tablón con dos caballetes a modo de mesa y una ventana desde la que, si me subo en una silla, veo un descampado sin árboles. También tengo un espejo con los bordes metálicos oxidados por el agua que salpica del lavabo, una taza de váter rota por varios lugares, una ducha con casi todos los agujeros de la alcachofa taponados por la cal (solo un par se salvan) y unas cortinas de plástico que parecen atraer la piel y que te provocan un escalofrío cuando las rozas. Mi casa durante los dos últimos años. No sé en qué pueblo, ciudad o país está. No entiendo de lugares, solo de paredes.

La puerta tiene cerradura y solo la abren cuando llega la hora de la comida. Porque aquí se llevan dos comidas al día, el desayuno y a media mañana.

Miro mucho a través de la ventana el descampado y las lomas que lo rodean. Un ramo de flores llama mi atención. Está apoyado en una hendidura en la tierra, parece una acequia abandonada porque no he visto correr el agua durante este tiempo. Las flores se empiezan a marchitar. Me pregunto qué pasó, para quién eran.

Estamos en junio y el verano ha llegado para quedarse. Flota en el exterior un olor a tierra y a hierba seca. Me gusta acercarme a la ventana, en el interior el olor es siempre el mismo, una mezcla de tabaco, fritanga, colonia barata, jabón de lavar y algo que no identifico pero que parece venir de dentro de las paredes.

Miro los tres pares de zapatos de tacón colgados de unos clavos, me miro en el espejo, solo me detengo en los ojos, los mismos que mi madre, la veo en ellos. Son las nueve de la mañana. Mi aspecto es triste. Acabo mi jornada. He desayunado un café con leche y dos magdalenas. Necesito una ducha. He estado toda la noche sentada en los sofás, soy casi invisible. Me hacen sombra chicas jóvenes de países del Este de Europa, rubias, con las carnes prietas, o mulatas venidas de la República Dominicana o Brasil. Guapas. Muy guapas.

Me tumbo en la cama sabiendo que no me espera nada ni nadie. En estos momentos de lucidez siempre recuerdo las palabras que dijo Keats cuando, enfermo de tuberculosis, aguardaba la muerte en Roma: «Siento crecer la hierba sobre mí». La única diferencia es que la hierba que crece sobre mí es de color rojo.

Llevo diez años presa. Hoy cumplo veintiséis y soy una vieja.

32

—Debo decirle que no tiene por qué alarmarse. Sus parámetros son totalmente correctos —aseguró el médico de guardia tras tomarle la temperatura y auscultar al rockero.

Jon intentaba mirarle a la cara mientras hablaba, en un intento de dar veracidad a sus síntomas.

—Pero doctor, me ha parecido que tenía fiebre —aseguró, bajando la cabeza.

—La herida ha cicatrizado perfectamente. No se aprecia cambio de color ni hinchazón, y si toma la medicación no habrá problema.

—He vomitado varias veces.

—Veo en su historial que toma Prograf. Uno de sus efectos secundarios son las náuseas. Es muy importante que lo tome con el estómago vacío y con algo de líquido, mejor agua. Y recuerde, no debe comer alimentos una hora antes ni después, podría interferir en la absorción del inmunosupresor.

—Creo que ayer tomé las pastillas con un zumo.

—Da igual, salvo que lleve pomelo. Tiene que ser serio. Deberá tomar esas pastillas de por vida. El único problema que puede presentar su riñón es una infección, que ahora no existe. O un rechazo, que tampoco. Veamos el tubo de Kehr.

El médico le echó un vistazo al drenaje biliar.

—La semana que viene se le retirará tras la realización de una colangiografía. Mientras tanto, una buena higiene diaria, solo ducha, y como desinfectante en el punto de salida del drenaje, Betadine.

Jon se preguntó durante cuánto tiempo más tendría que entretener al médico. Intentó pensar en nuevos síntomas.

La paciente era una mujer gruesa de mediana edad con una sonda en la nariz y una vía intravenosa pinchada en el brazo izquierdo. En ese momento dormía. Laura sabía que al tratarse de una cirugía abdominal se paralizaba el intestino, de ahí que se le sondara para mantener el estómago vacío protegiéndola de los vómitos. Eso significaba que había sido operada como mucho hacía dos días.

La paciente se movió. Laura contuvo la respiración y en un gesto reflejo se agachó. Le pareció oír un ruido en el baño de la habitación. A cuatro patas se deslizó debajo de la cama, evitando la sonda vesical. Vio cómo un triángulo de luz le rozaba el codo, que por instinto retiró unos centímetros. Sus ojos se encontraron frente a unos zuecos blancos. Allí se encontraba la auxiliar, lo que confirmaba su teoría del mínimo personal en el turno de noche.

Laura cerró los ojos hasta que volvió a oír la puerta de la habitación. Aisló el ruido de las máquinas y se concentró en escuchar las pisadas de goma que se alejaban por el pasillo. Esperó unos segundos antes de salir.

Comprobó con alivio que el cuarto donde se guardaban los historiales clínicos no estaba cerrado. Aunque eso tenía una lectura buena y otra mala: la buena, que podía acceder al interior; la mala, que si no se había cerrado con llave era porque no tardarían en entrar de nuevo.

Buscó sin saber bien qué buscar, tratando de hallar alguna prueba de los hechos delictivos que tenían lugar en esa clínica. Con la linterna del móvil enfocó un archivador. Al abrirlo encontró un modelo de contrato en el que el donante, libre, consciente y desinteresadamente, donaba... —había un espacio en blanco—, Laura supuso que algún órgano. En el apartado siguiente se hablaba de una transferencia que se le hacía por importe de —otro hueco en blanco—, por los gastos y las molestias ocasionadas por la extracción. En otra carpeta encontró, clasificados por orden alfabético, una lista de donantes y los contratos firmados ante notario. Buscó por encima y con rapidez; tenía miedo de que entrase la enfermera y al salir la dejase encerrada con llave. A los pocos minutos Laura se dio por vencida. Estaba demasiado nerviosa y desquiciada, no había encontrado nada sobre los receptores de esos órganos. Sin pensar en las consecuencias, se metió los contratos entre el pantalón y la camiseta y, tratando de hacer el menor ruido posible, volvió gateando hasta las escaleras.

—¿Has estado enamorado? —preguntó Angie de repente.

Thomas asintió mientras recogía los restos de la cena tardía.

—Sucedió en Irlanda. Ambos éramos del mismo pueblo. Ella fue mi primer amor y mi primer odio. No creo que vuelva a estarlo, no de esa manera.

—¿Qué manera?

—Con esa despreocupación, esas ansias de poseer a la otra persona, sin ese temor a que te hagan daño. No temes la herida porque aún no te han herido. Me fascina lo ignorante y feliz que era —dijo, pensativo—. ¿Y tú?

—¿Yo? Claro, he estado enamorada muchas veces... No, es mentira. No sé querer bien. No sé por qué, siempre quiero mal. Cuando comienzo una historia me gusta ir un paso por delante, o por detrás, o dos, o quince, y estoy siendo generosa conmigo misma. Nunca voy a la par. Si a ello sumamos que tiendo a la exageración, a la pasión, al teatro —añadió, cerrando los ojos a la vez que fruncía el ceño en una mueca de disgusto—, el resultado es un desastre. A veces sueño que lo he encontrado... Quizá ya lo tenga, o tal vez mi amor no funciona porque no existe alguien para mí. La realidad es demasiado cutre. Yo deseo un amor de película, o mejor, de libro. Tipo *Romeo y Julieta*.

—Siento decirte que esos dos acabaron muertos. La gente habla de ellos como una gran historia de amor, pero es mentira. Amar y morir son dos palabras que nunca deberían ir juntas.

—Morir no me parece tan malo cuando amas con locura. La tragedia va unida al amor. La idea de que todo termine cuando es una locura maravillosa me atrae. A veces, aunque no mueras todo desaparece y deja de tener importancia. La reina Victoria sobrevivió a un corazón roto durante cuarenta años. Vistió de negro prácticamente todos los días de su vida, mandó pintar la herrería de Londres del mismo color en señal de luto y pasó el resto de su reinado casi recluida...

Thomas vio juventud en sus pensamientos. Le extrañó esa ingenuidad a su edad.

–... La bella reina egipcia y el general romano han sido objeto de un sinnúmero de homenajes, desde la tragedia de Shakespeare hasta la película protagonizada por Elizabeth Taylor. Y no es para menos: antes de ser atrapados por sus enemigos, se suicidaron.

–Hablas de morir... ¿Crees que vale todo? ¿Qué me dices de matar? ¿También te parece una opción?

Un brillo extraño apareció en los ojos de Angie, acompañado de una media sonrisa.

Thomas comprendió que le hablaba una completa desconocida.

–Por supuesto. Si hablamos de amor, todo vale. Y matar me parece una opción como otra cualquiera.

Thomas volvió a excitarse. Aquella mujer tenía el poder de despertar su lujuria. La besó con pasión y, en un arrebato de locura, le rasgó la camiseta, partiéndola en dos mitades que resbalaron por sus hombros. Le mordió las puntas de los dedos, subió por las muñecas, chupó su codo y... se detuvo de golpe.

–Qué diablos...

Se topó con el tatuaje de una flor: una cantuta.

Atravesaron un puente sobre un río hecho con tablas de madera que sonaban como un piano desafinado. La lluvia caía de manera torrencial y las camisetas se les pegaban a la piel. Thomas se ajustó el casco con el foco incorporado. El agua color chocolate caía en torrente, arrastrando con ella ramas y troncos pequeños. Parecía como si un tornado hubiera arrasado la zona y solo hubiera dejado a su paso barro y desolación.

Thomas había recibido una llamada de Roberto mientras estaba en la habitación de Angie. El minero le informaba de que varios vehículos todoterreno de la Policía y del FBI habían pasado a toda velocidad en dirección a un campamento minero situado a diez kilómetros del suyo. Pensaba que el motivo del despliegue podría ser George.

Terminó de vestirse con celeridad, ignorando a su acompañante. Después se dirigió a su habitación, donde encontró a Laura hojeando unos papeles.

El guía enviado por Roberto los llevó junto a un lago. Allí, un potente motor extraía por un lado agua de la balsa y por otro arena que luego mezclaba a su salida. Unos cañones enormes iluminaban el lugar. Una tubería muy ancha elevaba la mezcla hasta lo alto de una estructura de madera con forma de tobogán. Pasaron junto a la superficie del tobogán, que estaba tapizada con alfombrillas de coche, y se fijaron en que una mezcla de arena y lo que parecía polvo de oro quedaba atrapada en el tejido de las alfombrillas.

Encontraron a Roberto tirando el agua de un bidón al suelo.

—Debo tener cuidado de no derramar la amalgama de oro y mercurio que ha quedado en el fondo del barril —dijo—. Ahora mismo estoy con ustedes.

Introdujo la mezcla en una botella de plástico, y de ahí la vertió en un trapo para escurrirla. Después de secarla, obtuvo una bola sólida de un metal blanquecino.

—Pero ¿cuándo descansas? —preguntó Thomas viendo la hora que era.

—Trabajo veinticuatro horas y libro otras veinticuatro. Llevo esta bola a una casa de compras de oro y termino.

Le acompañaron. El dueño de la tienda desenvolvió la bola de la hoja de periódico y la introdujo en un horno cerámico para después quemarla con un soplete.

Thomas estaba de los nervios, solo pensaba en llegar hasta George. Era frustrante tener que aceptar órdenes y esperar a que Roberto acabase su trabajo.

El mercurio se evaporó y quedó un fragmento de oro.

—El setenta y cinco por ciento del dinero se lo embolsa el jefe.

—Demasiado beneficio—dijo Thomas, impaciente y de mal humor.

—No se crea; de ahí debe pagar la amortización del motor, unos mil dólares, el gasóleo consumido por dicho motor, que funciona durante dieciocho horas al día, y los sobornos a quienes sea necesario.

Por fin se pusieron en marcha. Thomas pagó al conductor de un todoterreno para que los llevara.

—Si se presenta algún percance, ustedes deben decir que son médicos. Vamos a pagar un impuesto para no tener ningún problema —les explicó Roberto.

A la salida había una tienda de plásticos azules similar a un tipi indio. Después de pagar les dieron una tarjeta.

—Es ridículo —murmuró Laura—. Se mueren a causa de enfermedades, sus mujeres necesitan atención, al igual que sus hijos o ellos mismos, y aunque seas médico tienes que sobornar para que te dejen en paz. De locos.

Laura tenía ganas de gritarle a Roberto a la cara lo que pensaba de él. Su manera de comerciar con jóvenes le provocaba náuseas. Pero guardó silencio; le había prometido a Thomas que, a cambio de que le dejara acompañarle, cerraría la boca.

Supieron del campamento mucho antes de llegar; basura, plásticos y restos de árboles se esparcían a su alrededor. Según Roberto, allí vivían cerca de seis mil quinientas personas. Resultaba increíble que una estructura de tal magnitud no durara más de un año. Un helicóptero les sobrepasó. Decidieron seguirlo.

Como si se tratara de una pista de aterrizaje, las luces de emergencia de los vehículos aparcados les señalaron el camino hasta una precaria construcción hecha con tablas de madera, cerca de la selva.

Bajaron del todoterreno con celeridad y se dirigieron a la cabaña. Un policía les bloqueó el paso. Thomas enseñó su documento de agente de Interpol y Laura el que la identificaba como forense. El otro no se inmutó y permaneció en su puesto, en medio de la puerta abierta.

Echaron un vistazo entre los huecos que dejaba el agente y advirtieron con estupor que había un cadáver en medio de la única habitación sin ventanas. A ambos lados del cuerpo ardían varios cirios. Sobre una tabla dispuesta encima de dos caballetes estaba George, alargado, con los brazos cruzados sobre el pecho, vestido con una camisa y un pantalón blancos. Estaba descalzo.

Laura se tapó la boca horrorizada.

En el interior, un fotógrafo recogía su material; fuera, dos policías de la Científica se quitaban las calzas de papel sentados en una piedra de gran envergadura.

Los pasajeros del helicóptero llegaron en un coche negro. Saludaron al policía al cargo e intercambiaron unas palabras con los de la Científica.

Thomas permanecía inmóvil, sin apartar la vista del interior de la choza. Poco le importaba el gesto amenazante del policía que le impedía el paso con los brazos cruzados. Solo reaccionó cuando oyó una voz que le hablaba en su idioma.

—Supongo que es usted Thomas Connors, de Interpol Lyon, y amigo del agente de la DEA secuestrado. —El jefe de operaciones esperó a oír una respuesta que ya conocía—. Hemos malgastado un agente para protegerle, no nos podíamos permitir que le sucediera algo. Es usted muy tozudo. Nuestro equipo acaba de rastrear el lugar, está claro que no le mataron aquí. Puede entrar. —Le dirigió un gesto con la cabeza al policía que custodiaba la puerta para que se hiciera a un lado.

Laura se quedó en un segundo plano.

Thomas avanzó.

Apenas reconoció a su amigo en el cadáver que ahora contemplaba. Había adelgazado, sus mejillas estaban hundidas. Buscó las facciones que tan familiares le resultaban, pero había transcurrido casi un año y el amigo a quien dejó de ver tras su última aventura en la India, que desapareció de su vida, no estaba allí. Un sentimiento de enorme pesar le invadió. Si tanto se querían, ¿por qué no se buscaron, por qué no se encontraron en algún lugar? La vida, con sus mil distracciones, se imponía con fuerza. Trabajo durante la semana, sábado al campo, domingo al cine, al restaurante. Ir a la compra, hacer la comida, recoger la casa, amar, odiar, practicar sexo, volver a comprar, limpiar, otro cine, otro restaurante, otro coche, otro amor, otro viaje, otro desencuentro... Demasiados otros.

No estaba afeitado. La barba de pocos días continuaba creciendo sobre el rostro cadavérico y sombreaba sus mejillas como si fuera moho. Tenía unas marcas de un azul violáceo sobre la frente y en los pómulos. Aquel rostro le produjo un gran desasosiego. Su expresión no era serena, conservaba un vago rictus, un gesto crispado, contraído y oscuro, como si la muerte le hubiera sorprendido en una actitud de tensión, preparado para la ofensiva, aguardando no se sabía qué.

—Perdone... —El oficial al cargo se acercó—. Quisiera saber si reconoce usted al finado. Mera burocracia.

Thomas asintió.

—Sí, es él —fueron las únicas palabras que pudo articular.

Salió. El aire exterior era denso, pese a lo cual lo respiró con ansia. Algo parecido a la desesperación empezó a crecer desde el centro de su pecho. Era el mismo sentimiento que tras la muerte de su hija. Lo reconoció por su violencia y por su soledad.

Dejó atrás la cabaña y caminó con rapidez más allá del círculo de luz. Como un ciego siguió avanzando a tientas, dando manotazos al aire, rozando con las manos extendidas la maleza que comenzaba a aparecer. Creyó oír a Laura pidiendo que se detuviese, pero la desesperación le impedía escuchar y ya se movía dentro su sangre; sintió sus músculos meros harapos, los huesos arena que ya no le sujetaban. Solo se detuvo cuando cayó al suelo. Su desesperación continuaba allí cuando, con la ayuda de Roberto, le metieron en el coche.

Se sujetó ambas manos para detener el temblor, no lo consiguió y terminó por abrazarse. Caía por el pozo de Alicia y no encontraba ningún asidero al que aferrarse. Por el retrovisor vio un coche fúnebre dar marcha atrás. Del interior sacaron un ataúd.

Pablo aparece al cabo de varios años sin saber de él. El negocio ha crecido tanto que no dan abasto a la hora de visitar todos los clubes. Dice que ahora vive en España.
Entra en mi habitación.
Le pregunto por mi hijo, le pido por favor que me enseñe una foto. De una patada caigo al suelo.
Y entonces sucede. Una está en el suelo, apestando a todos los cuerpos que han pasado en tromba sobre ella como tormentas de verano, y una piensa y tiene un instante de lucidez o de locura, y puede elegir ser bicho bola y ver crecer la hierba sobre ella y comenzar su rutina y hacer un último esfuerzo tomando la ducha de las nueve de la mañana y deshacerse de los olores pegados a su boca, su pelo, sus uñas, su nariz, y dejar que llegue el sueño porque es lo que la hace seguir viviendo; o bien decide que hasta ahí ha llegado, que ya no importa si esa puerta lleva al baño o a la muerte.
Y decide abrir la puerta:
Me encantó matar a tu perro. Durante meses guardé las pastillas para dormir. Se las di en el patio, mezcladas con un trozo de carne, poco hecha, como al bicho le gustaba, pero no creas, no se murió, tuve que darme prisa antes de que fuera en tu busca, así que me senté encima de él hasta que dejó de respirar.
Pablo me mira. Sus pupilas son dos señales de tráfico de peligro. Sus cicatrices brillan.
Me agarra del pelo y me levanta del suelo. Mis piernas no responden y vuelvo a caer.
Me arrastra hasta el retrete y me escupe en la cara antes de meterme la cabeza dentro. No sé cuánto tiempo, pero me aprieta con fuerza la base del cráneo. Una llamada a su móvil, un instante de duda, no recuerdo bien; o él relaja la presión o yo agarro un trozo de loza de la base

del váter, o las dos cosas a la vez. Solo sé que doy media vuelta y le clavo la loza en alguna parte del cuello, que cae hacia atrás como una ficha de dominó mal colocada y se da en la cabeza con la base del lavabo.

Me acerco y le miro, le caen hilos de baba por las comisuras de los labios y parece que no respira. Yo sin embargo recupero el aliento. No siento remordimientos.

Coloco una silla en la pared, debajo de la única ventana. Me subo. Empujo el pestillo hacia abajo. Está muy duro. Busco por la habitación algo para colgarme tirando de él. Veo el cordón de la lámpara. Bajo de la silla, desconecto la lámpara y tiro del cordón. Nada, no se rompe. Tengo que cortarlo. Vuelvo al baño. Agarro el trozo de loza y lo extraigo del cuello del Loco. La sangre sale en plan géiser. Abre los ojos, está vivo. Me agarra uno de los tobillos, pero debe soltarme para taparse el agujero. Aprovecho y le clavo el trozo de loza en la cara.

Intenta levantarse, pero resbala en su propia sangre. Se queda boca arriba y le clavo la loza una y otra vez. Empujo las manos con todo mi peso. Noto cómo atraviesa sus cicatrices, sus tendones, su ojo. Ya no se mueve. Tengo las palmas de las manos llenas de cortes profundos. Me las lavo y las vendo. Salgo del baño y me limpio las plantas de los pies con una toalla. Me visto con todo lo que pillo y cojo los cuadernos.

Corto el cordón de la lámpara con el trozo de loza, vuelvo a subir a la silla y lo meto por el agujero del pestillo y tiro con todas mis fuerzas. El marco cede y la ventana se abre.

Miro hacia abajo, cuatro metros me separan de la libertad. Me dejo caer en modo bicho bola.

Un camión se para en la carretera. Transporta varios motores a un pueblo llamado La Rinconada. Decido que es un buen sitio y me subo.

33

—Me voy a Puerto Maldonado —dijo, preparando la maleta—. Me quedaré allí hasta que se realice la autopsia y repatríen el cadáver.

Laura no sabía qué podía hacer. Había coincidido con George en la India unos pocos días, apenas lo conocía. A su manera egoísta, le hubiera gustado contarle a Thomas lo que había averiguado sobre el tráfico de órganos de la clínica y cómo se lucraba el hotel. Quería decirle que su admirada Angie estaba implicada y que era parte importante de la trama, ya que no a cualquiera se le encomendaba recoger los pagos. Pero nada de ello dijo; se mordió el labio inferior y guardó silencio. Había perdido su vuelo, y hasta la noche no salía el siguiente. Sin saber qué hacer, bajó la cabeza y se sentó en la cama. Oyó la cremallera de la maleta y el golpe al depositarla en el suelo. No quería que Thomas se marchase. No de esa manera.

—En cuanto llegues a casa, quiero que Lupe y Tanika vuelvan a Lyon —dijo Thomas a la vez que introducía su cartera en el bolsillo de la americana.

—¿No crees que sería mejor que te esperasen en mi casa? —preguntó Laura con el deseo de volver a verle.

—No —respondió él de manera escueta.

—Pero...

—Déjalo ya, Laura. No quiero hablar. Estoy pensando en alargar la excedencia e irme con mi hija a Irlanda, e incluso dejar el trabajo. No sé, prefiero no pensar, porque si lo hago ahora igual lo mando todo a la mierda. En estos momentos solo quiero pasar tiempo con mi familia.

Su voz sonó extraña.

Laura asintió como una niña. Llegaron los miedos, no quería perder a Thomas, qué ridícula había sido rechazándolo de esa manera. Se había comportado como una adolescente caprichosa, desconocía la razón por la que amaba en la distancia y, cuando esta distancia desaparecía, su deseo menguaba. Le miró, pero en su rostro solo encontró una expresión dura.

Él era su familia.

Thomas se concentró en los pequeños detalles que no importaban pero que le distraían. Evitaba pensar, no quería que le invadiera el miedo ante la pérdida de George. También deseaba abrazar a Laura con fuerza, hundir el rostro en el hueco de su cuello, pero desechó la idea como se desechan los pensamientos ridículos. Recordó la última vez que se sintió así, que tuvo una necesidad casi física de consuelo. Fue cuando llevó a Tanika a que conociera a su abuelo. En aquella ocasión se arrepintió del tiempo que había malgastado huyendo del pueblo y de su padre. Ahora huía de ella. Para variar, el cobarde que habitaba en él había ganado la partida y se retiraba.

Pensó en no decirle nada sobre la marca que había descubierto en el brazo de Angie. Lo mejor sería dejar el país y olvidarse del juego con el que se divertían Dolores y ella. Haber encontrado a Ángela María no le producía ninguna gratificación; es más, estaba cabreado, enfadado con esa niñata que había abandonado a su madre a sabiendas de que la buscaba desde que desapareció. Pensó en el rostro atormentado de la madre, en aquella expresión triste. Luego le vino a la cabeza su cuerpo helado, había muerto sola, como mueren los vagabundos, los sin techo, los sin familia. Entonces se acordó de los muebles de diseño que tenía Angie en su habitación, de los viajes al extranjero, de la gran vida de niña rica.

Y la odió. Con ganas, con ira, con rabia.

—La gerente del hotel tiene una marca en el antebrazo. Una cantuta.

Laura le miró sorprendida.

—¿Qué dices?

—Lo que has oído. Haz lo que quieras con esa información. Me marcho —dijo antes de agacharse y besarla en la mejilla.

La cabeza de Laura giraba con mil pensamientos. Se despidió de él de manera automática, casi sin sentirlo. Su confusión formaba una tormenta que amenazaba con anegarlo todo.

Angie dobló las piernas y se sentó encima de ellas a la vez que se las cubría con una larga chaqueta de lana.

Laura admiró la sensualidad de sus movimientos. Parecía una gata sentada sobre la alfombra. No la soportaba.

—Quiero ver tu brazo —dijo sin más preámbulos.

—Hoy tengo frío. No me apetece —respondió desafiante.

Laura se levantó de manera resuelta de la silla y tomó su móvil.

—Entonces no me queda otra solución que llamar a la Policía para que se pase por la clínica. Parece ser que los órganos se venden allí como si se tratase de vestidos de alta costura; por encargo y al gusto del cliente.

—Eso es falso.

—Seguro que sí. Pero esa tranquilidad tuya me dice que ya tienes comprados a los policías.

—No sé qué te hace suponer tal cosa.

—Es extraño que Perú tenga la cifra de donación voluntaria más baja de América Latina y que este rincón sea la excepción. Tanto altruismo me mosquea. Me he informado, y he averiguado que es delito ser intermediario. Irás a la cárcel como mínimo tres años, y si formas parte de una organización ilícita recibirás la pena máxima. La clínica no tiene la autorización de la Organización Nacional de Donación y Trasplantes y será civilmente responsable.

Angie miró el reloj y se levantó.

—Si me disculpas, debo arreglarme. Tengo asuntos que atender. —Abrió la puerta de la habitación, dejando pasar el calor de la mañana—. ¿Sabes? Tendrías que ocuparte de los tuyos, como por ejemplo tener más cuidado de con quién compartes tu habitación.

El ataque pilló a Laura por sorpresa. No quería desviarse del tema, había preparado el encuentro con sumo cuidado, pero su cerebro se quedó bloqueado, sin poder articular otra palabra que no estuviera encaminada a satisfacer su curiosidad.

—Si crees que tu mejor defensa va a ser un ataque, te has equivocado conmigo.

—Puedes preguntarle a Thomas qué hizo ayer, y con quién.

Laura se puso rígida.

—No tengo que preguntarle nada. Dímelo tú y acabamos antes.

Angie la miró fijamente.

—Ya lo sabes, o te lo imaginas. Me dijo que solo eras una amiga y que era libre.

—Y dijo bien —respondió Laura, aunque un leve parpadeo delató su lucha—. ¿Quieres decirme algo más?

—Es un amante magnífico. Es una pena que te lo pierdas.

La primera imagen que le vino a la mente fue la de ellos dos juntos. La desechó, ya se preocuparía después.

—Vamos a lo que me interesa. Tengo un par de contactos en la prensa, no te creas que había pensado llamar a la Policía, ni hablar; hablaré con los periódicos sensacionalistas, la noticia les va a encantar: tráfico de órganos en Madre de Dios. Estoy visualizando las entrevistas tan jugosas que harán a los pobres donantes. Tengo en mi poder los contratos que firmaron con sus nombres y apellidos. Por supuesto, están a buen recaudo; he mandado una copia a Interpol. ¿Quieres irte o hablamos?

Angie cerró la puerta y sin mediar palabra se quitó la chaqueta.

Laura observó la marca con detenimiento.

—Lo que sospechaba. Por mucho que tengas la flor de la cantuta en un antebrazo, tú no eres Ángela María. Esta flor está tatuada, no es una marca de nacimiento. ¿Me vas a contar ahora la verdad, Dolores Menchero Santina?

—Supe que os habíais intercambiado las identidades cuando leí en los contratos de la clínica el nombre de Dolores Menchero y que donaba un riñón de manera altruista. Tomé la única foto que tenía Interpol, la del hospital tras la redada de la República Dominicana. Recordé que la habían llevado allí a causa de una herida en el costado: esa herida no podía ser otra que la cicatriz de la extracción del riñón. Entonces miré más detenidamente la foto; en ella, nuestra supuesta Dolores lleva un vestido de tirantes y..., mira –Laura le enseñó la fotografía–, se ve una ligera sombra en el antebrazo. Mandé ampliarla y comprobé que era la mitad de una flor de forma acampanada.

–Vaya, qué lista. Hemos engañado a todos, a todos menos a ti.

Dolores se sentó en la alfombra.

–¿Para qué necesitaba Ángela María donar un riñón, y por qué se hizo pasar por ti?

–Ella pertenecía a un clan, a un hombre llamado Don. Jamás hubiera podido huir con su identidad. No tenía pasaporte. Ese hombre es una mala bestia, y sus hijos son peores.

–He leído los diarios de Ángela María. Me los dio su madre.

En ese momento Dolores bajó la cabeza.

–Ángela no sabe que su madre está muerta.

–Pero ¿por qué no se comunicó con ella? En algún momento de todos estos años hubiera podido acercarse, o al menos hacerle saber que estaba viva.

–No lo sé. Primero tienes que creer que estás viva y que eres Ángela María. Hacía tantos años que se prostituía que ya quedaba poco o nada de aquella niña. Ella decía que era la Cantuta. También tenía la firme convicción de que la matarían a ella y a toda la familia. Tampoco quería volver a su pueblo con el estigma de ser una mujer prostituida o víctima del tráfico. Luego estaba la vergüenza, la certeza de que de algún modo era culpa suya por no haberse escapado, no haber hecho lo suficiente. La sola idea de pensar que su madre averiguara todo lo que pasó le resultaba insoportable. Y estaba ese rencor hacia su madre que no la abandonaba.

–Quizá la amenaza de matarlas no era real.

–Te equivocas. Matar es fácil cuando ya estás muerta, cuando no existes, cuando llevas demasiado tiempo desaparecida; te quitan tu dignidad, tu nombre. Tu vida se esfuma de golpe, y de jugar con muñecas pasas a que los hombres jueguen contigo.

—¿Conociste a Ángela en La Rinconada?

Dolores asintió.

—Yo odiaba mi vida. Odiaba no tener padres, obedecer a mi tía. Odiaba ser la *madame* de las niñas que traía para prostituirlas, odiaba el frío, a los mineros, a las otras chicas que se conformaban sin luchar. —Guardó silencio unos segundos—. Llegó un momento en que decidí que la única forma de huida era el suicidio.

Dolores se cubrió los ojos con las manos.

—Pero Ángela me salvó. Le habían quemado un brazo con un cigarrillo y algunas de las heridas se le habían infectado. Las curé y le ofrecí una habitación para que los fines de semana no durmiera en la calle. Trabajaba toda la noche, y durante el día buscaba cualquier sitio para descansar. Ella era distinta a todas nosotras, había pasado por cosas inimaginables y aun así conservaba una mente limpia.

—Pero la redada os separó.

Dolores asintió.

—Le perdí la pista hasta que el año pasado me llamó desde una cárcel de Brasil: la habían detenido por tráfico de drogas. Yo conocía a una amiga de mi tía que traficaba con chicas entre Brasil y China. Le pedí ayuda. Viajé hasta allí, y fue mala suerte que la detuvieran cuando estábamos en el aeropuerto. No tuve problemas para hacerme pasar por víctima.

—Por eso apareció tu nombre entre los papeles de la Interpol.

—Exacto. Luego tardé un tiempo en reunir el dinero necesario para pagar a contactos y sobornos. Al final Ángela salió de la cárcel. Pensé en alojarla en el hotel, pero su estado de salud era tan malo que ingresó directamente en la clínica.

Laura, que había permanecido de pie en una posición de fuerza, se acabó sentando en el suelo frente a ella. Apoyó la espalda en la parte de abajo de un sofá de dos plazas.

—¿Cuál era su estado? —preguntó sin saber si quería conocer la respuesta.

—El clan la encontró y el Don la guardó con los perros, atada con una cadena al cuello. —Bajó la voz hasta que fue casi un susurro—. Cuando no hacía lo que querían, le sacaban un diente o le arrancaban cabello. Ella les seguía sirviendo, ahora como un pedazo de carne con agujeros. Sus clientes eran el extremo.

—Mató al hijo del Don.

Dolores asintió.

—No creo que nadie lo lamentara, el padre quiso quemarlo al nacer y el hijo le desobedeció llevándose a Ángela. El Don siguió viendo una oportunidad de negocio con Ángela, y la aprovechó.

A Dolores se le agrietó la voz. Tosió varias veces.

—Estuvo un par de meses ingresada. Le arreglaron los dientes, el pelo, le curaron las heridas, le reconstruyeron la vagina, el ano, y un pezón que le habían arrancado.

—Por Dios… —musitó Laura, tapándose la boca con una mano.

—Una vez que se recuperó, todo su afán era encontrar a su hijo, aquel que le habían arrancado nada más parirlo. No pude convencerla de que se olvidara.

—Por eso vendió el riñón.

—Exacto. Necesitaba dinero para comprar la libertad de su hijo —respondió, abrazándose las piernas.

—¿Por qué no le ayudaste? Veo aquí muebles bastante caros.

—Yo había pagado sus facturas de la clínica. Ella se negó de manera rotunda cuando le ofrecí dinero.

—Ya veo. Y ese riñón era compatible con un músico que vivía en Miami, Jon.

—Sí, el bueno de Jon. —Dolores mostró una media sonrisa.

—Ese Jon no es tan bueno. No dudó en comprar un trozo de persona en su provecho.

—Bienvenida a nuestro mundo.

—Vaya mierda de mundo.

—Así es.

—¿Cuándo conociste a George?

—Viajé a Lima por asuntos de negocios, y la casualidad hizo que coincidiéramos en un bar. Él estaba en la ciudad por trabajo, enseguida entablamos conversación. Me pareció una persona buena, de fiar, pero muy sola. Me dio pena y me acosté con él. No hubo dinero de por medio.

—No lo he preguntado.

—Pero lo has pensado.

—Cierto. Lo siento. Todo este asunto es una pesadilla —dijo Laura restregándose los ojos—. Entonces le contaste toda la historia —añadió, retomando el hilo.

—Con él era muy fácil hablar. Supe que era policía y pensé que podría aconsejarme. Me dijo que me ayudaría. Que le diera un tiempo para ordenar unos asuntos en casa y que vendría a Perú para ayudar a Ángela.

—¿Qué hizo Ángela con el dinero? ¿A quién se lo dio?

—Contactó con Johnny Eliexer, venezolano, mano derecha del Don y, por lo que Ángela contaba, el más tolerante.

—Pero ese tipejo tenía una notificación roja de Interpol por traficar con mujeres en la República Dominicana.

Dolores se levantó, abrió el frigorífico y sacó una inca kola. Con un gesto le ofreció, Laura aceptó.

—A mí me ponía muy nerviosa que volviera a viajar, en cualquier momento podían apresarla. De modo que la convencí para intercambiar nuestras identidades.

—Y para que la transformación fuera completa, te tatuaste su marca. Pero te expones a una situación de peligro.

—Estoy a salvo. Ya me conocen como Angie. Este negocio tan lucrativo pertenece a una familia mafiosa muy poderosa, incluso el Don los respeta. No tengo miedo. También tengo una copia de las identidades de los receptores de órganos a buen recaudo. Saben que si me pasa algo caerá en las manos adecuadas.

Laura abrió la lata y la vertió en un vaso. No pudo evitar derramar algo de refresco, que cayó sobre su muslo. Los nervios le jugaban una mala pasada.

—Lo siento.

—Tranquila, toma. —Le ofreció un trapo.

—Entonces algo salió mal en la República Dominicana —dijo Laura mientras limpiaba.

—Una vez que se repuso de la operación y tuvo el dinero, planeó su viaje. Como te he comentado, Ángela había acordado reunirse con Johnny, quien le diría dónde estaba su hijo a cambio de dinero. El problema se presentó cuando ese mierda tuvo el dinero: le dijo que era para pagar la droga que la Policía había requisado cuando la detuvieron y que, si quería la información, tendría que pagar más. Ángela se enfadó muchísimo. Digamos que las humillaciones, la rabia, el dolor físico (la herida por la extracción del riñón se le había abierto), todo ello hizo que explotara. Denunció al proxeneta.

—Por eso acabó en el hospital, la Policía la llevó junto con otras tres chicas.

Laura le mostró la fotografía del momento en su móvil.

Dolores la miró con ternura.

—Siempre llevaba ese gorro tan espantoso. En la clínica le raparon la cabeza para tratar las calvas. Aunque ya comenzaba a crecerle, todavía se avergonzaba; se cosió unas trenzas y un flequillo al gorro, con la peluca se sentía segura. Le picaba y pasaba un calor horrible, pero creo que las operaciones estéticas hicieron que tomara conciencia de su belleza y se volviera presumida —dijo sonriendo.

—La quieres mucho.

—Sí, la quiero.

Ambas se miraron a los ojos. Laura desentrañó el sentido de aquella frase: no le cupo duda, era una declaración de amor.

—¿Lo sabe?

—No me he atrevido. Tanta gente se ha aprovechado de ella que no quiero que piense que le ayudo por interés.

—Entiendo.

Dolores rompió a llorar.

Laura nunca pensó, al comenzar el interrogatorio, que la conversación acabaría así. No quiso preguntar lo suyo con Thomas. Ella había sido la única culpable. Desde el comienzo del viaje había insistido en que eran libres y en que no quería una relación con él. Otra cosa era el dolor que había causado, ese dolor era cosa suya. Se levantó para cortar dos hojas de papel de cocina y se las dio a Dolores, que se sonó la nariz con gran escándalo.

—Gracias. Le dije a Ángela que se escondiera en La Rinconada, tan solo hasta que se calmaran las aguas, que fuera al Banco de Oro, que Elsa le ayudaría. Entonces mandé un correo electrónico a su madre diciéndole dónde podía encontrarla. Sabía que Ángela lo desaprobaría, así que no le dije nada. A última hora, George pensó que La Rinconada era una ratonera. Voló desde Washington hasta Perú, la esperó en Juliaca y se la llevó sin decirme dónde. Pensó que era más seguro. Las semanas siguientes se me hicieron eternas, no hacía más que darle vueltas a cómo podía ayudar a Ángela.

—Así que decidiste robar el libro de la clínica.

Dolores sonrió.

—Sabía que en él registraban los datos reales de los receptores de órganos y sus donantes. Con las dos listas me puse en contacto con el Don, le di mi nombre completo para que no hubiera dudas de que iba en serio y no creyera que era cosa de Ángela. Le ofrecí el libro a cambio de la libertad de Ángela y de su hijo. Sabía que el libro era una buena moneda de cambio para el Don, ya que mermaría el poder de su contrincante. Se lo comenté a George y decidieron volver. El resto ya te lo puedes imaginar. Ángela se empeñó en llevar el libro. Quedó en ese campamento minero de Madre de Dios, se lo conocía muy bien. Cuando vio que era una trampa, escapó a la selva.

—Pero no contabas con que secuestrarían a George.

—Jamás pensé que estuviera en peligro, era un agente de la DEA, y mucho menos que lo matarían. ¿De qué servía muerto?

—Yo creo que fue un error, un mal golpe. Desde el principio los secuestradores solo pidieron tu cabeza.

—Después supe que alguien buscaba a George en La Rinconada, así que le mandé una foto a Elsa en la que George estaba en la piscina con nuestra camarera de habitaciones. Pensé que eso complicaría la labor de conocer nuestras identidades. Quien viera la foto creería que la mujer era Dolores Menchero, la mujer más buscada.

—Habría sido más fácil si nos hubieras dicho dónde estabas desde el principio.

—Ya, pero no os conocía, ni sabía para quién trabajabais. No me fiaba. George estaba secuestrado y Ángela todavía no había salido del país.

Laura tenía miedo de hacer la última pregunta:

—¿Dónde está Ángela?

—Huyó con el libro. Quería irse a España, a buscar a su hijo.

34

Dos meses después

—Doctora Terraux, todo está preparado.

Laura advirtió un gesto de reproche en los ojos del celador. Intentó mantener la calma y aparentar tranquilidad, pero en cuanto su interlocutor desapareció aceleró el paso y ya en el último tramo corrió.

Mientras se cambiaba y se colocaba el traje protector, las calzas, las gafas, el gorro y los guantes se reprendió por su tardanza. Mario había comenzado la guardería con mal pie, todavía no encontraba la manera de abandonarlo sin que se le agarrara a una pierna y llorase tanto como para hacerles la competencia a las cataratas del Niágara. Ese día había intentado escabullirse mientras la profesora le enseñaba alguno de sus juguetes preferidos, pero ni por esas; en una reacción de cohete supersónico había gateado hasta sujetar su bolso como quien se aferra a una rama para no caer por un precipicio.

Debía encontrar una solución, pensó a la vez que abría las puertas de la sala de autopsias con la espalda.

Julien, su ayudante desde hacía años, la puso al corriente antes de llegar a su mesa.

—Menor de trece años encontrado inconsciente sobre su cama, sin signos evidentes de violencia, vestido con pijama de color azul y blanco, con señales de haber recibido asistencia médica. La madre refiere que el niño sufría ataques epilépticos desde el nacimiento, para los cuales recibía medicación. Manifiesta que siendo las 02.00 presenta crisis, al parecer de características tónico-clónicas, que lleva a pérdida de conocimiento, ante lo cual solicita ayuda al 112, que envía ambulancia. El equipo encuentra signos vitales. En urgencias, parada cardiorrespiratoria. Reanimación básica y avanzada que se suspende luego de cuarenta minutos de no respuesta. Hora de la muerte: 03.20.

Laura contempló el cadáver embalado en una bolsa plástica blanca sellada con cinta adhesiva. Unas etiquetas colgaban de la parte inferior.

Un niño. Mierda...

Sintió un ligero picor en la garganta. Necesitaba beber agua. Pero no se movió; optó por tragar saliva un par de veces antes de hablar a la grabadora.

—Previa verificación de integridad de embalaje y confirmación del número del caso, se procede a retirar cintas adhesivas y bolsa plástica.

Su ayudante procedió con rapidez.

—Se encuentra cadáver de sexo masculino del cual se aporta documentación fotográfica. Paso a describir características generales.

Laura describió el cuerpo por la cara anterior y posterior y reconoció las señales particulares tras el previo lavado general del cuerpo. Se tomaron muestras de sangre, humor vítreo y orina.

Se retorció las manos con ansiedad. Echó un último vistazo a la casa en un intento de encontrar la discordancia, la mancha en el suelo, los dedos de Mario sobre el cristal. Nerviosa, cortó unas rosas y las dispuso en un jarrón de motivos incas que colocó en medio de una mesa. Miró satisfecha a su alrededor. Solo le faltaba sacar la basura con los pañales sucios.

Su padre terminó el postre satisfecho. A Laura le pareció que quería repetir, y por segunda vez le ofreció otra ración que él rechazó.

—Debo cuidarme —dijo, tocándose la tripa.

—Pero si estás estupendo. —Pensó que ella tenía más tripa que él. Era deprimente.

Le pareció que llevaba el pelo teñido de manera muy natural, en un castaño claro con un toque de canas en las sienes. Su peluquero hacía un trabajo excelente. Lo llevaba peinado hacia atrás, más corto de lo normal. De reojo observó que el injerto de pelo que se había hecho el año anterior le rejuvenecía de una manera asombrosa.

—Siempre hay cosillas que mejorar —le contestó, mirándola.

Su hermana jugaba con Mario sentada sobre la alfombra.

—Hacía mucho que no nos veíamos —comentó Laura mientras servía el café.

—Sí, más de un año. Desde el incidente.

Así llamaba su padre a la agresión sufrida cuando asaltaron su casa, el *incidente:* una palabra correcta, suave, banal, la misma que ella elegiría si se cortara y se curara con una tirita: «He tenido un incidente», diría. Pero no le parecía tan apropiada para describir dos piernas rotas por varios lados.

—Sí, nos vimos en el hospital.

Su padre volvió la cabeza para contemplar el exterior.

—Me parece que hace un día estupendo para tomar el café al aire libre.

Laura apretó la cucharita con la que se estaba sirviendo el azúcar, los nudillos se volvieron blancos.

—Claro, buena idea.

Su cabeza daba vueltas, al igual que la cucharita del café.

Incidente...

Miró el cielo limpio, solo por el horizonte avanzaba una nube blanca deshilachada. Recordó a su madre, que adoraba el cielo en todas sus formas y podía pasar horas contemplando cómo cambiaba. Su recuerdo le inspiraba una gran ternura, pero lo cierto era que ella siempre fue más terrenal; no lograba aguantar ni cinco minutos a su lado mirando cómo la nube pájaro se transformaba en un violín. Nunca había tenido mucha paciencia. Como los demás, se aferraba a las cosas: si perdía el tiempo, era delante de la tele, si cocinaba algo, era rápido y fácil, no se detenía en los detalles, el colorido, el dibujo del plato; no como su madre, que encontraba placer en lo etéreo, en todo lo que no dejaba huella, que salía de una habitación sin molestar, sin alzar la voz. Alguna vez se burló de ella, poca cosa, un comentario mordaz, una comparación desafortunada acerca de las flores que guardaba entre los libros, de su colección de plumas de pájaro, de las fotos que colgaba de su pared: una melena al viento, una hoja en un charco...

Laura escuchaba en silencio el relato de su padre del fin de semana que había pasado con sus dos nietos. A sus diecinueve y dieciséis años, se habían convertido en dos muchachos guapos y dignos de admiración. Se sintió celosa; él, que casi nunca hablaba de su familia, del pasado, ahora se emocionaba hablando de los hijos de su hermana. Miró de reojo su perfil iluminado por el sol de la tarde.

—¿Te acuerdas de la vez que mamá apareció con una escafandra? Dijo que con ella se oía el mar.

Laura recordó el momento con claridad, la mirada de su madre detenida, agrietada, al advertir en los ojos de su familia el escepticismo.

—Nos aseguró que las ondas marinas se habían grabado en su interior.

Nadie se puso la escafandra. De hecho, ella le soltó una retahíla de tecnicismos académicos que refutaban con contundencia la idea de que fuera posible oír el mar dentro de la escafandra. Todavía hoy sentía vergüenza por su actitud.

—No me suena.

—¿Y tú, lo recuerdas? —le preguntó a su hermana.

—Algo —contestó con tibieza antes de chapotear con Mario en la pequeña piscina hinchable.

Laura permaneció pensativa, muda ante aquellas respuestas: las cosas seguían igual.

—¿Te he dicho que Mario, ya sabes, ese novio tuyo, bueno, que yo sepa el único que has tenido, o al menos que yo me haya enterado, está pasando unos días en casa de su madre en Milán? Nos invitó a merendar. Fue una tarde de lo más agradable —comentó su padre.

Laura tuvo ganas de llorar, de gritar.

Incidente.

Su cara reflejó su dolor, esta vez no pudo disimular. Su padre lo adivinó, pero no dijo nada. Se limitó a apartar la mirada.

—Me preguntó por ti. Le dije que tenías un hijo y que se llamaba Mario.

Laura se dirigió al baño, abrió la boca todo lo que pudo y cerró los ojos. Gritaba sin gritar, hacia dentro. El grito recorrió con su lengua ácida sus oídos, sus pulmones, su estómago. Lo retuvo, no le importó que la quemara entera.

Se recompuso. Se lavó la cara, se sonó los mocos y pensó en Ángela María enfrentándose a la adversidad con honestidad y valentía.

Estaba harta. Ella no era un bicho bola.

Su padre observaba la casa desde la parte más lejana. No era cierto, su padre no sabía mirar: su padre juzgaba. Siempre encontraba un defecto, daba lo mismo que se tratara de una persona, animal o cosa. Laura pensó que deberían llevarlo a un laboratorio como modelo para los robots del futuro.

—¿Tú querías a mamá? —Se lo soltó sin pensar, era la única manera de tirarse al vacío.

—No sé a qué viene esa pregunta —respondió él sin mirarla.

—Es bien sencilla. Quiero saber si la querías. Es que trato de pensar qué teníais en común, y no encuentro nada. No recuerdo un gesto de cariño por tu parte hacia ella, que estaba hecha de gestos de cariño.

—No es el momento.

—Nunca es el momento.

—Siempre existe el momento apropiado —dijo el padre.

—Chorradas. Los sentimientos son impulsos. Si el instante pasa, se va y deja de existir. O se pudre dentro, que es peor.

—¿Qué quieres?

—No has rehecho tu vida.

—No.

Su padre se sentó en el banco más apartado del jardín, Laura permaneció de pie. Era una posición simbólica de fuerza, le daba a entender que no iba a ceder, esta vez no hablarían de la comida, la casa, el último viaje o la espléndida cosecha de tomates.

—Mamá tenía unas cartas —dijo ella—. Las escondía debajo del armario.

—Lo sé.

La respuesta pilló a Laura desprevenida.

—¿Lo sabías?

—Sí.

—Eran cartas de amor.

Por primera vez su padre se mostraba interesado.

—¿Las has leído?

—Sí. Me las dio antes de morir.

—Entonces bien está —respondió de manera escueta.

—¿Sabes quién se las envió?

—Un novio que murió de manera repentina, de cáncer.

—Me gustaría que me contases cosas de mamá. Sé muy poco de su juventud.

—¿Y por qué no se lo preguntaste a ella cuando estaba viva? ¿Por qué no trataste de entenderla? ¿A qué vienen esas ganas de juzgarme? ¿Con qué derecho?

Su padre se levantó del banco diciendo que ya era hora de marcharse. Cogió las llaves y, dándole la espalda, dijo:

—Y no estabas en lo cierto: sí que se oían las olas dentro de la escafandra. Ya tienes algo de lo que reírte.

35

Al salir, el cielo estaba todavía lleno de estrellas. Brillaban frías y muertas, una luna pálida de final de verano se alzaba en el cielo transparente del amanecer. Los árboles y las casas parecían hechos de una materia blanda y viscosa, lo mismo que el agua que sonaba en la oscuridad y hacía crujir la hierba sobre las piedras. En las ramas de un árbol iluminado por la luna se puso a cantar un pájaro madrugador al que contestaron las demás aves.

Thomas se dirigió al establo y dejó que salieran las cuatro ovejas de su padre. Pensó que sería una buena idea comprar panecillos y bollos recién hechos para desayunar. Su sencillo jersey de lana no le abrigaba lo suficiente para el frío de la mañana. El vaho que escapaba de su boca parecía niebla invernal. Una extraña quietud le recorrió el cuerpo. Allí, en soledad, intentó reprimir un escalofrío mientras contemplaba los campos tranquilos; se sintió en paz por primera vez desde la muerte de su amigo.

Había vivido su entierro como un invitado que no conocía a nadie, extraño incluso para el muerto. Su distancia durante la ceremonia le parecía ahora vergonzosa. Existía algo frío en él que no le permitía vivir ni mostrar con intensidad sus emociones. Cuando le dio el pésame a Catherine, ella le respondió con frialdad. ¿Le culpaba de su muerte? ¿O era él quien la culpaba a ella? Si era así, poco le importaba. George ya no estaba. Flanqueando a Catherine se encontraban los padres de George. La madre le abrazó con fuerza. Se la veía agotada; la ceremonia era el final de todo: Catherine se mudaba a su pueblo natal, abandonaba Washington.

Thomas se sacudió el recuerdo. Abrió despacio la puerta de la casa, tomó el abrigo y el paraguas del zaguán, luego se dirigió al pueblo con paso ágil.

La calle de la plaza estaba desierta; las casas parecían vacías. Oyó el crujido provocado por el viento al raspar con su lengua los muros.

Olía a otoño.

A medida que el sol salía por el horizonte de un verde oscuro, el graznido ronco de los pájaros se hizo cada vez más agudo. Las nubes de niebla que el viento levantaba desde los prados transportaban el olor del cambio de estación.

Thomas pensó que tal vez el recuerdo de su infancia no era una imagen, ni un sonido, sino un olor.

Entró en la panadería. El aroma del pan recién hecho le llenó de emoción. No sabía por qué, pero desde que había llegado a Kilconnell se sentía diferente, y esa diferencia le gustaba.

Saludó en gaélico al panadero. De niños habían sido amigos, el hijo había sucedido al padre.

Aunque Thomas le sacaba una cabeza, el otro salió tras el mostrador y le abrazó con fuerza, levantándolo por los aires.

—No me puedo creer que estés otra vez por aquí. Espero que sea por un tiempo.

—Solo un par de semanas, hasta que empiecen las clases.

—Ya me he enterado de que tienes una hija. Parece que has sentado la cabeza.

—Eso parece.

—Ven esta noche al Broderick's. Echaremos una partida de dardos y nos tomaremos unas cervezas.

Volvieron a abrazarse. Thomas le dio unas palmadas en la espalda que levantaron una nube de harina.

Los días pasaban con rapidez. El duro trabajo físico le sentaba de maravilla: se ocupaba de la leña y de sacar a pastar a las ovejas, arregló la cerca, pintó las ventanas... Notaba los músculos doloridos, le recordaban que estaba vivo; por la noche caía encima de la cama como un árbol recién talado. Se levantaba temprano, descansado, con noches sin sueños.

Allí su hija tenía vida propia. Adoraba a su abuelo, y esa emoción se traducía en un abandono, un alejamiento, una pérdida hacia él. Abuelo y nieta se hicieron uno. Por la mañana, mientras desayunaban, elaboraban detenidamente el plan del día, según el tiempo y las ganas.

Thomas comenzó a dar largas caminatas en las que apenas llevaba consigo agua y algo de comida en una mochila. A su padre parecía no importarle; es más, fomentaba esa huida o ese encuentro hacia el que parecía dirigirse.

Retrocedió a su juventud, a sus años en Irlanda, cuando el mundo estaba por vivir y nada sabía, cuando nada había conquistado.

En una de esas estaba cuando su madre, después de dos meses, le llamó.

—Hola, Tommy —saludó—. ¿Qué tal?

—Bien. Estoy en Irlanda con papá.

—Entonces espera, que te llamo por wasap —dijo antes de colgar.

Llovía con suavidad, y las finas gotas formaban una telaraña que dejaba sus hilos sobre los árboles, los helechos y su cuerpo. Buscó un lugar donde guarecerse, previendo que la conversación con su madre le haría estar parado. No quería enfriarse.

Aceptó la llamada al primer tono.

—Ya sabes que me caso dentro de cuatro días —dijo.

—Enhorabuena.

—¿Cómo está tu padre?

—Ha pasado un fuerte catarro, pero ya está recuperado. Tanika le hace moverse y estar activo. Tiene una energía y una paciencia infinita con su nieta —Thomas recalcó la palabra *su*.

—Me extraña. Tu padre no se ocupó de ti cuando eras pequeño.

—Lo sé, por eso se lo agradezco aún más. Siempre hay tiempo para cambiar. Lo he aprendido de ti y de él.

Thomas decidió acelerar el paso, bajar la colina y dirigirse al pub del lago Acalla. En esa época solía estar de lo más animado con la pesca de la trucha arcoíris y los amantes de la ornitología; las bandadas surcaban el cielo rumbo a España y África.

—Me gustaría saber cuándo llegáis.

—Entonces somos bienvenidos —respondió, separando la última sílaba.

—Qué tonterías dices, por supuesto que sí. Tengo muchas ganas de conocerla.

—No te puedo asegurar nada; pronto comienza el colegio y va a ser difícil sacarla de aquí, está hecha una salvaje, sin horarios ni normas.

—Pero ¿ya tienes quien te ayude en Lyon? Porque tú tienes que trabajar. ¿Cómo te las arreglas?

—Llevo nueve meses con ella. Creo que llegas un poco tarde con tu preocupación.

—Madre mía, cómo pasa el tiempo. Te paso la invitación por wasap. Es que ahora todo es muy moderno, pero me gusta: no te gastas dinero, es rápido y además no cortan árboles. Porque hay que ver, hijo, el entorno de Almería es muy seco. No me extraña que aquí se rodaran películas de vaqueros.

—Cuando vaya me enseñas —respondió en plan conciliador.

—Claro que sí, ya verás qué bien lo pasamos. Hace tanto que no te veo que igual hasta te veo más centrado.

36

—Esto es precioso —murmuró Laura frente a La Isleta del Moro.

Callejearon por el peculiar pueblo de pescadores encajado en una especie de península. A su alrededor, calas donde hacer *snorkel,* diminutas playas donde bañarse con vistas a columnas de basalto. Sus pasos se volvieron tranquilos al compás de los barquitos de pesca.

Se había sorprendido por la llamada de Thomas invitándola a la boda de su madre.

—No puedes decir que no. Te traes a Mario, seguro que ahora es menos llorón; y si no lo es me da igual, un poco de jaleo le vendrá bien a la boda.

Solo serían tres días, por lo que Laura prefirió no sacarlo de la guardería. Ya había cogido el ritmo, e incluso el último día Mario le había dicho adiós con la mano y una sonrisa. Quedaron en que Thomas se acercaría a Aigle con Lupe, que acababa de volver de México después de pasar allí un mes con su familia, y se quedaría a cargo de Mario. Tanika todavía estaba en Irlanda.

—La luz es extraordinaria —dijo Laura cerrando los ojos al sol—. No pareces sorprendido de que haya aceptado tu invitación.

—¿Debería estarlo?

Subieron hasta el cercano mirador para disfrutar de las vistas panorámicas del lugar, dominadas por el pueblo y el pico de los Frailes.

Laura contempló sus cuatro calles, las playas de arena y las otras de cantos, las casas bajas encaladas, las barquitas y los botes de pesca, las peñas volcánicas, los chiringuitos a pie de mar...

—Eres perfecto convenciéndote de que eres perfecto. A veces nos equivocamos.

—No me arrepiento, no pienso disculparme. —Su mirada se volvió oscura—. Dejaste claro que no éramos una pareja. Es injusto que me vengas ahora con esa frase. De ninguna manera pienso que sea perfecto; es más, soy un desastre natural, como el agua, que erosiona y jode cuanto encuentra a su paso sin llamar la atención. Yo destrozo de una manera elegante. Pero en este caso no tienes razón. Quise acostarme con Dolores.

Thomas cogió una piedra y la lanzó lejos.

—Tranquilo, no busco tu arrepentimiento. La vida es muy corta para perdones y olvidos.

—¿Entonces?

—Nada. Quería que lo supieras, que ni perdono ni olvido.

—Gracias, lo pondré en la hoja de cuentas pendientes.

El fuerte viento le empujó hacia ella. Dio un paso adelante intentando detener su fuerza, pero al final dejó de resistirse.

Laura se estremeció ante el súbito contacto. La pilló con la guardia baja. Quiso disimular lo que expresó su cuerpo, pero ya era tarde: Thomas lo había leído con facilidad. Se abrazaron con fuerza, con un sentimiento que iba más allá de la alegría del reencuentro.

—Siento lo de tu amigo George —dijo Laura.

—Tengo una pena tan grande que no sé cómo apagarla. Solo en Irlanda encuentro la paz. Me alegro de que estés aquí —dijo él sujetando su cara entre las manos.

—Yo también.

Los labios de Thomas se movieron suavemente, con una ternura y una habilidad que llenaron a Laura de calidez. Cerró los ojos y dejó que ese sentimiento la recorriera por completo.

Un nuevo embate de viento los golpeó, rompiendo la magia.

—Este viento me está volviendo loco. Será mejor que vayamos al restaurante, mi madre espera.

Laura no se había imaginado a la madre de Thomas de ninguna manera. La mujer que encontró era menuda, muy delgada, y llevaba el flequillo teñido de violeta. Intentó buscar algún rasgo de semejanza en Thomas, pero no lo halló.

Se dieron dos besos, a la manera española.

La terraza de La Ola, ubicada sobre el mar, ofrecía unas vistas espectaculares de la bahía y de La Isleta. Después de las presentaciones se concentraron en la carta, el mejor refugio donde acudir cuando no se sabe de qué hablar. Pidieron ensalada de tomate, boquerones fritos y arroz caldoso de pescado. Comieron en armonía, aunque la madre de Thomas fue la protagonista de la charla.

—No me puedo creer que no hayas traído a mi nieta.

—Prefirió quedarse con su abuelo. Tiene un cachorro de collie que la vuelve loca. Es su última semana de vacaciones antes de volver al colegio, y no ha habido manera de que cambiase de opinión. Aunque no tengo claro si ha sido por el perro o por papá.

—Pero has venido acompañado.

—Sí —respondió, receloso.

—Es una novedad sorprendente.

Al igual que Thomas, Laura se abstuvo de averiguar si la palabra *novedad* era buena o mala.

—Supongo que tú eres la famosa Laura.

—No sé si famosa, pero sí, me llamo Laura. Igual se refiere a otra...

—No digas tonterías. —Su tono era militar, y distaba mucho de ser agradable—. Lo único es que me hubiera gustado que mi hijo me hubiera puesto al corriente.

—Famosa ¿por qué? —preguntó por fin Thomas.

—Me hablaron de ella hace un año. Que había estado en Kilconnell, y que estaba embarazada y era tuyo. Ya sabes, chismorreos de pueblo.

—Si quieres saber algo, solo tienes que preguntar —dijo él en tono cortante.

—No me interesan las habladurías. Sé que no es tuyo porque te hiciste la vasectomía hace años.

—Exacto. Y si tenías alguna duda, con llamar se soluciona. Soy tu hijo. El único que tienes.

Laura miró a la madre, esperando una réplica que no llegó. En cambio, alzó la copa y brindaron con sangría por la boda.

—Ahora tomaremos café en Agua Amarga. Para mí es el pueblo más bonito del parque natural del cabo de Gata. Yo vivo justo en el extremo, en Mojácar.

—Me encantaría venir con Mario en Navidad, estoy enamorada de este sitio.

Nadie le respondió. Se sintió ignorada.

—¿Estas otras plantas qué son? Las hojas me suenan, pero no sé dónde las he visto —preguntó Laura en un intento de entablar una conversación.

—Se llaman adelfas. En esta zona se adaptan muy bien —explicó Thomas—. Pero seguro que no las encuentras en Suiza.

—Estaréis cansados; nos tomamos el café y vamos para mi casa. Mañana os presentaré a Paolo, que llega de Italia con su familia. No sabía si prepararos dos habitaciones o si vais a dormir juntos —comentó con un atisbo de malicia.

—Juntos —respondió Laura.

Ambos se miraron sorprendidos.

—Me parece que tenéis un problema, o cierta falta de comunicación —señaló la mujer—. No es plan para una pareja que comienza, o que igual acaba, o que nunca ha sido nada... Yo no me entero.

Después de recorrer el cabo de Gata, con las últimas fuerzas se bañaron en la piscina de la urbanización, cenaron gazpacho, jamón serrano y unas sardinas a la brasa y por fin se tumbaron en el sofá del salón con un sonido gutural de alivio. Comenzaba una película: *La flor del mal*. La pusieron en versión original con subtítulos en castellano para que Laura la entendiera mejor. «El viento de Santa Ana venía cargado con el calor del desierto y marchitaba las últimas hierbas de la primavera. Solo las adelfas prosperaban, sus delicadas flores venenosas, sus hojas verdes en forma de puñal...»

—¿De qué me suenan esas hojas? —preguntó Laura de repente.

—Son las plantas por las que has preguntado antes —dijo Thomas.

—En la novela —explicó la señora Connors—, Ingrid, Michelle Pfeiffer, se siente herida y rechazada por el último de sus amantes, un hombre vulgar que la reemplaza por otra menos hermosa, y decide vengarse.

—¿Y cómo decide vengarse? —quiso saber Laura.

—Todo el mundo sabe que la adelfa es una planta venenosa. Incluso está prohibida en los parques infantiles.

A pesar del cansancio, Laura se incorporó.

—Perdone, ¿tiene todavía el libro? —preguntó con rapidez. No tenía paciencia para ver la película entera.

La señora Connors se levantó y, después de buscar en una estantería en ambas direcciones, pasó a una segunda donde lo encontró.

—¿Sabe si en alguna otra parte del libro habla de la adelfa?

Thomas permanecía expectante, desconocía las intenciones de Laura. La señora Connors hojeó el libro.

—Espera, creo recordar... Sí, aquí. En este fragmento, que por cierto me encanta. Mira lo que cuenta la hija. —Leyó en voz alta—: «Él cambió las cerraduras de su casa. Tuvimos que usar una regla de metal para abrir una ventana. Esta vez ella puso una rama de adelfa en su leche, otra en su salsa de ostras, en su queso *cottage*. Puso una en su dentífrico. Hizo un arreglo de adelfas blancas en un jarrón en su mesa ratona, y roció pimpollos en su cama. Yo estaba desgarrada, él merecía un castigo pero mi madre había cruzado la frontera».

—¿Se puede saber qué pasa? ¿Qué me he perdido? —preguntó Thomas al final.

—A mí no me digas, es tu invitada —respondió su madre—. Yo también estoy perdida.

Laura se levantó y se situó frente a Thomas.

—Ya sé cómo murió Rosa María, la madre de Ángela. —Los nervios la atolondraban—. Se suicidó con hojas de adelfa. Cuando vi la planta dije que me sonaban sus hojas, y así era: estaban entre los cuadernos de Ángela.

—¿Estás segura?

—Sí. Tengo que comprobar sus efectos en las personas, la dosis necesaria, qué síntomas presentaba el cadáver... Hojearé mis notas, creo que las tengo en una carpeta de mi ordenador. —Laura hablaba en francés con rapidez.

—Mira, es muy tarde, estás cansada. Si te parece, mañana lo miras con más calma. Este retraso no va a tener ninguna consecuencia. Por desgracia, ya no se puede hacer nada.

—No estoy de acuerdo.

—¿Cómo dices?

—Mi dictamen fue muerte natural. Me equivoqué.

—Ya empezamos...

—¿Algún problema?

—Sí: tú.

—No me digas.

—Eres demasiado perfeccionista.

—Ya, demasiado.

—Exacto. Hablas de un hecho que sucedió en el culo del mundo, en un país que no era el tuyo, en unas condiciones de mierda para desarrollar tu trabajo... Y encima no era de tu competencia.

—No fue un hecho, fue una persona muerta. Y no existía otra autoridad más competente que yo. Así que se equivoca, señor-no-quiero-problemas, era mi obligación.

La señora Connors atendía al intercambio dialéctico en francés como si asistiera a un partido de tenis.

—Yo sí que estaba equivocada, ya veo que lo vuestro es la comunicación. Demasiada —murmuró antes de irse a su cuarto—. Señor, dame paciencia.

Laura siguió a la señora Connors.

Thomas prefirió tumbarse en el sofá y terminar de ver la dichosa película. Ya se había hecho a la idea de que dormiría en otra habitación.

En cuanto cerró la puerta del dormitorio, Laura llamó al hospital de Chablais y pidió que le pasaran con la sección de Toxicología.

Estaba enfadada consigo misma y lo pagaba con Thomas. Mientras esperaba se ayudó de una uña para quitar el esmalte rojo de su mano izquierda. No podía estar quieta. Siempre había sentido terror hacia un dictamen equivocado en su trabajo, un pequeño defecto tenía una gran consecuencia; no lo soportaba. Sabía que había sido meticulosa en el examen posterior a la muerte de Rosa María, pero en algún momento se había desentendido de ella, dando por bueno el dictamen del juez sin la menor resistencia por su parte. Cualquier muerte dudosa debía estar acompañada de una autopsia, y por mucho que las circunstancias no fueran las idóneas, ella tenía derecho a que se le atendiera en la muerte, se dijo. Pensó que algo se le había pasado por alto, era de noche, había poca visibilidad, hacía frío... El hecho de que se moviera el cadáver antes de que ella llegara fue una verdadera mala suerte. Sintió que el enfado iba dirigido a Thomas. Lo reprimió: no estaba siendo justa, ella era la profesional aquella noche, ella tenía que haber dado ejemplo y no lo hizo.

—Pierre al habla.

—Buenas noches, Pierre, soy la doctora Terraux. Me gustaría hacerle unas preguntas sobre los efectos tóxicos de la adelfa.

—¿Tiene alguna sospecha en concreto?

—Sí. Mujer, raza blanca, unos cuarenta y cinco años, vista con buena salud unas horas antes, hallada muerta poco tiempo después, difícil calcular la hora de la muerte, temperatura exterior de diez grados bajo cero. El juez no estimó oportuno realizar la autopsia. Diagnóstico: muerte natural.

—¿Y usted sospecha que podría tratarse de un caso de asesinato?

—No. Suicidio.

—¿La conocía?

—No mucho.

—¿Estuvo con ella ese día?

—Sí. En ausencia de la Policía, inspeccioné y manipulé el cuerpo por si se tratase de un caso penal y lo preservé a la espera de que acudieran las autoridades para realizar la posterior necropsia.

—¿Fue durante su estancia en Perú?

Laura se sorprendió de que en un hospital tan grande las noticias corriesen tan deprisa.

—Sí.

—¿Recuerda si bebió algo? Y si lo recuerda, ¿qué fue?

—Cuando la conocí, tenía en la mesa una infusión. Yo tomé lo mismo, era de coca y regaliz.

—Bien. Se pueden incrementar los efectos tóxicos de la adelfa en el corazón si se usa con sustancias que bajen los niveles de potasio, como el regaliz.

—Entiendo... Pero ¿cómo funciona?

—La adelfa común contiene una toxina similar a la estricnina y una sustancia glicósida que pueden causar que el corazón palpite más rápido, de forma anormal, o que deje de latir. La adelfa común se ha usado como veneno para las ratas y es tóxico para los mamíferos, incluidos los seres humanos.

—Estoy en la costa española y no hago más que ver adelfas. ¿Qué dosis es necesaria para provocar la muerte?

—Existen casos de ovejas que han muerto después de comer una porción tan pequeña como dos o tres hojas de *Nerium oleander*. Para que se haga una idea, los niños pueden morir después de consumir una hoja.

—¿Y cuáles son sus efectos a simple vista?

—El consumo de las hojas, las flores o la corteza puede causar náuseas, vómitos, calambres, retortijones estomacales, dolor, fatiga, mareo, inestabilidad, diarrea con sangre, ritmo cardíaco anormal, convulsiones, lesiones hepáticas o renales o inconsciencia. La muerte puede ocurrir en el lapso de un día. Los efectos secundarios más claros son el enrojecimiento de los labios, las encías y la lengua, respiración rápida, sudoración, confusión, disturbios visuales y contracción de la pupila.

—Puede que cayera inconsciente y que el frío de la noche hiciera el resto.

—Es una posibilidad muy probable.

—¿Y qué debería hacer para saber si la muerte se produjo debido a la ingesta de hojas de adelfa?

Su interlocutor resopló.

—Eso es francamente difícil. Se han dado casos con sospechas fundadas de asesinato por envenenamiento y no ha sido posible obtener pruebas dignas de mención.

—No busco pruebas que se puedan sostener en un juicio. Solo quiero saber.

—Saber..., bonita palabra. En ese caso, doctora Terraux, lo va a tener complicado; falta un sistema o método para poder obtener resultados cuantitativos de la sustancia que hace tóxica la adelfa. Quizá pruebas de sangre anormales, incluidas pruebas hepáticas y de funcionamiento renal: potasio, bilirrubina, creatinina y urea en la sangre. Lamento no poder ayudarla. A veces, la palabra *saber* nos viene demasiado grande.

—Le agradezco su ayuda.

—No sé... Si me diera alguna pista... Porque entiendo que usted quiere una confirmación personal, que no hay ningún familiar que haya solicitado una autopsia para esclarecer lo sucedido.

—Entiende bien.

—¿Hay algo que le llamara la atención cuando inspeccionó el cadáver?

—Nada. No tenía rastros de vómito, quizá las encías algo hinchadas, no sé...

—Eso no es indicativo de...

—Espere: su ropa interior desprendía un olor dulce. Recuerdo que me sorprendió y que lo dejé anotado.

—Bien, doctora. Acaba de describirme uno de los efectos de la muerte por ingesta de adelfa.

Antes de la ceremonia supo que su madre estaba contrariada. Reconoció la media cara contraída a lo Popeye el marino, con ese gesto de enhebrar una aguja.

—Las campanas no han tocado. Di un dinero para ello. Haz algo.

Esa manera de mandar dominando, exigiendo, le cansaba. ¿Dónde quedaba el *perdona, por favor, gracias?*

Ignoró su orden y permaneció a su lado. Su madre le agarró del brazo antes de entrar en la iglesia con el campanario mudo. Reprimiendo su ira, con la mano libre sujetaba el ramo con tal fuerza que estranguló una rosa y esta cayó al suelo. La pisó sin miramientos.

A Thomas la boda le resultaba indiferente.

Se empeñó en extraer un momento de ternura recordando instantes del pasado. Era la boda de su madre, debía centrarse, emocionarse, ser un buen hijo, cualquier cosa le bastaba; lo intentó con un recuerdo que solía funcionar: sus cómics amontonados debajo de la cama, el olor a humedad al pasar las hojas, tenía una gran colección gracias al dinero que le daba su madre después de la misa dominical, el resorte de la melancolía saltaba fácilmente con ese recuerdo asociado a su niñez igual que una trampa para ratones. Nada. Probó con el ruido de las sábanas azotadas por el fuerte viento de Connemara, o el olor a leña y su madre entre los fogones.

Nada.

No sintió nada.

El futuro marido tampoco ayudaba. De pelo blanco, largo, a lo director de orquesta o *heavy* caduco, se empeñó en llamarle hijo y darle cachetes en la cara. Thomas no hablaba español ni italiano, Paolo no hablaba francés ni inglés; intercambiaron algún gesto residual, poca cosa, su comunicación fue tan fluida como un barco de remos sobre el Ártico.

Algo se había terminado.

Su madre ya no era su madre. O él ya no era él.

Quiso marcharse. Volver a Irlanda con su padre y su hija, aquellos tiempos pretéritos seguían siendo suyos.

Lo siento, mamá, pensó. Que seas feliz.

Laura llamó a Dolores antes del baile. Se veía en la necesidad de comunicarle la posible causa de la muerte de la madre de

Ángela; por muy duro que pudiera resultar, ella siempre era partidaria de la verdad.

—Siento oír que fue un suicidio. —Dolores se detuvo un instante, el tiempo justo antes de decir—: Hace un mes que no sé nada de Ángela.

—¿Qué quieres decir con que no sabes nada?

—Me llamó al llegar a Madrid, esa fue la primera y última vez. Ahí se terminó la comunicación.

—¿Has intentado ponerte en contacto con ella?

—Varias veces al día.

—¿Y?

—Nada. Siempre obtengo la misma respuesta: silencio.

—¿Te contó sus planes?

—No. Me dijo que cuanto menos supiera mejor. Solo sé que buscaba a su hijo.

—Da la casualidad de que yo estoy en España... No sé, igual puedo pedir ayuda, buscarla de alguna manera.

Se oyó un suspiro.

—Por favor, Laura, hazlo. Yo ya no sé qué pensar, solo lo peor.

—Tranquila, en cuanto sepa algo te llamo.

—Por cierto, me voy de Perú. Ayer clausuraron la clínica y el hotel no tiene razón de ser sin ella.

—¿Puedo saber qué pasó?

—Alguien filtró a la prensa los documentos de compraventa de órganos. La presión popular hizo que el Gobierno tomara medidas.

—Ya me imagino quién... Pero te pueden acusar, tú eras la intermediaria y te llevabas una comisión de cada cliente.

—Eso me favorece, no pensarán que he sido yo. Me preocupa más la mafia que la Policía. No creo que la Policía tire tanto del hilo como para llegar hasta mí, pero por si acaso me voy a México. Me he comprado una cabaña en Tulum. La arena de la playa llega hasta la puerta.

—¿Y Ángela? ¿Cómo te encontrará?

—Si quiere, lo hará. Le he dejado pistas de localización por GPS, los nuevos mapas del tesoro.

—¿Por qué te acostaste con Thomas? —preguntó Laura de sopetón.

La línea quedó en silencio unos segundos.

—No sabía si era de los que traen problemas o soluciones —contestó por fin—. Pensé que mejor no arriesgarme. Enseguida descubrí que no era una amenaza. Fue solo sexo.

—Vaya mierda, años de lucha por los derechos de las mujeres y tú optas por el camino fácil, o difícil. Cualquiera sabe.

—No sé funcionar de otra manera —dijo Dolores a modo de disculpa—. Ese mundo del que me hablas donde las mujeres tienen derechos, donde no existe la obligación de practicar sexo para salir adelante, me es desconocido. Si has sido conseguidora gracias a tu cuerpo, es complicado que tu cerebro te dé más opciones que una acción mecánica programada tiempo atrás. Tendré que desaprender.

—Eso espero —deseó Laura, tajante.

—¿Te acuerdas de Jon, el músico? —preguntó Dolores de repente, justo antes de que la otra diera la conversación por concluida.

—Sí. Era uno de tus clientes.

—También me preguntó por Ángela.

—¿Te comentó por qué?

—Quería encontrarla. Me dijo que estaba en deuda con ella.

—Y tanto: lleva su riñón. ¿Qué le respondiste?

—La verdad. Que se había marchado a España en busca de su hijo.

—¿Y...?

—Se marchó a toda prisa. Antes de montar en un taxi me gritó que iba en su busca.

Lo que faltaba, pensó Laura antes de colgar.

—Conozco a alguien en Madrid. Es un buen tipo. Trabaja en el Centro de Inteligencia y Análisis de Riesgos, en la UCRIF central. Hemos compartido alguna charla. Os pondré en contacto —comentó Thomas antes de coger una loncha de jamón.

Laura respiró aliviada.

—Gracias.

—Me encantaría acompañarte, pero tengo que ir a Lyon.

—Claro, el trabajo.

—Lo dices como si no fuera importante.

—Perdona, no quería dar ese tono.

—Pero lo has hecho.

Laura se reprendió. Debía aprender que a veces las máscaras eran necesarias en las relaciones personales. Intentó componer la mejor de sus sonrisas, procurando ocultar su decepción. En el fondo, no se le ocurría nada más importante que tratar de encontrar a Ángela. Se esforzó por comprender la indiferencia de Thomas.

—Es que me da pena que te vayas. Me hubiera gustado estar contigo en Madrid.

—Otra vez será.

—Claro.

37

Álvaro Prieto la saludó desde su metro noventa de estatura. Barba de varios días, pelo negro al igual que los ojos. Le tendió la mano con energía, invadiendo su espacio vital; casi le roza la tela del vestido.

Se encontraron en la Plaza Mayor, a pocos pasos de su domicilio.

—Siento que nos reunamos aquí, pero con tan poco tiempo me era imposible hacerlo en otro momento.

—Perdona que te haya abordado con tanta urgencia.

—Bueno, hace un día precioso, cantan los pajaritos y me voy a tomar un Ribera del Duero. No me parece un plan tan malo.

Laura no pudo evitar sonreír. Le caía bien.

—Entonces yo pediré lo mismo.

—Haces bien.

—¿Y esa camiseta?

Álvaro le señaló el escudo de su camiseta de fútbol.

—Es mi equipo del alma: el Atlético de Madrid. Hoy tengo partido.

Laura sonrió ante la camiseta de rayas verticales blancas y rojas.

—Yo paso del fútbol —dijo.

—Ahora haces mal. Te pierdes disfrutar de un deporte único, con tu bocadillo, el ambiente, la rivalidad sana; abuelos, madres, niños, padres... Es una fiesta.

—No te esfuerces.

Mientras esperaban a que trajeran el vino, Laura le preguntó por su trabajo.

—Es una jefatura de servicio. Coordino todas las actividades que llevan a cabo la brigada central de trata y la de documentos falsos.

—¿Hace mucho que eres policía?

—Veinticinco años en la Policía, veinte en Extranjería, siempre en tareas operativas. Bien, Laura, dime qué necesitas.

—¿Cómo buscas a alguien que llega con pasaporte falso?

—¿Edad?

—Treinta y uno.

—¿Ha contactado con alguien?

—Sí, hace un mes.

—¿Cómo se puso en contacto?

—Por teléfono.

—¿Un teléfono español?

—No lo sé, pero tengo el número.

—¿Cómo llegó?

—Por avión.

—¿Desde dónde?

—Desde Lima.

—¿Vuelo directo?

—Supongo..., no sé.

—Bien, de memoria creo que solo hay tres compañías aéreas que vuelan hasta Madrid. Se puede contactar con cada una de ellas para saber la fecha y la hora exacta a la que entró en España. Habrá una ficha de Extranjería guardada en Inmigración.

Su tono había cambiado. De repente estaba serio, concentrado; era como darle al *play* y que el disco comenzara a sonar. Trajeron el vino. Por primera vez Laura apoyó la espalda en la silla y disfrutó del sol. Estaba segura de que con su ayuda la encontraría.

—Habrá que ir al juzgado y solicitar datos de las antenas de repetición, hacer un seguimiento del teléfono. ¿Sabemos si sigue vivo el aparato?

—No ha vuelto a comunicarse.

El inspector tomó un sorbo de su copa y continuó:

—¿Cuál es la razón de que la busques?

Laura se frotó las manos antes de contarle la historia de Ángela desde el principio. Supuso que era importante.

—Todo comenzó con el secuestro del amigo de Thomas.

Álvaro Prieto asintió. Conocía el caso.

—No pidieron dinero, querían a una tal Dolores Menchero Santina. La única pista que teníamos nos llevó hasta el pueblo de La Rinconada, en Perú. Allí conocimos a la madre de Ángela, Rosa María Orellana Lora, que buscaba a su hija desde que la raptaron cuando esta tenía quince años. Parece ser que el trabajo fue orquestado por Carlos Vera, Don, patriarca del clan Vera-Molina y dueño de la whiskería Los Caramelos, el lugar donde Ángela María estuvo secuestrada durante unos años. Se quedó embarazada de Pablo Vera, hijo del dueño, y una vez que dio a luz se le arrebató al niño. —Laura omitió el asesinato de Pablo; sabía que no estaba bien, pero aun así pasó de largo—. Años después Ángela María se escapó y llegó a La Rinconada, donde conoció a Dolores. En 2013 hay una gran redada coordinada por Interpol y ambas huyen y se separan. Interpol toma los datos a Dolores Menchero Santina. Pasa el tiempo, y un día Dolores recibe la llamada de Ángela desde una cárcel de Brasil. Consigue sacarla de allí y la lleva con ella a un hotel que regenta cerca de Madre de Dios.

—¿Por qué la meten presa?

—Por tráfico de drogas.

—Okei, ya era mayor para la prostitución.

—Ángela está buscando a su hijo, pero no tiene manera de viajar ya que no dispone de documentos. Es entonces cuando Dolores le proporciona los suyos. A partir de ahí, Ángela será Dolores.

—¿Y Dolores?

—Dolores se hace llamar Angie y consigue documentación falsa. Le sobran recursos y padrinos para desenvolverse.

—De acuerdo, perdona por la interrupción. Continúa, por favor.

—Volvemos a saber de Dolores Menchero en la República Dominicana. Está en un hospital con una herida en un costado.

—Entiendo que, a partir de ahora, siempre que hablemos de Dolores en realidad se trata de Ángela.
—Exacto.
—¿Y qué hacía en la República Dominicana?
—Intentaba llegar a un acuerdo y comprar su libertad y la de su hijo.
—¿Con qué dinero? ¿Drogas?
Laura negó con la cabeza.
—Ángela tiene una herida abierta fruto de la extracción de un riñón. Lo vendió a cambio de una importante suma de dinero. Dolores hizo las gestiones; el hotel que regentaba era parte de la clínica donde se realizaban las extracciones ilegales. No sé si me sigues, es que puede ser un poco lioso...
—Tranquila, no es tan complicado: Dolores tiene contactos y se puede permitir el lujo de dar, vender o alquilar su identidad a Ángela. Supongo que con el dinero del riñón llega a Madrid.
—Y es entonces cuando se le pierde la pista.
—¿Ha podido ponerse en contacto con su madre, o con algún familiar próximo?
Laura negó con la cabeza. De repente todo le parecía triste.
—Su madre murió mientras la buscaba. Ángela escribió unos diarios que me han servido para reconstruir la historia.
Álvaro lo había visto claro desde el principio. La doctora quería involucrarle personalmente, que hiciera suya la búsqueda. Lo que Laura desconocía era que se trataba de una historia vieja, muchas veces repetida.
—¿Crees que pudo entrar con otro pasaporte?
—Estoy segura de que no. Entró con el de Dolores Menchero Santina.
—Aunque haya accedido al país de forma fraudulenta, tenemos unos datos con los que buscar. A fecha de hoy debemos partir de que tiene esa documentación y la utiliza. Lo primero que haría sería ir a pensiones, hoteles, hospitales. Habrá que buscar si ha alquilado un piso o un coche. ¿Alguna otra marca aparte de la cicatriz del costado?

—Tiene una marca de nacimiento en forma de flor acampanada en el antebrazo izquierdo. La llamaban la Cantuta porque se parece a la flor nacional de Perú.
—De acuerdo.
—Tengo su foto en papel. Varias copias.
—Preguntaremos a las lumis si la conocen.
Laura le miró interrogante.
—A ver, lumi viene de luminosa, de color. No es nada despectivo.
—¿No las llamas putas o prostitutas?
—Por mi trabajo, difícilmente me refiero a ellas de esa manera. De una forma u otra, las veo como víctimas de explotación sexual.
—Pero algunas ejercerán libremente.
—Algunas. Pero no sé hasta qué punto eso es libertad. Si escarbas un poco, siempre encuentras un maltrato, un abuso, falta de dinero o educación, procedencia de familias desestructuradas... No creo que alguien quiera hacer la calle como algo elegido con libertad.
—Tienes razón.
—Bien, investigaré a la familia del Don; supongo que donde esté el hijo estará la madre. También buscaré en la base de la Secretaría de Estado si está fichada, identificada en un lugar de riesgo. Voy a filtrar los datos que tenemos y te digo algo. Y ahora me voy. ¡Llego tarde!
Se levantó con prontitud y atravesó la plaza corriendo. La mesa se movió y una ola de vino saltó de la copa.

38

Thomas llegó a París con el tiempo justo para cambiarse de camisa y asistir a la reunión. La oficina nacional de Interpol en Francia estaba situada en la sede central de la Policía Judicial. Era una especie de canal europeo de cooperación policial con Europol y Schengen. Alrededor de setenta y cinco personas entre policías, gendarmes y aduaneros trabajaban en esas oficinas.

Allí se encontraba el secretario de Estado de Deportes de Francia, Thierry Braillard, que recibía información sobre iniciativas para ayudar a la Policía a combatir el dopaje en el deporte y proteger los principales eventos deportivos, un esfuerzo conjunto de Interpol con la Agencia Mundial Antidopaje...

Thomas se aburría. Había conocido ese mundo de cerca, el dopaje de Estado que practicaban países como Rusia, China, Kenia o Jamaica y que otros encubrían con mayor fortuna. Pensó que era un asunto indecente que rozaba la estafa: los dopados quitaban a los deportistas limpios las becas, los patrocinadores y la gloria. Miró la hora, llevaban tres horas de reunión. Sugirió un descanso.

Se acercó a una ventana y observó la vida a través de ella. Imaginó que cada persona tenía un deseo, una tragedia, un recuerdo inolvidable; le hubiera gustado bajar y preguntar cuáles eran sus historias. Luego se giró y se obligó a volver con disgusto a la realidad; de pronto le resultaba imposible seguir allí. Se aflojó la corbata y se desabotonó el cuello de la camisa. Un par de compañeros se acercaron para expresarle sus condolencias por la muerte de George. Thomas les dio las gracias y en un movimiento de urgencia se disculpó, no se encontraba bien, necesitaba salir a la calle.

La tarde en París siempre tenía un gusto a gato romántico encaramado a una farola. Las sombras se estiraban en zigzag sobre las hojas secas a la orilla del Sena.

Sintió frío; se abrochó la americana y, a buen paso, se dirigió al Grand Palais, en la esquina de la avenida Franklin Delano Roosevelt con Cours la Reine. Solo cuando se halló ante la escultura de mármol de Alphonse de Moncel se relajó. Bajó un tramo de escaleras de color marfil y allí estaba: el silencio. Su refugio en París era el Jardin de la Nouvelle-France, situado debajo del nivel de la calle, una joya alejada del tráfico.

Tomó un sendero rodeado de árboles de hoja perenne, limoneros y bordes de flores moradas que resbalaban por las paredes de piedra del jardín salvaje.

Thomas lo llamaba el jardín invisible. Se sentó debajo de un sauce llorón centenario que daba sombra a un estanque cuya cascada tapaba el ruido de las calles de arriba. El estanque, alimentado por el Sena, era oscuro, del color que elegiría un pintor romántico; no costaba nada imaginarse la espada Excálibur emergiendo a la superficie.

Algo le estaba ocurriendo. Entre otras cosas, había vivido la mitad de una vida, y en algún lugar del camino había perdido su gusto. Aunque lo que en realidad sucedía era que el paso del tiempo le había quitado la capacidad para disfrutar de las cosas. No le parecía que su vida fuera tan agradable como cuando era niño; en aquel entonces casi todo le sorprendía, había cosas nuevas por descubrir, lugares que conquistar. Se vio cómodamente instalado en esa vida suya que él tenía por casi perfecta.

Observó la carpa que se movía lentamente, indiferente a sus pensamientos. Le horrorizó pensar que los mejores años de su vida habían pasado. Ya no había primeras veces, solo repeticiones de una misma historia. Cerró los ojos y oyó el rumor de los árboles de hoja perenne, de los arces, los bambúes, las lilas, la hiedra. Deseó que algo grande creciera en su interior, una emoción sincera que le dijera que no estaba en lo cierto, que todavía quedaban cosas extraordinarias por vivir, pero ese día la mentira no estaba de su parte y a ese lado solo encontró silencio.

Tenía una hija, una pregunta al futuro; un padre, una respuesta del pasado. Y él, ¿qué era él? Lo desconocía. ¿Qué necesitaba para ser feliz? ¿Amor, deseo?

Durante un tiempo había intentado retener el olor de su saliva en la piel de Maire, su gran amor, el tacto de su lengua entre los dientes de Claire, su amante preferida, o el sabor de la carne de Angie, o Dolores, o como diablos se quisiera llamar. Empresa inútil: al igual que los otros recuerdos, también estos habían desaparecido.

Adivinó unos limoneros y un naranjo tras un arbusto cuyas flores caídas flotaban en el agua; la cola de una nutria las barrió a su paso.

Pero guardaba un secreto, una bala en la recámara, una llave maestra, una salida de emergencia, y ese secreto se llamaba Laura. Tenía miedo de apostar, miedo de engancharse, de no ser correspondido, miedo del todo o nada, porque a veces quería todo y a veces quería nada. Ella era absoluta en su manera de vivir, y él no estaba seguro de poder seguirla. ¿Y si se quedaba atrás? ¿Y si no podía olvidarla? ¿Dónde se quedaría?

39

Laura caminaba por una avenida grande. Miró en el móvil dónde estaba: Gran Vía. Se vio rodeada por el ruido del tráfico, las luces de neón y el constante hormigueo de gente. Recordó la frase de Paul McCartney: ¿toda esa gente de dónde sale?, ¿toda esa gente adónde va? La invadió un estallido de colores y sensaciones, de escaparates; se vio atraída por la elegancia de los edificios que la flanqueaban y la gente: tribus urbanas de todo tipo que recorrían las aceras en un marco sin igual, casi de ficción, más parecido a un enorme decorado.

Sin dejar de sonreír, se encaminó con la ayuda del móvil hacia la calle Montera, famosa por el trasiego de prostitutas a pesar de que había una comisaría allí mismo. Sorteó terrazas repletas de gente, niños con abuelos, familias enteras, extranjeros móvil en mano, músicos casi en cada esquina o tramo de calle. Pero antes de llegar a la calle oyó un estruendo de gente que gritaba y se desvió a una plaza, la Puerta del Sol. Una gran manifestación contra la violencia machista la colapsaba. Se dejó llevar por el entorno y comenzó a gritar al unísono el lema principal. No quiso abandonar la plaza hasta que la multitud comenzó a dispersarse. Recibió abrazos, y a su vez los dio entre el sonido de los aplausos.

Llena de energía llegó a su destino, una calle peatonal repleta de todo tipo de gente. A su lado pasaron unas chicas vestidas de brujas con unos cuernos pintados de purpurina roja; su risa era contagiosa y los turistas las miraban con simpatía. Pero su sorpresa fue mayúscula cuando se fijó en que en ambas orillas de la calle, como barcas varadas en un río, estaban las prostitutas.

Se detuvo frente a una placa conmemorativa que recordaba a diez bomberos que murieron en un incendio en el año 1987.

Una mujer que por sus rasgos parecía de algún país del Este apoyaba la cabeza en la pared.

—Hola —saludó Laura, y le enseñó una foto de Ángela—. ¿La conoces?

—No. Tengo sed, ¿me invitas a una coca-cola?

—Claro —respondió de manera automática.

Se sentaron en una de las numerosas terrazas. Laura desvió la mirada del pronunciado escote que mostraba.

—¿Quieres probarlas? Tuyas por veinte euros.

—No, gracias. Perdona, es que me resulta extraño estar con una mujer que vende su cuerpo.

—No te preocupes, yo me lo tomo como si estuviera vendiendo un vestido. Otra cosa es cómo lo sienta el cliente.

—Estoy segura de que no se lo toma así. Creo que decide someterte y tratarte como un objeto, con dinero adquiere el derecho de comprarte.

—De comprar no: de alquilar, que no es lo mismo. Yo soy una trabajadora sexual. A otras las han marcado con un código de barras en el que constaba su deuda con la red y les han rasurado el pelo y las cejas.

—¿Aquí?

—No. Esas redes andaban por el polígono Marconi. También alquilaban tonas donde se realizaban los servicios.

—¿Qué son tonas?

—Pisos. Y nosotras somos maletas, bultos o bicicletas.

Laura tuvo cuidado de no caer en el mismo error que con Elsa, la prostituta de La Rinconada. Era fácil hacer de madre y tratar de salvarla. Lo que dijo a continuación la mujer le dio la razón.

—Yo soy responsable de mis actos, soy mayor de edad y tengo la libertad para hacer lo que me dé la gana. Yo quiero que esto se legalice, pagar mis impuestos y tener mis derechos.

—¿Y crees que si es legal podrás pedir un préstamo en el banco?

—¿Por qué no? —preguntó, inocente.

—No sé... Les dirás que eres trabajadora sexual y que eres autónoma. Pero me imagino que es un trabajo —la palabra le raspó la garganta— que dura poco; funcionará mientras seas joven, y no creo que tengas los mismos ingresos todos los meses...

—Lo mismo que ser actriz, no te jode...

Laura levantó una mano pidiendo paz y disculpas.

—Ahora llevo tres meses. Estas son mis vacaciones en España. Ida y vuelta, ida y vuelta... Necesito volver a mi país para sacar la visa. Lo hago de manera continua.

—¿Y te merece la pena?

—¡Claro! Soy mi propia jefa. Y gano mucho dinero.

A Laura le resultaba difícil aceptar que la elección de ser penetrada por hombres para sobrevivir económicamente fuera una elección.

Solo podía quedarse un día más, y la intranquilidad comenzaba a superarla. Enseñó la fotografía de Ángela sin éxito, hasta que los chulos de un grupo de rumanas comenzaron a mirarla mal. Decidió marcharse al hotel. Se puso ropa cómoda y esperó la llamada del policía.

Se sintió sola. Deseó que Thomas estuviera con ella.

Sobre las diez de la noche recibió la llamada que esperaba.

—¿Has cenado? —preguntó el inspector.

—Sí. Me he tomado un par de tapas con un vino.

—¿Cuándo?

—Sobre las siete.

—Me lo imaginaba. A eso en España lo llamamos merendar.

Laura soltó una carcajada.

—Te recojo y nos vamos al restaurante de un amigo mío.

Dentro del barrio de Chueca estaba el Boho.

Los colores vivos se mezclaban con el blanco de las paredes. El restaurante se abría en diferentes espacios: algunos íntimos para parejas, otros divertidos con columpios en lugar de sillas, incluso había una mesa redonda para ocho comensales en cuyo centro ardía una hoguera que emulaba un fuego en la playa e invitaba a soñar con el mar. Cojines de colores sobre bancos grises, vasos de color azul turquesa, lámparas de inspiración marroquí, plantas trepadoras...

—Es precioso —murmuró Laura.

Se sentaron a una mesa discreta cuya pared estaba decorada con mariposas.

—No he encontrado ni una sola pista sobre Ángela —dijo Laura.

—Ni la encontrarás.

Laura bajó la carta y le miró de manera enigmática.

—Pedimos y te cuento. ¿Hay algo que no te guste, o a lo que seas alérgica?

—No me gustan los callos. Y me han encantado los calamares a la romana. No quiero nada transgresor.

—Pediré tortilla de patata rellena de gambas al ajillo y mermelada de pimientos.

Laura asintió con una sonrisa.

—¿Qué has averiguado?

Álvaro partió un pedazo de pan y se lo metió en la boca.

—No he tenido mucho tiempo, lo justo antes del partido de fútbol. Que, por cierto, hemos empatado —añadió con una mueca de disgusto.

Sacó su iPhone para consultar unas notas.

—La historia del Don comienza en los años ochenta, en Argentina, y podría ser la de cualquier mafioso con negocios en la droga, el juego y la prostitución. Líder de la banda de Los Dedos, se impuso a la banda rival, Los Meta, por el control del barrio de La Boca. El Don ya tenía antecedentes con la justicia. Estuvo cuatro años preso, acusado de intento de homicidio junto con uno de sus hermanos. Así nos hemos enterado de que el Don trabajó primero en el mercado como estraperlista, hasta que se hizo con una flota importante de furgonetas que servían para camuflar los envíos de drogas. Se asoció con el jefe de los colombianos, Berto Conde, alias el Tanque, apodo que le puso su padre por su aspecto macizo. Se decía de él que para matar a alguien en un radio de cincuenta kilómetros antes había que pedirle permiso.

Les pusieron un platito de oreja a la plancha para picar.

—Solo prueba. —Le animó el inspector ante la mueca de disgusto de Laura.

Ella pinchó con el tenedor y lo introdujo en la boca. Estaba rica.

—Me gusta la oreja. —Los dos sonrieron a la vez.

Laura le pidió que continuara con el resultado de la investigación sobre la familia Vera.

—Su progresión fue meteórica. Reclutó a policías a tiempo parcial como responsables de la seguridad de sus negocios y compró a jueces y magistrados. La flota de furgonetas del Don estaba al servicio del poder político y además funcionaba como una enorme tela de araña; a la mínima vibración, el Don se enteraba. No tardó en hacerse con el poder en los barrios de Barracas, Nueva Pompeya, San Telmo, Constitución, Parque Patricios y San Nicolás. En 1988, el club de fútbol Atlético de San Cosme se encontraba al borde de la desaparición. Los acreedores eran numerosos y había descendido a la categoría regional. Los jugadores llevaban las camisetas remendadas y, por no tener, no tenían ni agua caliente para ducharse.

—¿También se metió en el fútbol?

Álvaro asintió.

—Cuenta un periodista que la comisión directiva estaba reunida cuando se presentó el Don con un traje de Hugo Boss y un cheque en blanco. Se erigió como el salvador y benefactor del club. Lo primero que exigió fue que lo nombraran presidente; su mujer, Alejandra Molina, pasaría a ser administradora con plenos poderes, y Pablo, vicepresidente y encargado de seguridad. Al mismo tiempo creó una empresa y le puso de nombre CEO, que venía de las iniciales de las palabras en inglés *Chief Executive Officer*. Parece ser que las vio escritas en un anuncio publicitario a través de la ventanilla de su Mercedes y le sonaron a algo grande.

—Seguro que no habla inglés. Es un patán ridículo. Solo *sit* y *bite,* de tanto oírselas a su hijo.

—Ya, pero si tienes dinero no necesitas saber idiomas. En poco tiempo, el Atlético de San Cosme pasó de jugar en regional a estar en primera. Pero era tal su impunidad que no se conformó con usarlo para el blanqueo del capital procedente de las drogas y la prostitución, sino que además quiso ampliar el estadio por medio de subvenciones públicas y colectas entre socios y simpatizantes.

—La gente en grupo es fácil de convencer, y puede llegar a hacer cosas estúpidas.

—Exacto. Los socios del club, porque participaban en la misma liga que el Boca; los ultras de la hinchada, porque Pablo invitaba a los cabecillas a drogas y prostitutas; la gente del barrio, porque su nombre salía en la tele; y, por último, la familia Vera-Molina porque en las oficinas de CEO entraban carretillas cargadas de dinero.

—¿Y qué pasó para que dejara Argentina?

—En 1990, el Don manejaba la droga y la prostitución en el noroeste del país y tenía negocios en la provincia de Córdoba. Una decena de testaferros le ayudaban a blanquear el dinero, además de forjar vínculos con el Poder Judicial en la provincia de Buenos Aires. El cambio de poder en Argentina hizo que se marchara a Perú, donde la familia política le abrió los brazos mientras él les abría cuentas bancarias de varios ceros. Juró no regresar.

—Entonces, ¿qué tiene que ver España?

—Es un tipo listo, y sabe que su lugar no está en Europa. Sin embargo, cuenta con una gran familia y muchos de sus miembros, repartidos por España, Rumanía, Turquía e incluso Inglaterra, actúan de alguna manera como embajadores. España es un paraíso para el negocio del sexo; se ingresan cinco millones de euros al día y más de un treinta por ciento de los jóvenes y adultos declara consumir prostitución. El mercado ha cambiado: se ha echado a las latinoamericanas para dejar paso a mujeres del

Este, sobre todo rumanas, y el Don lo ha sabido leer. Su perfil es bajo. Son discretos.

—¿Dónde viven? —preguntó Laura, impactada por las cifras.

—Te vas a sorprender. En un lujoso chalé situado en La Moraleja. Controlan la zona de la prostitución de lujo. Que nosotros sepamos, tienen otras tres casas. Alto *standing*.

Laura se dejó caer sobre el respaldo de la silla.

—Vaya mierda. —Movió el tenedor por la superficie vacía del plato—. ¿Qué hacen con las chicas, crees que las maltratan?

—Esto no es el mundo del narcotráfico, todo es más sutil. ¿Para qué te voy a pegar si tienes una deuda conmigo y puedo quedarme con todos los bienes de tu familia y, si me da la gana, echarlos a la calle? Y de paso te amenazo con que pueden tener un accidente. Además está el tema de la deuda. Ellas deben un dinero que se les descuenta de sus honorarios. El problema viene cuando las multan por las cosas más ridículas.

—¿Por ejemplo?

—Multa de cien euros por mascar chicle. También pagan por la cama, la ropa, la comida, el teléfono... Las que han saldado su deuda igual pueden mandar a fin de mes cuatrocientos euros a su casa, que al cambio es una barbaridad.

—¿Y por qué no se marchan? Son libres.

—Claro, no hay barrotes, pero ¿qué van a hacer? ¿Volver a su país? ¿A hacer qué? Muchas sufren el síndrome de Estocolmo, agradecen a sus proxenetas la oportunidad de haberlas sacado del país y haberles proporcionado un trabajo.

—Entonces las mujeres que denuncian son muy valientes.

—No te imaginas cuánto. Tienen mi absoluta admiración, cuando confían en ti, denuncian y salen adelante. No hay nada más satisfactorio.

El camarero trajo una enorme tortilla recién hecha.

—Qué bien huele.

—No puedes estar en España y no probar la tortilla de patatas. Otra vez que visites Madrid nos toca la de queso de cabra y cebolla caramelizada.

—¿Y cómo funciona la prostitución de lujo?

El inspector Prieto dividió la tortilla en cuatro trozos enormes. El primero fue a parar al plato de Laura.

—Se dedican a promover *escorts,* masajistas o bailarinas para empresarios, directivos, políticos... En definitiva, hombres poderosos. No quieren estar con una mujer que parezca una prostituta, desean sentir que no pagan por tener sexo, sino que se trata de jóvenes deslumbradas por ellos y todo lo que les rodea. Intentan que parezca una cita especial.

—Cómo odio todo esto. Antes he estado con un chico que, con tal de ahorrarse el esfuerzo de ligar con una chica de su edad y, según sus palabras, tener que insistir durante un tiempo antes de poder acostarse con ella para que al final pareciera una muñeca hinchable, prefería pagar por una que no abriera la boca y le obedeciera.

—No queda otra que prevención e información. Yo doy charlas en institutos, ellos son los futuros clientes.

Laura bajó la cabeza. No podía apartar de su mente la historia de Ángela, el final de su madre, a Dolores, a las prostitutas de La Rinconada, a los niños que trabajaban en las minas. También pensó en la gente adinerada que se recuperaba en el hotel después de comprar un órgano.

—¿Y castigo no?

—También.

—Entonces tenemos que encontrar a Ángela. Algún juez nos ayudará. Podemos probar que está en España, que tenemos sospechas de que tiene un hijo de los Vera, que ha sufrido múltiples violaciones, que ha venido en su busca y que lleva un mes desaparecida —dijo, nerviosa—. No ha usado su teléfono móvil, ni tarjetas de crédito, tampoco se ha registrado en ningún hotel ni pensión... Pueden ser pruebas suficientes para creer que algo le ha podido suceder.

—Tranquila, Laura, respira. Debería haber comenzado por el final: he encontrado a Ángela.

40

Álvaro Prieto la esperaba a primera hora en el vestíbulo del hotel. Caminaron por las animadas calles, repletas ya de gente.

—No me acostumbro —comentó Laura—. En Suiza no ves un alma después de cenar ni de desayunar, y si me apuras en todo el día.

Álvaro recibió un mensaje, y al abrirlo exhibió una enorme sonrisa. Le mostró a Laura el motivo de su alegría.

—Son mis mellizos, tienen diez años. Trabajo de lunes a jueves a tiempo completo, vivo en una pensión que huele a fritanga, pero el viernes por la mañana vuelvo al pueblo y soy yo el que los levanta, se ocupa de ellos y los lleva al colegio. Durante esos tres días no existo.

Laura se acordó de su hijo sin remordimientos. Al día siguiente tomaba el avión de vuelta.

—¿Y tu mujer cómo lo lleva?

—Cuando me conoció, yo era un recién licenciado en Historia, un idealista en paro —susurró, pensativo—. Mi familia es mi vida, pero también lo es mi trabajo.

—De historiador a policía. Curioso.

El inspector Prieto se encogió de hombros.

—Soy una persona práctica. Después de un par de años con trabajos mal pagados, me harté y preparé oposiciones.

—¿Alguna vez te has arrepentido?

—Alguna vez. ¿Y quién no? Toda decisión tiene una cara y una cruz.

Llegaron a Sol. Entre bostezos, la plaza abría los ojos al nuevo día.

—Mira, desde 1916 la gente se reúne en Nochevieja en esta plaza para comer doce uvas al compás de las doce campanadas que toca el reloj. Ahí, en la parte sur, una placa señala el kilómetro cero, a partir del cual se miden todas las carreteras que parten de la capital.

—Sí, estuve ayer. Es increíble que sean las siete y media de la mañana y ya haya este bullicio. Me alegro de que la encontraras...

El inspector no tuvo que preguntar a quién.

—En cuanto supimos el vuelo en el que llegó, no fue difícil seguirle el rastro. Una de las cámaras del aeropuerto captó el momento en que se montaba en un taxi. Logramos contactar con el conductor y le enseñamos la foto de Ángela. Aunque había pasado tiempo, se acordaba de ella.

—Eso sí que es buena memoria.

—A veces hay golpes de suerte.

Caminaron a buen paso hasta llegar a otra plaza famosa.

—¿Ves la escultura que se levanta en el centro?

Laura asintió.

—Representa al monarca español Felipe III a lomos de su caballo. En 1931, con el advenimiento de la Segunda República, un militante de izquierdas introdujo un artefacto explosivo en la boca del animal. Cuando se produjo la explosión, cientos de pequeños huesos se esparcieron por la Plaza Mayor.

—¿Huesos? ¿De dónde habían salido?

Se hicieron a un lado, dejando pasar a una máquina de limpieza municipal.

—Eran restos de pájaros. Al parecer, se apoyaban en la boca del caballo y se caían dentro, o se introducían en el interior de la estatua sin saber que era una trampa mortal: la estrechez del cuello les impedía aletear hasta el orificio de salida, por lo que cientos de gorriones terminaron presos aleteando hasta morir.

Sin quererlo, el caballo de Felipe III se había convertido en un cementerio de gorriones.

—Es una historia muy triste.

—Cierto, lo es. Tras la Guerra Civil se restauró la estatua y se selló la boca del animal.

—Me gusta que seas un policía historiador —dijo Laura con admiración.

Cruzaron la Plaza Mayor y accedieron al barrio de La Latina por la puerta de Cuchilleros.

—La plaza de la Paja fue el centro de Madrid durante casi setecientos años, en la Edad Media.

—Nadie lo diría.

—Esta noche ha hecho frío. Verás cómo cambia conforme avance el día. Aquí el sol y las terrazas son uno. Es un lugar bucólico y elegante, y está rodeado de edificios históricos. La capilla del Obispo, el palacio de los Vargas, o uno de esos rincones secretos que pocos conocen: los jardines del Príncipe de Anglona.

—¿Y por qué se llama así la plaza?

—Por la capilla del Obispo. Los canónigos tenían numerosas mulas a las que dar de comer, y era en la plaza donde tenía lugar la subasta de la paja con la que las alimentaban. La gente comenzó a llamarla así, «la plaza de la paja».

Esa mañana, la luz grisácea los llevó hasta los jardines del Príncipe de Anglona, un diminuto laberinto de vegetación que incluía plataneros, granados y caquis. En el centro destacaba una fuente, y también había pérgolas con enredaderas y un templete de hierro.

—Este jardín estuvo vinculado a la casa-palacio del Príncipe de Anglona hasta que unas empresas compraron el edificio para transformarlo en apartamentos de lujo y lo separaron con una valla. Mira qué vistas: la torre de la iglesia de San Andrés, los tejados y fachadas en tonos ocres, naranjas, rosas, marrones, como colocadas para un belén de Navidad... Por cierto, hemos llegado. Aquí se aloja Ángela.

Laura se quedó parada frente al lujoso edificio.

—Te dejo a solas. Mis hombres ya la han interrogado. Voy a preparar la redada al chalet de La Moraleja. Te mando un mensaje con la hora.

El primer impulso de Laura fue abrazarla. Se detuvo un instante, el justo para serenarse: Ángela no la conocía.

Ella no dijo nada. Con un gesto le indicó el salón. Su cuerpo pequeño se movía de forma sensual. Llevaba el pelo, largo y liso, recogido en una cola de caballo que oscilaba con el movimiento de sus caderas; se notaba que era una peluca. Su coquetería la enterneció. Se sentó frente a una mesa redonda.

Laura la imitó.

Ángela tenía un rostro de final de verano, de niña metiendo en cajas los adornos navideños. La expresión de sus ojos era de una tristeza contenida y aun así inmensa, una tristeza sometida por años de adiestramiento.

Te dibujaré un cordero que te quitará las penas y te dará paz.

—Tu casa es muy bonita —dijo Laura en un intento de quitarse al Principito de la mente.

—Y muy cara. Te preguntarás cómo la pago.

—No.

Sí.

Era lo primero que había pensado.

—Creo que coincidiste con Jon, el músico. Alguien le dijo que yo era su donante. Antes de que yo llegara a Madrid él ya había alquilado y pagado este piso por un año. Encima de la mesa había una libreta de una cuenta corriente abierta a nombre de su madre, y al lado una tarjeta de crédito con el número secreto. Todos los meses Esperanza ingresa una cantidad. Es una gran mujer. Me ayuda mucho.

—Eso explica que tu nombre no apareciera en ningún sitio —dijo Laura—. Toma.

Ángela la miró con gesto interrogante. Entonces vio las tapas de los cuadernos y comprendió.

—Me llamo Laura.

—Sé quién eres.

—Conocí a tu madre en La Rinconada. Ella me entregó tus diarios.

—¿Los leyó?

—Poca cosa. Me dijo que no era capaz.

El rostro de Ángela permanecía hierático, las emociones domesticadas. Abrió uno de los cuadernos y leyó una página al azar, lo cerró con fuerza, motas de polvo escaparon hacia la luz. Se levantó y se dirigió a la cocina.

—¿Cómo está? —preguntó, de espaldas a Laura.

—Murió.

Ángela se detuvo. Se hizo un silencio.

—Sucedió durante mi estancia —dijo Laura—. La encontraron muerta en la calle.

—¿Qué pasó?

Laura seguía sin poder ver el rostro de Ángela.

—Lo más seguro es que se suicidara. Creo que ingirió las hojas de adelfa que guardabas entre las páginas de tus diarios. Lo siento.

La columna de Ángela se irguió como si hubiera recibido una descarga eléctrica.

—Veo que hizo uso de mi plan B —respondió antes de perderse en la cocina y volver con una cafetera.

Laura frunció el ceño ante la enigmática respuesta.

—Perdóname por el recibimiento, no sé comportarme. He crecido como una salvaje, y ahora estoy embrutecida. Todavía me sorprende tener un frigorífico con comida, salir a la calle, ver la televisión. Me cuesta hablar con los hombres. —Dejó la frase suspendida y sirvió café en dos tazas de color azul—. George me habló de ti y de su amigo Thomas.

Una sombra cubrió su rostro.

—Pobre George. El primer hombre bueno que conocí. No pidió nada a cambio. Pensó que su experiencia y su nacionalidad le salvarían de toda amenaza. Demasiado amaestrado para la selva. No entendió que allí solo los animales salvajes prosperan.

—Sí, fue terrible. Gracias —dijo Laura tomando la taza.

—Tuvimos mucho tiempo para hablar —comentó Ángela a la vez que se sentaba y cogía la suya—. Ya no volveremos a hacerlo —añadió, pensativa—. Es difícil aceptar que ya no esté. Supongo que para Thomas será muy doloroso.

¿Lo era?, pensó Laura. Lo cierto era que no lo sabía. Se sintió culpable por no haberse preocupado lo suficiente.

—Sé que han detenido al autor material de su muerte. Un minero.

—Un pelele —dijo Ángela.

—Se ha declarado culpable. Ha alegado que fue un mal golpe, que solo quería darle una lección. Que George tenía una relación con Dolores Menchero Santina, una examante que le había robado.

—Buena defensa. A saber cuánto le habrá pagado el Don por mantener la boca cerrada.

La luz del sol afeitaba los tejados. Una campana tocó cerca. Por un instante, el único sonido fue el tintineo de las cucharillas contra la porcelana. A Laura la pregunta le comía por dentro.

—¿Por qué esa frialdad con tu madre?

Ángela tomó otro sorbo antes de hablar.

—Has leído mis cuadernos —afirmó sin contestar a su pregunta.

—Lo siento. Quería encontrarte. —Laura bajó la cabeza, avergonzada.

—Es extraño estar delante de alguien que sabe tanto de ti. Supongo que leerías el capítulo de Pablo y su final.

—Sí.

—¿Por qué no me ha interrogado la Policía al respecto?

—No les he dicho nada. Soy médico, y ante todo protejo la vida. Bueno, en realidad soy forense, no curo a nadie, solo escarbo entre los muertos, quizá eso pueda explicar que su muerte no me impresione... No sé, es difícil. En frío tengo sentimientos encontrados.

—¿Es cierto que has venido a Madrid solo para buscarme?

Laura asintió con la cabeza.

Ángela se sirvió un trozo de bizcocho.

—¿Quieres? —Le ofreció el cuchillo.

Laura lo agarró y se sirvió un trozo pequeño.

—¿Qué te contó mi madre?

—La verdad es que hablé muy poco con ella. Me dijo que habías desaparecido y que llevaba dieciséis años buscándote. Que no tenía fuerzas para leer tus diarios... Me hizo prometerle que te encontraría.

—No desaparecí. Me fugué con un chico mayor que yo.

La cucharilla resbaló de la mano de Laura y golpeó el canto del plato de postre.

—Entonces, todos estos años...

Ángela miró hacia la ventana. La luz iluminó su perfil color canela.

—Antes de que yo cumpliera los trece años él ya me miraba raro. Yo lo sabía, pero preferí no decir nada. Me sentía espiada. Siempre que podía le rehuía, intentaba no quedarme sola en la casa. Hasta que un día sucedió: mi abuelo me tocó los pechos por debajo de la camisa. —Su voz era neutral, pausada, la rabia peinada con raya en medio y gomina—. Algo en su mirada me decía que no iba a parar ahí. Cada vez era más audaz. Una noche se metió en mi cama desnudo y me dijo que le tocara.

Laura bajó la cabeza.

—Hablé con mi madre, le dije lo que pasaba. No me hizo caso. Ella llegó a la conclusión de que yo mentía, o exageraba. Se lo conté a mi abuela, que se encaró con su marido. Él lo negó. Mi grito quedó en nada. Mi madre me dio una charla sobre lo importante que era la familia y dijo que lo único que yo quería era destruirla con mis invenciones. Los abusos continuaron. Yo estaba sola.

Laura pasó un brazo por encima de la mesa y posó la mano encima de la de Ángela. Ella continuaba mirando por la ventana, pero la voz se le quebró.

—No tenía adónde ir. Recuerdo con asco su cuerpo desnudo, sus manos temblorosas, que me estrujaban los pechos y me hacían daño. Él lo sabía y le gustaba. Un día mi madre me oyó llorar y entró en el baño. Mi abuelo me había mordido en un pecho y había dejado una marca. Estoy segura de que vio la huella de su dentadura en mi piel; incluso se distinguían las dos muelas partidas en una caída que había sufrido años atrás. Mi madre me abrazó y me pidió perdón. Dijo que lo solucionaría, pero se limitó a buscar otra casa para mudarnos. Todo quedó entre nosotras, como un secreto, algo sucio de lo que sentirme culpable. Con el tiempo ella creyó que mi manera de vestir o de comportarme tuvo mucho que ver en el...

—Incidente —apuntó Laura con rapidez.

—Eso es. El incidente. Pronto le quitó importancia y me condenó. Nunca me perdonó que tuviera que alejarse de sus padres.

Ángela retorció su servilleta.

—Entonces conocí a un hombre que era bien guapo. Me hablaba palabras bonitas. Me regalaba flores. Confié en él. Le conté lo que hacía mi abuelo. Se horrorizó. Y ese horror fue para mí tocar el cielo. Me animó a huir. El resto ya te lo puedes imaginar: amanecí en Los Caramelos. El hombre era un *lover boy,* engañaba a las chicas ingenuas y tontas y enamoradizas y deseosas de escapar.

—Tu madre nunca dejó de buscarte.

—Siento oír eso. Pensé que me había olvidado.

Laura terminó su café. No porque tuviera ganas, sino porque no sabía qué hacer.

—¿Qué fue de tu amiga Betty? Apenas la nombras en tus diarios.

—La enterraron bajo la hierba. Pablo no mentía, en ese rincón el color era diferente.

—Espero que tu abuelo esté muerto. Ojalá todos los Vera se mueran también. Y todos los hombres que abusan de las mujeres —dijo Laura con rabia.

—Cuidado con lo que deseas.

—A la mierda todo. Estoy harta de tanto machismo. Tú no tienes culpa, te usaron y abusaron de ti desde que eras una niña, y seguirán haciéndolo con otras. Jamás tendrán suficiente.

Ángela la miró por primera vez a los ojos.

—Gracias —dijo. Luego se levantó y la abrazó con fuerza.

—¿Dispuesta?

—¿No te meterás en problemas por llevarme?

—En nuestras redadas procuramos llevar a una representante de una oenegé que sea de sexo femenino; tenemos comprobado que se sienten mejor. Toma. —Le dio a Laura un chaleco—. No sabemos lo que nos vamos a encontrar.

Más allá de los muros se oía un gran jolgorio. El inspector Álvaro Prieto echó un vistazo entre el muro y la puerta de hierro negra por la que accedían los coches a la enorme propiedad.

—Maldita sea... Hay una fiesta. Vamos a tener que abortar.

Uno de los agentes deslizó una minicámara de vídeo por debajo de la puerta. En una pantalla comprobaron que se trataba de jóvenes con bebida, comida y música a todo volumen.

—¿Ve niños o adultos?

—Negativo, señor.

El inspector volvió al coche y apoyó la cabeza en el volante. La redada no iba a servir de nada. Una más. Respiró hondo y salió.

—Da igual. Seguimos adelante.

Con una palanca reventaron la puerta principal al grito de ¡Policía! Pasó un tiempo antes de que dieran el visto bueno a que Laura entrara. Lo hizo acompañada de una mujer policía.

Lo primero que vio fue un grupo de adolescentes sentados sobre la hierba. Laura contó once. Jóvenes bronceados, con mechas rubias y dentaduras perfectas, ellas con las melenas largas, brillantes. Todos tenían un gesto altivo; se sabían intocables, como si los policías que habían irrumpido en la propiedad formaran parte del espectáculo.

Un agente salió de la casa y se dirigió con paso resuelto hacia el inspector.

—No hay nadie más. Según el anfitrión de la fiesta, todos se marcharon para darles intimidad.

—Me cago en mi mala suerte...

—No tan mala, inspector. Hemos encontrado cajas de vino con doble fondo. Las habían dispuesto para cargarlas en el garaje. Venga a verlas.

Laura los siguió.

—Mire lo que guardaban.

El agente les mostró varias decenas de saquitos no mucho más grandes que una mano, cerrados con cinta adhesiva y con unas palabras escritas en el exterior.

—¿Qué son? —preguntó Laura.

—El grial de la trata de personas en Nigeria y otros países donde se cree en la magia negra y el vudú. Es lo primero que buscamos en los registros de los capos nigerianos. Contienen vello púbico de las víctimas, uñas, prendas íntimas con sangre menstrual... Los confecciona un brujo de su pueblo, allá en Nigeria, para sellar el pacto con la persona que les ofrece trabajo en España. Ese rito vudú ata a las víctimas y las compromete a pagar su deuda y a no denunciar a nadie si no quieren que la desgracia caiga sobre ellas y su familia. El rito se repite en España para reforzar la amenaza.

—Recuerdo algo parecido en Madre de Dios. Thomas vio cómo una mujer enterraba un saquito con símbolos religiosos.

—El poder del rito es tal que la vida de la víctima está en poder de quien la posee.

Laura pensó que la mujer de rasgos nórdicos que habían visto en el hotel había realizado ese rito para que el indígena que la acompañaba no se echara atrás y le vendiera un órgano. Sintió verdadero asco.

—Las nigerianas son utilizadas en el nivel más bajo de la prostitución: calles, polígonos, rotondas, descampados... Tienen una deuda imposible de pagar.

—¿A cuánto asciende?

—A veces puede llegar a los cuarenta mil euros. Lo que no entiendo es por qué están metidos los Vera en las africanas. Son muy conflictivas, es difícil que convivan dos en una misma casa.

El inspector ordenó a un agente que pidiera la documentación a los jóvenes y mandara a casa a quienes no vivieran allí.

Laura se fijó en un chico que la miraba con actitud desafiante.

—Supongo que es el anfitrión.

—Supones bien. Es uno de los nietos del Don. Por lo que leo, ya lo hemos detenido en varias ocasiones. Comenzó con trapicheo de hachís y algún hurto, pero la cosa fue yendo a más: coca, peleas con navaja... La última vez lo detuvimos por golpear a la que al parecer era su novia: un labio partido y hematomas en un pómulo y un ojo. Se retiró la denuncia; nos consta que la familia llegó a un acuerdo. Según su carné de identidad –que ahora sujetaba entre los dedos–, solo tiene quince años.

Sabiendo que hablaban de él, el chico sonrió abiertamente y los saludó con una mano. Sobre la muñeca Laura distinguió una mancha, una forma: una flor de cantuta.

—Es el hijo de Ángela –le susurró al inspector al oído.

—¿Estás segura?

—Completamente –respondió, muy afectada–. Tiene la misma marca de nacimiento que su madre y su abuela. Ángela desapareció hace dieciséis años, y en sus diarios escribió que Pablo, el hijo de Carlos Vera, la dejó embarazada.

—Entiendo. Llevaremos la información al juez de menores. Habrá que investigar quién tiene la custodia, pero ya te digo que Ángela no lo va a tener fácil. Seguramente su padre lo tiene todo bien atado.

—¿Qué quieres decir?

—Que hace años que le sigo la pista a Pablo Vera en España, y desde que llegó ha tenido una conducta intachable.

—¿Pablo Vera está vivo? –preguntó Laura en *shock,* sin apartar la vista del chico.

—No solo está vivo, sino que además es un empresario de éxito. Posee varias bodegas y un par de hoteles.

Laura lloró de rabia. Sabía dónde se hallaba el hijo de Ángela, pero no podía hacer nada. Es más, si Ángela intentaba acercarse podía meterse en graves problemas; a fin de cuentas era una ilegal, una mujer que no existía, que portaba un pasaporte falso. Aquel hijo tantos años amado, recordado, era inalcanzable.

Omitió su pasado policial. Le dolía que fuera un maltratador con solo quince años.

—¿Cómo se llama? —preguntó Ángela al otro lado de la línea.
—Carlos.
—Igual que su abuelo.
—Te acabo de mandar una foto suya. No es muy buena, se la he sacado a escondidas.

La línea quedó en silencio unos segundos.

—Es muy guapo.
—Sí, lo es. —Laura hizo una pausa—. Oye, Ángela... Pablo está vivo.
—Lo sé.
—Creí...
—Yo también —la interrumpió—. Después de la gran redada de La Rinconada intenté escapar del país, pero es difícil comenzar una nueva vida sin documentos. Además, los Vera tienen los tentáculos muy grandes. Pronto me encontraron, estaba cerca de la frontera con Bolivia cuando me captaron. De Pablo fue la gran idea de ponerme un collar de perro al cuello, sujeto con una cadena a la pared. Desnuda, claro, como el animal que era.

Laura apretó el teléfono con fuerza. Por primera vez pensó que sería capaz de matar a alguien como Pablo.

—Supongo que las heridas que le causaste no fueron lo suficientemente profundas. La sangre es muy aparatosa, siempre parece que es más de lo que es. Una lástima.
—Eso parece.
—Pero, después de huir, ¿cómo conseguiste que te dejase en paz? No parece la clase de hombre que permita salir indemne a quien le haya atacado.
—Tienes razón, no es esa clase de hombre. Es una bestia. Cuando salí del hospital, a Dolores se le ocurrió la idea de que yo tuviera un accidente de coche y que entre los restos del vehículo incendiado encontraran algo mío.

Laura no estaba segura de querer saber de qué restos se trataba. Ángela se adelantó a su pregunta.

—Me corté la punta del dedo pequeño del pie. Dolores se aseguró de que lo encontraran. Luego supo que le habían hecho una prueba de ADN.

—¿Con qué la compararon?

—Con una muestra de saliva de mi hijo.

Claro, se reprendió Laura.

—Me pregunto qué clase de padre será —dijo Ángela—. ¿Te pareció que mi hijo era un buen chico?

Laura no tuvo el valor de mentir, ni tampoco de contarle la verdad. Se excusó diciendo que tenía otra llamada urgente en espera y colgó. Sintió alivio al pensar que partiría a la mañana siguiente, dejando atrás el terror que los Pablos del mundo causaban a las mujeres. Confiaba en el inspector Prieto. Él haría lo posible por devolverle a su hijo a Ángela, se dijo en un intento por consolarse.

Vio que la pantalla del móvil se iluminaba. Miró de reojo por si era Ángela, leyó el nombre de Thomas.

—Te quiero —oyó nada más atender la llamada.

Las palabras se arrastraron como dados y comenzaron a girar en su estómago. Su primer impulso fue soltar el móvil, dejarlo caer para que se llevase, al igual que el sumidero de una alcantarilla, la amenaza de tormenta. Porque eso significaba para ella la declaración de Thomas: el aviso de que se avecinaba un huracán. Sintió que debía buscar refugio.

—Perdona, no te he oído.

—Digo que te quiero.

—Así, sin más.

—Sin más no. Me ha costado dar este paso.

—Yo... No quiero parecer descortés, pero es que has elegido un momento nefasto. Diría más: el peor momento.

—¿No eras tú la que decías que era un cobarde a la hora de hablar de mis sentimientos? ¿Que el momento pasa y ya no vuelve?

Laura había soñado con esas palabras, las había recreado muchas veces —de rodillas, o tumbados, o después de hacer el amor—, pero nunca así, en medio de una crisis personal, dispuesta a luchar contra sus impulsos.

–Perdona, siento decirte que voy a colgarte. En serio, no te creas que es porque no te quiero, es porque estoy a punto de tomar una decisión que no quiero tomar.

Thomas se incorporó del sofá del hotel de París.

–Me estás preocupando.

–No me extraña –dijo antes de colgar.

«El oeste de la Comunidad de Madrid fue centro eremítico de primer orden, acogiendo gran número de templos y ermitas, hasta el punto de que Valdeiglesias es el término actual de lo que en su día se llamó El Valle de las Iglesias.

»En 1150, los doce templos mozárabes existentes en El Valle de las Iglesias se unificaron bajo la Regla de San Benito, fundándose el monasterio de Santa María la Real de Valdeiglesias...»

Laura dejó de leer la información del móvil. De repente, un movimiento llamó su atención: una sombra discurría pegada a la pared. Trató de averiguar su identidad. La tarde se deslizaba hacia la luz muerta de la noche. Para su sorpresa, la sombra abrió una puerta y desapareció tras ella.

No se lo pensó dos veces, tomó una linterna y la siguió.

La ráfaga de aire frío que notó al salir del coche resultó reparadora. Le sacudió el sopor y el aburrimiento de permanecer encerrada durante horas en el hotel y luego en el coche de alquiler. Respiró con ansia a través de los orificios del cuello alto con el que se había cubierto la boca. Pasó bajo las bóvedas de cañón románicas de las capillas de la cabecera y cruzó dos arcos perpiaños de la nave de la iglesia y un arco inferior de un antiguo coro.

Debido a la humedad, el patio parecía una pista de patinaje que reflejaba el resplandor de la linterna. Tuvo miedo de resbalar o tropezar en algún agujero. Barrió el suelo con el haz de luz, buscando el lugar más propicio para cruzar. Decidió hacer el mismo recorrido que la sombra; no en vano era el más protegido. Con cautela, se dirigió hacia la otra iglesia intentando pisar las zonas de hierba, que crujía a su paso. Al dejarla atrás –no pudo evitar dirigir la mirada hacia el lugar que Ángela le había marcado en Google Maps–, un atisbo de duda pasó por su cabeza: quizá debía llamar a alguien para que la acompañara, o simplemente para que supiera dónde estaba. El pensamiento se deshizo tan pronto como había venido. Al bordear la zona de desescombro de la cúpula de la capilla mozárabe y de las estructuras anexas al monasterio, el viento hizo que los plásticos que cubrían las bóvedas del claustro se hincharan y Laura sintió que unos brazos invisibles bajaban en su busca. No pudo reprimir un grito. El techo se replegó sobre sí mismo, concediéndole un tiempo precioso para llegar hasta el muro.

Laura comprobó que la puerta por donde había escapado la sombra estaba abierta y, como Alicia en el país de las maravillas, entró sin mirar atrás, con la certeza de que si lo hacía algo la retendría. Para su sorpresa, se encontró en el interior de otra iglesia. El ascetismo y la pobreza de la orden se reflejaban en la simplicidad de las formas arquitectónicas, que evitaban todo lo superfluo. Ante ella se extendía una gran nave central de techo bajo, con bóveda de crucería, y dos naves laterales de menor altura como contrafuertes.

Un ruido a su derecha hizo que se sobresaltara y dejara caer la linterna con gran estrépito. El haz de luz siguió rodando sobre la piedra irregular hasta detenerse en la base de una pila de agua bendita.

—«Los monjes que han renunciado a las cosas preciosas y encantadoras de este mundo para entregarse a Cristo, ¿están buscando dinero o más bien beneficio espiritual? Todas estas vanidades costosas pero maravillosas inspiran a la gente a contribuir con dinero, más que a rogar y rezar. Visten la iglesia con piedras de oro y dejan a sus hijos ir desnudos. Los ojos de los ricos se alimentan a expensas del indigente. Finalmente, ¿son buenas tales cosas para los hombres pobres? ¿Y para los monjes, los hombres espirituales?»

Ángela iba hacia ella desde el altar.

—Bernardo de Claraval escribió *Apología a Guillermo*, donde criticó las esculturas, las pinturas, los adornos y las dimensiones excesivas de las iglesias. El espíritu cisterciense es austero. No encontrarás ningún adorno. —Su voz se amplificó entre los muros de piedra.

—Me has asustado —dijo Laura recogiendo la linterna.

—Perdona.

Laura aceptó las disculpas, aunque su tono de voz la intranquilizó; su manera de hablar —como una autómata— y la falta de empatía hicieron que no parecieran sinceras. Algo metálico sobresalía de su bolsillo trasero. Ángela lo introdujo todavía más en su interior hasta hacerlo desaparecer.

—¿Te ha sido difícil encontrarla?

—Un poco. Me has dicho que era urgente, que Pablo te había encontrado... Estaba preocupada.

—Me alegro de verte. Pensé que no vendrías.

Laura bajó la cabeza. Esto era una locura, todo le parecía irreal. Estaba arrepentida. En realidad, no la conocía tanto como para fiarse de ella. Retrocedió. ¿Qué le estaba ocultando?

—¿Dónde está? —preguntó de repente. Le parecía extraño no oír nada.

Ángela no contestó. En lugar de hacerlo, la invitó a que la acompañara. Laura dudó y se quedó paralizada, inmóvil.

—No irás a tener miedo de mí... —dijo Ángela con un deje de decepción.

Atravesó otra puerta lateral sin mirar atrás, Laura la siguió. Apareció en un claustro.

El viento seguía soplando, pero con un tono diferente. Sonaba triste y débil, como un batir de alas.

—Mira, aquí es donde vivían los monjes. Su paraíso en la tierra.

Las piedras brillaban de una forma extraña en la oscuridad del anochecer. Sobre sus cabezas, el cielo ya estaba negro. Algún remolino de viento se acercaba y nubes de polvo se levantaban y escapaban hacia las esquinas, ligeras y plateadas, como caballos al galope.

El claustro, de estructura rectangular, estaba rodeado por cuatro galerías de estilo románico con arcos de medio punto que, en grupos de tres, formaban ventanales que se abrían al jardín central. Pese a su nerviosismo, Laura admiró la sobriedad de los adornos vegetales de los capiteles. Contempló la fuente de agua en el centro del jardín, que claramente había conocido tiempos mejores: el musgo, la hiedra y la humedad habían terminado con su belleza inicial hasta cubrirla casi por completo.

—¿Ves esos pequeños canales que parten de la fuente? —preguntó Ángela.

Al principio no los vio. El jardín era una amalgama de arbustos, ramas y hojas. Relajó la vista, y no tardó en observar algo geométrico en todo lo que veía, una especie de cuadrícula.

—Representan cuatro ríos que simbolizan la verdad, la caridad, la fortaleza y la sabiduría. También tenían una función práctica: servían para lavarse las manos y la cara antes de entrar al refectorio.

—Debía de ser una vida muy dura.

Los ojos de Ángela cambiaban en la oscuridad, brillaban o quedaban huecos según la luz que recibían.

—Comparada con la vida en Los Caramelos, vacaciones de sol y playa.

Animó a Laura a que la acompañase por la galería este, donde se encontraba la sala capitular.

—Esta es la estancia en la que se reunían los monjes a diario bajo la dirección del abad. Se situaban a su alrededor según su grado de importancia. Aquí se distribuían las actividades del día, se confesaban en voz alta por las faltas cometidas y se exponían problemas o proyectos. Yo hubiera sido feliz en un sitio así.

Laura entró en una sala amplia, cubierta con bóvedas de crucería que se sujetaban sobre varias columnas centrales y sobre otras truncadas, adosadas a los muros. A ambos lados de la puerta de entrada, sendos ventanales permitían la visión desde el exterior.

—Oye, Ángela, ¿de qué va todo esto? Empiezo a asustarme.

Laura supo en ese preciso momento que había obrado de manera imprudente. Su afán de protagonismo, ese impulso que la llevaba a embarcarse en situaciones sin sopesar el peligro, le estaba pasando factura.

Ángela seguía hablando, ignorando su pregunta.

—Ayer leí por casualidad un libro abandonado en el apartamento: *Arte cisterciense en España*. Muy curioso. Mira este sitio: en la parte exterior de estos ventanales se situaban los novicios, que solo participaban y entraban en el interior cuando se convertían en monjes. Pero este lugar tiene una peculiaridad, un misterio. Es un lugar maldito. —Hizo una pausa dramática—. Estas cuatro columnas se entrelazan entre sí hasta la bóveda. Las cuatro tienen el mismo aspecto, salvo la primera de la izquierda.

Laura no pudo reprimir su curiosidad y en dos pasos se situó delante de la columna. Un escalofrío recorrió sus brazos hasta llegar a sus mejillas; gracias a la luz de la linterna de Ángela pudo ver cómo de su superficie brotaban gotas de agua, densas, opacas, que con lentitud, como si fuera aceite, rodaban hasta el suelo, donde eran tragadas.

—Es la columna que llora. Se dice que fue testigo del papel que tuvo este lugar en los horrores y abusos que aquí se cometieron, de los juicios implacables y castigos severos que se llevaron a cabo, de los monjes que murieron atados a la columna. Se lo conoce como el cuarto del juicio. La humanidad no aprende, somos animales de costumbres.

—No estoy de acuerdo. Hemos avanzado. Tenemos una mayor conciencia —murmuró Laura sin poder detener el temblor de su pecho.

Ángela la miró con escepticismo.

—Te equivocas. Que estemos domesticados no quiere decir que hayamos cambiado. Simplemente se hace lo mismo, pero por la puerta trasera.

De repente Laura no quiso seguir allí. Le costaba respirar. Alguien había abierto una ventana y el aire había escapado creando un vacío. Rodeó la columna y tropezó. Desde el suelo enfocó con la linterna el motivo de su caída: un hombre permanecía atado con la boca tapada con cinta americana.

41

Thomas consiguió tomar el penúltimo vuelo con destino a Madrid. Conocía lo suficiente a Laura como para preocuparse de que no contestase a sus llamadas. Antes de que tuvieran que apagar los móviles volvió a intentarlo. Nada. Fue a pulsar el botón con el símbolo del avión cuando se detuvo; lo que hizo en cambio, fruto de un impulso, fue llamar al inspector Álvaro Prieto.

El vuelo se alargó más allá de lo que podía soportar. Repasó su vida desde que había conocido a Laura. Recordó la primera vez que la vio en el hospital de Chablais, en Suiza, ella era la forense encargada de realizar la autopsia a Úna Kovalenko. Hacía tiempo que el cadáver de su hija no se le aparecía. Eso era bueno, pensó, se había instaurado una especie de perdón por ambas partes, el fantasma de Úna se había deshecho como algodón de azúcar en la boca de un niño, de una forma suave, dejando en el paladar un gusto acre, de recuerdo infeliz.

Chocó con Laura desde el principio, pero gracias a ella descubrió la verdad del dopaje en el centro de alto rendimiento de Les Diablerets, donde había muerto su hija. Tampoco podía olvidar que le debía la vida, que sin dudar se presentó en la India embarazada de seis meses, dispuesta a desentrañar el mal que le aquejaba y que le estaba matando. ¿Y cómo le había devuelto la moneda? Se avergonzó ante la respuesta: al menor signo de debilidad la había apartado acostándose con otra delante de sus narices. Desde la maternidad, Laura se había mostrado vulnerable, sincera, le había hablado de sus miedos sin pudor, y él... Se frotó la frente con la palma de una mano, ¿cómo podía ser tan estúpido? Le había fallado. Ella, que era de naturaleza desprendida, no pedía el resultado de cuentas, que a final de año el balance cuadrase en su relación; solo pedía tiempo.

Era idiota, ya está. No estaba a su altura. Ella era más valiente, honrada y tenaz que cualquier mujer que hubiera conocido, y eso incluía a amigas, conocidas, amantes y enemigas.

Y cabezota también. Y orgullosa.

El piloto anunció la inminente llegada, les informó de la temperatura en Madrid, les deseó una feliz estancia y les pidió que se abrochasen el cinturón. Thomas logró ponérselo al tercer intento. Ahora que tenía las cosas claras, ahora que estaba dispuesto a luchar, tenía miedo. Sintió terror a perderla.

42

—Permíteme que te presente a Pablo Vera Molina. Más conocido como el Loco.

Ángela apuntó con el haz de luz un rostro que no reaccionó.

Laura se levantó con rapidez del suelo y se alejó varios pasos sin apartar la vista del hombre. La cara deforme, quemada, permanecía inexpresiva, sin un gesto que denotara vida.

—¿Está muerto?

—No.

—¿Qué le has dado?

—Etorfina.

—Pero... eso es un opioide semisintético dos mil veces más potente que la morfina. —Se preguntó cómo lo había podido conseguir.

—Con dinero todo es fácil —dijo Ángela, adelantándose—. Le he lanzado un dardo. Ni me ha visto. En cuanto le llamé, vino enseguida. Es tan prepotente que ni tan siquiera pensó que yo pudiera lastimarle.

—¿Y qué quieres hacer con él?

—Matarlo.

Laura reprimió un grito.

—Me dijiste que se lo merecía, y es verdad: se lo merece.

Allí, en medio de la nada, en la oscuridad de la noche, aun viendo la cara de un asesino, de un sádico, de un violador, de un proxeneta, Laura no tuvo ninguna duda de que no sería capaz.

—Si no me vas a ayudar, es mejor que te marches —dijo Ángela leyendo la duda en su rostro.

—Seguro que existe alguna manera mejor.

—Yo solo veo una solución. Si él no muere, me matará, lo tengo claro, y conmigo desaparecerá mi historia, y ¿quién le va a contar a mi hijo la verdad? Pero si lo mato podré huir con mi hijo, y entonces le contaré lo que era su padre y todo lo que tuve que pasar hasta llegar a él.

—Si lo matas, irás a la cárcel. Con violencia no vas a salir ganando de ninguna manera. Eso lo haría Pablo, pero no tú; tú eres diferente y, como dijo Dolores, eres luz. No dejes que gane el odio, no ahora, después de tanto tiempo, porque no habrá servido de nada luchar y sobrevivir. ¿Estás dispuesta a huir para siempre? ¿Qué clase de vida te espera? ¿Crees que tu hijo, que no te conoce, se va a ir contigo así, por las buenas? Tarde o temprano averiguará que has matado a su padre.

—Es un asesino. Un psicópata.

—Sí, pero puede que para Carlos sea solo su padre. El inspector Prieto me dijo que aquí Pablo es un ciudadano modelo, intachable. Igual esa es la faceta que conoce tu hijo.

Ángela comenzó a llorar con rabia.

—Es injusto, no puedo más. —Cayó de rodillas. La linterna rodó.

Laura no podía ver al hombre. De repente tuvo miedo. Era posible que estuviera fingiendo y que Ángela le hubiera atado mal a la columna.

Le enfocó con temor.

Seguía en la misma posición.

Se aproximó lentamente. Como había sospechado, el método de sujeción se había hecho rápido y de forma burda. Los brazos, que abarcaban la columna por detrás, estaban atados por las muñecas con una cuerda con los nudos en apariencia endebles.

—Ángela, dame la cinta americana con la que le has tapado la boca.

—¿Para qué? —preguntó poniéndose de pie.

Pablo comenzó a moverse y dobló las rodillas.

—Ángela, joder, tráeme la cinta ahora mismo.

Ángela obedeció y extrajo el rollo del bolso.

—Enfócale —ordenó Laura.

Intentó darse prisa, pero no había manera de encontrar el comienzo de la cinta. Hincó una uña en la superficie del rollo y comenzó a recorrerla. Con el rabillo del ojo vio cómo Pablo intentaba levantarse, pero la cuerda con la que estaban sujetas las muñecas le desequilibró y su espalda resbaló por la columna hasta llegar al suelo.

Laura encontró por fin el inicio y aprovechó el momento para enrollar la cinta pegándola al cuello de Pablo.

—Aprieta bien la cinta a la piel.

Ángela acató la orden con prontitud. Lo hizo con tal fuerza que el hombre comenzó a toser.

Laura guardaba una distancia de seguridad.

—No te preocupes, le has golpeado la nuez. Buena chica. Si quieres, puedes probar otra vez —dijo Laura, nerviosa, mientras comenzaba a dar vueltas con la cinta alrededor de la columna y la frente de Pablo. Una vez que hubo dado un par de vueltas, le pidió a Ángela que se apartase. Continuó con el trabajo hasta que lo forró con el plástico metalizado, evitando la boca y la nariz.

—Este ya no se nos escapa.

—¿Y ahora? —preguntó Ángela.

—Ahora puedes elegir matarlo, o denunciarlo y que se lo lleve la Policía. Si escoges esta última opción, iremos a un hospital para que te hagan un examen médico. —Se le ocurrió algo más—: Recuerdo que en tus diarios hablas de que el Don tenía una Virgen Dolorosa en Los Caramelos en cuyo interior se encontraban los huesos de una chica a la que había matado y la bala con que lo hizo. Puede que siga allí.

—No me van a creer. Yo no soy nadie. Soy una ilegal. Una puta. Un pedazo de carne. Un bicho bola que solo sabe encogerse para que nadie le haga daño, hacerse muy pequeño y confiar en que no lo pisen. —Ángela comenzó a llorar amargamente—. Yo no esperaba mucho de la vida. Solo quería bañarme en un río, contemplar las estrellas tumbada en la hierba, reírme mientras mi hijo aprendía a nadar. Pero ¿se puede saber por qué se me ha negado todo? —Se dejó caer al suelo y siguió hablando en voz muy baja, casi entre susurros—. Yo solo quiero que mi madre esté viva, que sepa que no le guardo rencor, quiero que vuelva a abrazarme, que me dé la mano mientras caminamos bajo el sol de la tarde y observamos las barcas, que me despierte por la mañana y que me peine mientras me dice lo bonita que soy...

Pablo se retorció, intentando zafarse.

—No eran sueños tan grandes, ¿verdad?

Laura corrió a abrazarla.

—No, no lo eran.

El inspector Prieto apareció en la sala de espera.

—Tardará varias horas más. Será mejor que te vayas al hotel. Después del examen médico la verá un psicólogo forense. Tranquila, yo me quedaré con ella.

—¿Y Pablo Vera?

—En el calabozo, a la espera de pasar a disposición judicial.

Laura se mordía el labio con saña.

—Todo va a salir bien —dijo el inspector.

—¿Estás seguro?

—No. Pero es lo que deseo. El abogado de los Vera ya se ha puesto manos a la obra, es uno de los mejores y está acostumbrado a lidiar con este tipo de casos. Sería deseable que Ángela tuviera la misma oportunidad. No digo que un abogado de oficio no lo haga bien, pero...

—¿Quién es el mejor?

—El bufete Modrego e Hijos.

—Bien, voy a llamarles.

—Sus honorarios son... —se detuvo, intentando encontrar la palabra adecuada—, de escándalo.

—Lo mismo espero de sus victorias.

—Exacto.

—Entonces me sirve. A la mierda los ahorros para el coche nuevo, los doy por bien gastados. Por cierto, hoy es viernes, tendrías que estar con tus mellizos. —Laura se sintió culpable.

—Lo sé.

Agarró la cazadora y se la puso a la vez que se encaminaba hacia la salida.

—No me perdería por nada del mundo acostar a mis hijos después de haber pasado una tarde estupenda en el parque, pero a veces la nada del mundo deja de tener importancia cuando conoces a una mujer que ha sido vejada y pisoteada por un proxeneta que merece estar en la cárcel.

—Ojalá pudieras encarcelar a todos los hombres que la maltrataron.

—Ojalá.

—¿Qué pasará con su hijo?

—De momento, el juez de menores ha pedido una prueba de ADN. Si es positiva, y esperando que el padre vaya a la cárcel, mandará al chico a un centro tutelado de menores hasta que exista una sentencia. Supongo que a Pablo Vera le retirarán la custodia, e incluso Ángela puede pedir la retirada de la patria potestad hasta que salga de la cárcel.

—Supongo que el camino va a ser largo.

—Supones bien. Pero creo que va en la buena dirección.

Ángela tomó el sobre que le había dejado Laura. No tuvo paciencia para abrirlo con suavidad y lo rasgó. Era de Dolores.

> No deseo escuchar ni hablar, solo escribir, que es el lenguaje que a ti te gusta.
>
> Empezaré por las palabras de peso.
>
> Uno, te admiro.
>
> Dos, no pienso perderte.
>
> Tres, yo sé, de verdad que sé, yo estuve ahí alguna vez. Yo también fui puta y me sentí sola y vacía, pero nunca tuve tu fuerza ni tus ganas, ni nunca me sentí tan sola y vacía como tú. Eres única, porque te arrancaron de una estrella y te revolcaron por el fango y aun así no dejaste de mirar al cielo y de brillar.

La vida parece estéril y terriblemente solitaria. Por eso quiero que sepas que yo te espero en un refugio cerca del mar, como aquella película, *Cadena perpetua,* ¿te acuerdas? Tú dijiste que vivían mejor que nosotras, que tenían libros; eso era casi al final de la película, después de que los protagonistas lo pasaran fatal en la cárcel, pero tú solo recordabas la escena de los libros y el encuentro de los amigos en el mar.

Conozco tus secretos, no tus planes. Me asusta perderte.

Yo he sido hija, pero mi madre no me quiso, fue una extraña, y de una manera retorcida la echo de menos, o quizá echo de menos la idea de una madre amante y cercana, y la recreo y me miento y me creo mi farsa. Quiero que sigas adelante, que sigas viva, que luches por tu hijo y le hagas saber sin asomo de dudas que lo quieres, lo quisiste y lo querrás.

Te espero en la orilla, en una casa cerca del mar.

No me olvides.

Dolores

Ángela dobló la carta cuidadosamente. Antes de que un policía la llevase a un piso donde estaría protegida, la llamó.

–Hola, soy yo...

43

Thomas entra en el bar del hotel. Alguien toca en el piano una canción de Jacques Brel.

> *Oh, mon amour,*
> *mon doux, mon tendre, mon merveilleux amour,*
> *de l'aube claire jusqu'à la fin du jour,*
> *je t'aime encore, tu sais, je t'aime.*

Lo primero que ve es su espalda. Su corazón da un vuelco y queda al revés. Sabe que la quiere, que desde que la conoció ha evitado este momento, que todo este tiempo ha sido una única huida estéril a ninguna parte, porque está seguro de que no hay lugar más hermoso que ella.

Sin mediar palabra, la toma de la mano.

Laura se vuelve, asustada. Al verle, la copa de vino cae al suelo con gran estrépito. La ignora, porque necesita los brazos libres. Abraza a Thomas con ansia, con todo su cuerpo, arrima su corazón a su pecho y lo atrae fuerte hacia ella, temiendo que sea un sueño que pueda desvanecerse. Su cabeza se paraliza ante el milagro repentino de su presencia; no quiere guardar nada más que el tacto de sus brazos poderosos, el resplandor de su mirada, el sabor de su boca, y devorarle y envolverle.

Thomas se funde en ella, compartiendo un único sentimiento: quiere olvidar la desesperación de las últimas horas. La tensión acumulada da paso al alivio de tenerla, y no va a soltarla. Le sobreviene una locura agónica de toxicómano, de respirar hasta que sus pulmones no puedan contener más el olor de ella.

Suben a la habitación.

Laura permanece en silencio. Solo reacciona cuando tiene que abrir la puerta. Aun así, no le suelta, se sujeta a esos brazos que la rodean por detrás y recorren su cintura. Con el pie cierra la puerta.

Thomas siente que fuera de su cuerpo está el vacío. Laura le desnuda y mueve sus manos sobre su piel en círculos, en triángulos. Él la mira, no le cabe duda de que está enamorado. Después de ese pensamiento llega la Nada. Vuela alto y deja de existir. Su piel se eriza. Se va lejos e imagina que no vuelve.

Ambos se retuercen.

Cansado, desea dormir a su lado. Se pega a ella agarrando su cintura y descansa la cabeza en su espalda. Cierra los ojos y piensa que no le importaría permanecer así; seguir viviendo y respirando y que ese instante sea lo único que le alimente.

—De cada dos latidos de mi corazón, uno es por ti —dice.
—Porque te vuelvo loco...
—Algo parecido. Me descontrolas, y estos días he pensado...
—¿Solo estos días?
—Estoy hablando en serio.
—Entonces me tengo que poner seria.
—Sí.

Laura se vuelve y le mira, frunce el ceño, arruga la nariz y tuerce el gesto todo lo que puede en un intento de crear una expresión huraña.

—Mejor. Aunque no te pases, pareces mister Scrooge.

Laura suaviza su gesto.

—Gracias. Quiero que sepas que he pasado mucho miedo. El vuelo fue una tortura. No sabía cómo te encontrabas, y la situación me hizo revivir el ataque en tu casa, el viaje de vuelta desde Nueva York, y eso que allí todavía no te amaba.

—¿Y ahora sí?
—Lo que intento decirte es que deseo casarme contigo.

Laura permanece impasible, aunque un pequeño tic aparece en su ojo izquierdo.

—¿Me has oído?

Asiente de manera exagerada, igual que una niña pequeña.

Él toma su rostro entre las manos y lo sostiene.

—Tengo cuarenta y cinco años, una hija, un perro que se llama *Max* en honor al perro de *La sirenita,* porque Tanika ya me ha avisado de que se lleva el cachorro de mi padre a Lyon, una madre divorciada a los sesenta y siete años...

—... Y recién casada.

—Vamos, Laura, ¿no puedes estar un segundo en silencio?

Laura desliza dos dedos sobre sus propios labios, como si los uniera con una cremallera.

—Bien. Un padre que se hace mayor en Irlanda, mi mejor amigo muerto... —Ahí Thomas se detiene, siente una punzada en una sien que le hace cerrar los ojos en un intento de paliar el dolor.

Laura besa sus párpados suavemente.

Thomas los abre. Proyectan una gran tristeza.

—Te quiero. Puedo seguir solo, se me da bien, pero podemos unir tu historia y la mía y continuar juntos.

—No.

—No ¿qué? —pregunta contrariado.

—Que no quiero casarme contigo.

Thomas alza la cabeza e hinca el codo en la almohada.

—¿Puedo saber la razón? —pregunta con un deje de decepción. No ha contemplado un plan B.

—Simplemente, no quiero casarme.

—Vale, de acuerdo. —Se queda en silencio. Cuando vuelve a hablar, sus palabras son graves y lentas—. Me gustas como compañera de vida, de viaje, de pelea, de sueños. Seguro que la aventura de vivir a tu lado es emocionante. ¿Te gustaría compartir tu vida con la mía?

Sale desnudo de la cama y se acerca a su americana. De un bolsillo saca una cajita.

—No puedo prometerte una vida audaz o nada —dice, ofreciéndosela—, porque a tu lado la Nada me parece perfecta. Tu Nada es más que mi Todo.

Laura se sienta sobre la cama y abre la caja. En su interior hay un broche con un dibujo sobre cerámica del Principito sosteniendo una rosa.

–«Nada en el universo sigue siendo igual si en alguna parte, no se sabe dónde, un cordero que no conocemos ha comido, sí o no, a una rosa...» –cita Thomas–. Una vez que descubres que esa rosa es única, solo para ti, no hay descanso ni vuelta atrás. O te quedas junto a ella o eres de lo más desgraciado. No necesito mucho. Me puedo tumbar en el felpudo de tu puerta, modo perro.

Laura ríe y le tira un almohadón.

–Es precioso, gracias. Mira, Thomas, últimamente han pasado demasiadas cosas. Algunas puedo entenderlas, otras, ni en mil años.

–Pero juntos vamos a formar una bonita familia de lo más intrépida y justiciera –dice él mientras se sienta a su lado–. Y te aseguro que esos conceptos me asustan. Ya os veo a Tanika y a ti como defensoras de causas, para nada perdidas, gracias a vuestro tesón y belleza y gracia, y yo mientras en casa esperando vuestra llegada con Mario, alias Llorón...

–... En modo perro.

Thomas la ignora.

–Me quedaré en casa cuidando el jardín y cocinando. Porque creo que sigues sin saber cocinar, ¿o me equivoco?

–Que la vida siga no quiere decir que cambie. A veces hay cosas que no cambian.

Thomas se puso serio.

–Te equivocas, siempre hay tiempo para reconocer errores y reparar el daño hecho. Nunca me planteé que contratar a una prostituta fuera algo indecente, que fuera una manera de comprarlas, que las usaba y tiraba sin saber ni importarme cuál era su historia. El bueno de George lo tuvo claro y trató de ayudar. Sois mejores personas que yo. Pero puedo aprender.

–Te quiero mucho...

–Pero...

—... pero no deseo vivir contigo. Todavía no me he adaptado a vivir con Mario como para meter a un hombre y a una niña. El viaje a Perú sacó lo peor de mí, una especie de bruja amargada, resentida.

—¿El viaje... o yo? —pregunta Thomas, enfadado consigo mismo—. Sé que me comporté de una manera egoísta. No tengo excusa. Creo que me acosté con Dolores para hacerte daño y a la vez convencerme de que lo mío era el sexo sin compromiso.

—¿Y a qué conclusión llegaste?

—Quiero una vida a tu lado, con casa, jardín, perro, niños, delantal. Una vez que mezclas el amor y el sexo no quieres otra cosa.

—Me dolió que te acostaras con Dolores, pero más me dolió tu falta de empatía ante las injusticias que vimos.

—Solo pensaba en George.

—Lo sé. Creo que ninguno de los dos está preparado para iniciar una vida en común —dice Laura mientras le pasa un brazo por la espalda.

—Podría alquilar una casa en el mismo pueblo. Ir poco a poco.

—Eso me gusta más.

Thomas se deshace del abrazo y agarra el mando de la televisión a modo de espada. Lo alza y dice:

—Mas no importa, exclamó Dick Turpin, siempre hay una salida. Y si no, ¡huiremos por la claraboya!

Laura se pone de pie en la cama y comienza a saltar.

—Vamos, Principito, salta conmigo, que fuera la noche es oscura y este es nuestro conjuro contra ella. —Le tiende una mano y comienza a reír.

Thomas no se lo piensa y se deja arrastrar por su risa.

Agradecimientos

Nunca he estado en el pueblo de La Rinconada, por lo que quiero expresar mi más sincero agradecimiento a Marlén Castro, directora de la revista política y cultural *Trinchera,* por los datos y su exactitud en la descripción del «infierno blanco».

También dar las gracias al periódico *Diario Correo* por su artículo «Puno: En La Rinconada más de treinta mil personas se dedican a la minería informal» y a Lourdes García, creadora del blog Urjta, en especial por la entrada «La Rinconada: entre el fango y el oro».

Al departamento de prensa de Interpol Lyon por informarme acerca de las operaciones Spartacus I y Spartacus II, realizadas contra la explotación sexual y laboral en Latinoamérica.

A Lydia Cacho, periodista, escritora, feminista, activista de los derechos humanos. Fundadora de un refugio para mujeres de alta seguridad en México, logró la primera sentencia por tráfico sexual de niños y pornografía infantil en México y en Latinoamérica. Su libro *Esclavas del poder: Un viaje al corazón de la trata sexual de mujeres y niñas en el mundo* hizo que entendiera la magnitud global de la trata de personas y la impunidad con que se mueven sus responsables.

Mil gracias al inspector jefe José Nieto, jefe del Centro de Inteligencia y Análisis de Riesgos (CIAR) de la Comisaría General de Extranjería y Fronteras, uno de los máximos responsables de la lucha contra la trata de seres humanos en España. Sacó tiempo para varios encuentros, además de responder siempre a mi multitud de dudas respecto al papel de la Policía. Me dibujó con paciencia un retrato tipo de la trata en España.

Como en mis otras novelas, agradezco la dedicación y los consejos de mi editora en Maeva, Mathilde Sommeregger. Su interés por mí va más allá de una relación profesional.

Finalmente, doy las gracias a mis poco eficaces lectores cero, Laura Domínguez y Andrés Martínez, faltos de crítica y sobrados de admiración. Como decía Woody Allen: los adoro, que suena más redondo.

Según Naciones Unidas, cerca de 21 millones de personas son víctimas de trata. El tráfico de personas es la empresa criminal que más rápido crece en el mundo, aproximadamente 136.000 millones de euros anuales. Del total de víctimas, un cuarto son niños y más de la mitad mujeres y niñas.

La única palabra que se me ocurre al respecto es: INTOLERABLE.

Otros libros de la autora que te gustará leer

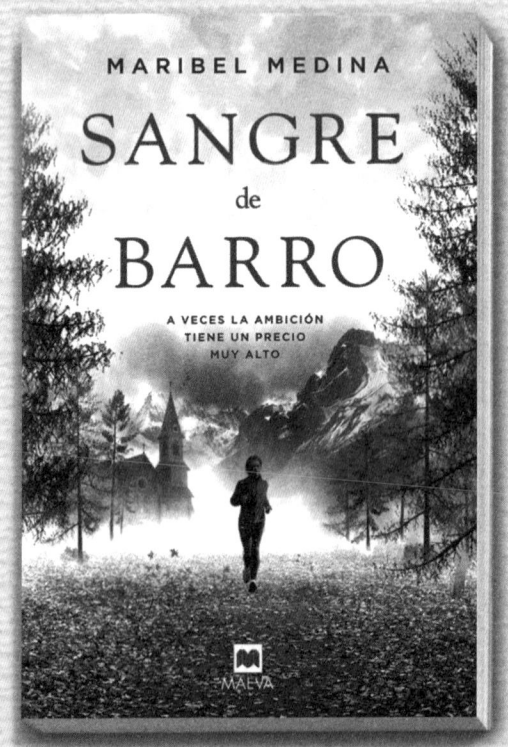

Sangre de barro
A veces la ambición tiene un precio muy alto

El agente de la Interpol Thomas Connors y la patóloga forense Laura Terraux descubrirán que el barro lo salpica todo en el deporte de élite, un mundo opaco en el que el triunfo puede costar muy caro.

Una denuncia y una «cruzada personal» contra el dopaje, presente en el trasfondo de cualquier disciplina deportiva. — *Diario de Navarra*

Sangre intocable
Un despiadado asesino siembra el terror en las calles de Benarés

Thomas y Laura tendrán que resolver un nuevo caso que pondrá al descubierto las prácticas corruptas de algunas empresas farmacéuticas en una ciudad donde la muerte pasa desapercibida.

La novela es de lectura ágil y denuncia tanto los métodos de investigación de la industria farmacéutica en países en vías de desarrollo como la dramática situación a la que se enfrentan los habitantes más desprotegidos de la India, los intocables. Para reflexionar, sin duda. —Anika entre libros